KB154103

아무것도 아닌 빛

정영선
장편소설

아무것도 아닌 빛

차 례

* 코로나19 관련 요양시설 방문, 장수원 입소, 가족관계증명서에 기재된 인적사항은 소
설적 구성임을 밝힙니다.
* 신불산 유격대 활동과 사상범의 수감 생활은 『신불산 ― 빨치산 구연철 생애사』(안재
성, 산지니, 2016)를 참고했습니다.

1부

누가
말
했
는
가

1

나는 여든여덟이다. 이 년인지 삼 년인지, 몇 년째 그러고 있다. 나이를 알면 사람들이 불편해하기 때문이다. 그 사람들이 불편하면 나도 당연히 불편하다. 한 살이라도 적은 게 좋긴 하다. 키는 작고 뼈는 튼튼하다. 그래서 아직도 잘 걷는다. 얼굴은 펑퍼짐하다. 코와 광대가 갈수록 낮아지니 어쩔 수 없다. 머리는 몇십 년 전부터 짧게 깎는다. 술은 소주 두 잔이 좋다. 뭐라고들 하지만 때론 밥보다 나았다. 틀니를 한 지는 오래되었고 기억력은 떨어져 자주 잊어먹는다. 국물이 있는 음식을 좋아한다. 한여름에도. 가족은 없다. 아, 이마에 흉터가 있다. 검버섯과 주름에 덮여 잘 보이지 않지만 자세히 보면 보인다. 평생 반외세 통일운동을 한 건 알 만한 사람은 다 알 거고, 가장 힘들었던 일과 기뻤던 일도 쓰라고 했지만 나이가 드니 그게 그거 같아 구별하기가 어렵다.

내가 쓴 '글로 쓰는 자화상'을 받은 차장이 실망한 표정을 감추지 않았다. 다른 사람들은 기뻤던 일과 힘들었던 일을 다 적는다는 것이다. 나는, 자주연대가 데모나 잘하면 되지 뭔 쓸데없는 소식지를 만드냐고 불평했다. 차장은 자주연대 일이 아니고 저번에 말한 독서모임 일이라고 했다. 구청에서 지원금을 받았으니 결과물을 제출해야 한다는 거다. 차장이 손가락 한 마디를 내보이며, 조금이라고 했잖아요, 했다. 처음 듣는 소리였지만 책을 읽으면 돈을 주는 나라에 살고 있다는 건 놀랍다고 했다. 저번에도 그 말 하셨는데…… 차장이 답답하다는 듯 쳐다보다가 뒤늦게 살짝 웃었다.

2

차장과 나는 같은 아파트 단지에 살았다. 차장은 305동 나는 307동, 디귿자형 구조라 바로 뒷동이었다. 지난가을, 행사를 마치고 같은 지하철을 타고 오다 알게 된 사실이었다. 선생님이 그곳에 사실 줄 몰랐어요. 나도 하고 싶은 말을 차장이 했다. 오십 안쪽인 거 같은데, 누구든 임대아파트에 살 수도 있고 단칸방에 살 수도 있지만 의외이긴 했다.

"이 동네 참 좋아요. 강도 보이고…… 코로나 걸린 사람도 별로 없고."

차장이 정류소 앞 도로 쪽으로 눈길을 주었다. 조금 더 내려가면 강으로 내려가는 진입로가 나왔다.

"언제 이사 왔소?"

나는 차장의 옆모습을 보며 물었다. 누렇게 뜬 얼굴이 마스크 밖으로 조금 보였다. 나보다 키가 더 큰 것 같았다. 덩치도 있고.

"저요? 일 년 넘었어요. 동구에 살다 조건이 돼서…… 선생님은요?"

차장이 물었다. 나는 한 오 년 됐다고 했다.

담당 경찰관이 소개해준 아파트였다. 임대보증금과 관리비 낼 돈만 있으면 달세보다는 임대아파트로 옮기는 게 낫겠다는 거였다. 임대아파트는 명지, 반송, 다대포, 은곡 등 도시 곳곳에 있다고 했다. 나는 며칠 뒤 은곡으로 가겠다고 했다. 형사는 듣자마자 그곳은 시내도 멀고 산 밑이고, 강 말고는 볼 게 하나도 없다고 말렸다. 나는 조금 망설이다 나이가 들면 시내보다는 강이 좋다고 했다. 아는 사람이 그곳에 살고 있다고도 했는데 그 사람이 정일의 약혼자였던 향자라는 말은 하지 않았다.

그 이후로 가끔 행사를 마치고 같은 지하철을 탔다. 할 말도 없고, 왜 이렇게 일찍 집에 가냐고 물었다. 뒤풀이까지 따라가는 사무국 차장들을 많이 봤기 때문이었다. 차장은 요즘 코로나 때문에 뒤풀이도 일찍 마친다고 했다. 더 묻지도 않았는데 뭔가 부족했다고 생각했는지 말을 이었다. 집에 아들이 혼자 있어 특별한 일이 없는 한 일차까지만 한다고. 아들이 몇 살인지는 말하지 않았고 나 역시 아들 외 다른 가족의 유무에 대해서 묻지 않았다. 대부분 떨어져 앉았으니 물을 시간도 없었다. 지하철역 출구에서 버스 정류소까지는 나란히 걸었다. 왼쪽에 있는 커다란 팽나무가 보기 좋았다. 선생님 보면 시아버지 생각이 난다고 한 것도 그 나무 옆이었다. 귀담아듣지 않았는데도 정류소로 가는 길에 있는 오래된 팽나무를 볼 때마다 차장의 그 말이 생각났다.

가끔이지만 경로석이 아닌 곳에 나란히 앉는 경우가 있었다. 주로 차장이 먼저 올라타 두 사람이 동시에 내리는 좌석을 잡거나 내가 먼저 앉았는데 몇 정거장 가다가 옆자리가 비면 차장이 옮겨오는 경우였다. 코로나가 여전해서 다른 곳은 거리두기를 하는데 지하철은 거리두기가 없었다. 그 좁은 곳에서 누군가와 나란히 앉아 가는 게 위험한 일이었지만 차도 없고 걸어 다닐 수도 없으니 어쩔 수 없었다.

그날도 나란히 앉았다. 말랑말랑한 살과 따뜻함이 얇은 옷을 통해 전달되었다. 옆에 앉은 차장이 자주 휴대폰을 들여다보며 뭐라고 하는데 잘 들리지 않아 머리를 좀 기울였다. 마스크를 뚫고 달큰한 땀 냄새와 향긋한 꽃 냄새가 나는 것 같아 마음이 더 다가갔다. 행사 때 찍은 사진들을 올린다고 했다. 사진이 오는지 호주머니에 든 전화기가 떨었다. 빨리 안 하면 이것도 일이거든요. 행사 마쳐도 마친 게 아니네 했더니, 힘든 일도 아니라며 웃었다. 고문님 사진도 몇 장 있는데 따로 보냈습니다, 라는 말도 들었다. 나는 고맙다고 집에 가서 보겠다고 하지만 사진을 찾아본 적은 거의 없었다. 잘 보이지도 않지만, 늙은 얼굴이 볼 때마다 낯설었다. 나라는 건 알겠는데, 달라진 세상보다 달라진 얼굴을 더 믿을 수 없었다. 그래도 밥을 사겠다고 하자 차장이 살짝 웃고는, 저의 시아버님도 빨치산이셨다고 했다. 목소리가 크지는 않았지만 귀를 기울이면 충분히 알아들을 수 있는 소리라서 좌우부터 살폈다. 아무도 듣는 사람은 없어 보였지만 말을 하기도 어려워 눈만 마주쳤다. 차장이 더 가까이 다가왔다. 아버님도 신불산에 계셨다고 하신 것 같은데…… 근데 그때 이야기를 별로 하고 싶어 하지 않으셔서. 너무 고생하셨나 봐요. 나는 머릿내와 샴푸 냄새를 맡으며 눈으로 알아들었다는 뜻을 전했다. 당연히 차장의 시아버지 되는 양반은 이미 세상을 떠났을 거라고 생각하면서.

전쟁 전후로 산으로 간 사람들은 수만 명이었지만 대부분

산에서 죽거나 북으로 갔다. 살아남아 체포된 사람들도 감옥에서 얻은 병으로 사망하고 지금까지 살아 있는 사람은 드물었다. 나보다 나이가 어리고 감옥에서 십오 년 있었던 수양동무도 내가 출소하기 전에 죽었다.

차장은 시부의 고향이 포항이라고 했다. 나는 아가미처럼 움직이는 차장의 도톰한 콧방울을 잠시 보다가 눈을 감았다. 포항 쪽이라면…… 경북도당일 것이고 그쪽은 국군 점령지라 인민군이 퇴각할 때 같이 이동하거나 그전에 토벌대에 진압되었을 것이었다. 더욱이 나는 왜정 때부터 좌익운동을 했던 사람들과 달리 귀국 후에 단정 반대운동을 하다 산에 들어갔기 때문에 경남도당을 제외하고는 아는 사람이 거의 없었다. 차장도 시아버지에 대해서 더 아는 게 없는 듯 말이 없었다. 나는 시아버지의 이름을 물었다.

"박자 동자 배자십니다."

차장이 고개를 들고 예의를 갖춰 대답했다. 중간에 든 '자'자 때문에 마지막은 잘 들리지도 않았지만 어쨌든 박동배였는데, 산에서 부르던 이름이라면 모를까 그 이름으로 알 수 있는 건 없었다. 요즘은 세상이 바뀌어서 스스로 운동권이라는 사람도 많았다. 조금 나이 든 사람들 중 빨치산에 보리쌀 두어 되 팔고 그렇게 말을 할 수도 있을 거라고 생각했다.

몇 달 뒤에 점박을 만나지 않았다면 박동배가 누구인지 알 수도 없었을 것이다. 점박을 만나 박동배가 철혁이라는 사실을 들었다 해도 차장과 추어탕을 먹지 않았으면 철혁을 만나러 요양원에 가지도 않았을 것이다.

  미국의 방위비 인상에 반대하는 시위를 하고 오는 중이었다. 미국이 요구하는 인상률이 거의 50퍼센트였다. 예년의 8.5퍼센트에 비하면 터무니없는 인상안이었다. 합의를 안 하면 미군 부대 내 한국인 근로자의 임금을 지불할 수 없다고 버텼고 실제로 지불하지 않았다. 한국인 근로자의 생계를 볼모로 하는 비겁한 짓이었다. 이미 평택 군산 제주로 이어지는 서해안 군사 벨트를 구축했고 그렇게 반대를 하는데도 사드까지 배치한 상태였다. 하나를 양보하면 동맹을 무기로 더 큰 것을 요구하는 일이 해마다 반복되었다.
  자주연대는 제주, 강정, 평택, 대추리, 성주 사드기지 등 멀고 가깝고를 가리지 않고 시위를 하러 다녔지만 회원수는 많지 않았다. 미국에 반대한다는 건 예전이나 지금이나 대한민국에서 쉬운 일이 아니었지만 미 7함대 분견대가 있는 백운포 앞 시위에 참여한 사람의 수는 더 적었다. 열 명 남짓. 완화되긴 했지만 거리두기 단계는 여전했고 바람도 불고 교통이 불편해서 더 그랬던 것 같았다. 행사를 마친 후 부두 입구의 식당으로 가서 버섯매운탕을 안주 삼아 소주를 두어 잔 마시고 난 다음이었다.
  "남편이 그런 일을 했는데…… 사무국 일을 맡겼네."

마주 앉은 황 고문이 중얼거렸다. 차장을 두고 하는 말 같아서 남편이 무슨 일을 했냐고 묻다가 테이블 위에 매운탕 국물을 조금 흘렸다.

"평화시민 사무국장이었는데, 재단 후원금을 주식……"

고문이 차장을 눈으로 확인하며 몸을 기울였다. 아, 그 사람이 차장의 남편이었구나. 나는 흘린 국물을 휴지로 대충 닦았다. 시민단체의 국장이 재단의 후원금을 주식에 투자해서 날리고 자살했다는 소문을 듣기는 했지만 그 사람이 차장의 남편이라는 것은 몰랐다. 더 묻고 싶은 게 있었지만 황 고문이라서, 술이 반쯤 남아 있던 잔만 비웠다. 고문이 잔이 비기를 기다렸다는 듯 술을 따랐다.

"백신 두 번 다 맞았습니까?"

"예."

"나는 안 맞았습니다."

"나이 든 사람은 다 맞아야 된다는데."

"백신 맞는다고 안 걸리겠어요? 안 걸리니까 안 걸리는 거지. 미국놈들이 약 팔아먹으려고 별짓을 다 해요."

두 번 맞은 사람도 걸린다고 하니 그럴듯한 음모론이었다.

"그렇게 고생하고도 백신을 두 번이나 척척 맞고, 귀도 밝고 눈도 밝고. 몸 하나는 타고나신 것 같습니다. 저는……"

좋은 뜻으로 하는 건 아는데 어쩐지 불편했다. 한쪽 눈은 감옥에서부터 잘 감기지 않았고 손가락 두 개도 잘 펴지지 않앉지만 수십 년의 감옥살이가 꿈인 듯 흐려질 때가 있었다. 사지 멀쩡하게 이렇게 오래 살지는 나도 몰랐지만 지난 고통을 의심하는 듯한 말을 들을 때는 몸이 먼저 반응했다. 맞아서 멍들고 찢겼던 곳들. 입안에 고이던 피와 흘러내리던 피. 엉덩이 아래를 파고들던 더러운 놈의 물건까지. 더러운 놈, 새 좆만 한 변태 새끼, 수없이 했던 욕설까지 생각났다.

대학 시절 시위를 하다 보름 남짓 경찰서 유치장에 있었다는 황 고문은 자주연대의 전임 회장이었다. 회장에서 물러난 이후에도 어지간한 행사에는 참석하는 것 같았다. 공무원 연금 외에 작은 건물까지 있어서 노후 걱정이 없다는 말도 어디선가 들었다. 윤이 나는 얼굴을 보고 있기 힘들어 나는 고개를 돌렸다. 쉽진 않지만 억지로라도 하나도 부럽지 않다고 생각하려고 애를 썼다.

"차장이 아파트 전세 빼서 반쯤 갚고 그 뒤 또 좀 갚고. 일은 야무지게 잘해요. 요즘 젊은 사람들이 누가 이런 일을 하려고 해야 말이지. 저래봬도 오십이 넘었어요."

고문이 슬쩍 차장을 돌아보며 목소리를 낮추었다. 나는 아무 말도 안 하고 잔을 비운 후 불어터진 버섯을 한 조각 집어 먹었다.

"시어른이 신불산 빨치산이었어요."

고문이 고개를 내밀며 목소리를 낮추었다. 알고 있다고 하자 머쓱한 표정으로 한마디 더 했다.

"산에서는 산별이라고 했다는데."

그 말을 듣는 순간 숨이 막히고 가슴이 뛰었다. 표정도 변한 모양이었다. 고문은 몸을 앞으로 기울이며 목소리를 낮추었다.

"아는 사람이에요? 본명은 몰라도 산 이름은 안다고 하던데?"

나는 대답 대신 침을 삼켰다.

"산 이름은 어디서 들었소?"

차장의 시부는 왜 나의 산 이름을 사용한 걸까, 나는 겨우 물었다.

"오래전에 본인에게서 들은 것 같은데요. 아는 사람입니까?"

고문이 진술을 받는 형사처럼 눈빛을 세웠다.

"산별이란 이름은 워낙 흔해서…… 모르는 사람이오."

겨우 대답을 하고 고개를 흔들었다. 그 양반을 만나봤냐고 물었는데 고문은 듣지 못한 듯 고개를 돌렸다. 출입문 근처 테이블에 앉아 있던 차장이 일어나 이쪽으로 오고 있었다.

"이쯤에서 마치자고 하시는데……"

"아, 우리도 일어나야지."

고문이 급하게 일어나 계산대로 가고 있었다. 그 뒤를 따라간 차장이 몇 번이나 고맙다는 말을 하고 있을 동안 나는 마스크부터 챙겨 들고 술집을 빠져나왔다. 갈 길이 멀었다. 버스를 타고 가다 지하철로 갈아타고, 환승까지 한 뒤 또 버스를 타야 했다. 아직 초저녁이지만 피곤이 몰려왔다. 눈이 마주친 회원 한 명과 가볍게 인사를 했지만 아무 말이 없었다. 나는 지하철역까지 누가 태워주면 좋겠다는 기대를 한 자신을 나무라며 정류소로 걷기 시작했다. 어떤 것도, 누구에게도 기대지 말자는 다짐은 늘 하지만 또 쉽게 무너지기도 했다. 세 번이 아니라 다섯 번이라도 갈아타면 되지. 반팔 셔츠 위에 입은 낡은 양복저고리가 거추장스러웠다.

아파트 단지 쪽에서 버스가 돌아 나오고 있었다. 정류소에 서 있던 사람들이 그 버스를 타고 떠났다. 내가 닿았을 땐 먼저 온 두 사람이 정류소 안에 붙은 안내판을 보고 있었다. 지하철역으로 가는 버스는 삼 분 뒤에 닿을 것이다. 버스를 기다릴 때마다 감동이 왔다. 누구나 기다려야 할 시간을 알 수 있는 세상이야말로 평등한 세상이 아닐까. 내가 목숨을 바쳐 이루고 싶었던 세상을 누군가 저 알림판 하나로 이룬 것 같기도 하다. 버스가 정류소 한 곳을 지났다는 표시가 떴다. 다른 삶, 다른 세상이 온 것 같다. 피도 흘리지 않고 고함도 치지 않고도 세상은 보기 좋게 변했다.

버스에 올라서자 학생 한 명이 반사적으로 일어났다. 정류소 네 개만 가면 지하철역인데 고맙다는 말을 하지 않고 자리에 앉았다. 잠깐 눈을 감고 있었을 뿐인데 잠이 들었는지 눈을 뜨니 지하철역 정류소였다. 허겁지겁 버스에서 내렸다.

퇴근 시간인지 객차 안에는 앉을 자리는커녕 서 있을 곳도 마땅찮았다. 출입문 옆에 서서 환승역을 확인하고 있는데 누가 등을 살짝 쳤다. 저기서 부르네요. 아주머니 한 분이 뒤쪽을 가리켰다. 차장이었다. 좌석에 엉덩이만 걸치고, 마스크 밖으로 코를 내놓고 다른 사람이 앉을까 봐 일어서지도 못하고 애가 탄 표정이었다.

"그냥 앉아 가면 되지. 왜 멀리 있는 사람을 부르고."

나는 망설이지 않고 자리에 앉았다.

지하철은 서는 곳이 많았다. 달리다 서고 달리다 서고. 차장은 가끔 사상이나 덕천역에 내리기도 했지만 대부분 나와 같이 밤골역에서 내렸다. 이번에도 그럴 모양인 듯 사상역을 통과하는데도 아무 움직임이 없었다. 에어컨 바람이 세서 승강장에서 벗은 양복저고리를 다시 입고 싶었다. 슬쩍 옆을 보니 차장은 오늘 찍은 행사 사진을 올리는 모양이었다. 백운포 해군작전사령부 주변에서의 피켓 시위 모습이나 플래카드를 앞에 두고 찍은 단체 사진일 것이다. 바람이 불어 모자를 눌러썼으니 얼굴은 보이지도 않을 거고. 남편이 단체의 후원금을 빼내 주식에 투자했다는 말을 들어서인지 오늘은 고맙다는 말조차 하기 싫었다. 그 소문을 처음 들었을 때처럼 기분이 좋지 않았다. 제국주의에 맞서 자주평화운동을 하는 사람이 후원금을 빼내 다른 것도 아닌 주식에 투자를 하다니…… 시아버지가 빨치산 활동을 했다는 말도 사실일까, 어쩐지 의심스러웠다. 목덜미의 작은 점들도 오늘 처음 눈에 띄었다. 모라, 모덕, 구남, 구명, 전동차는 이름이 비슷한 역들을 지나

가고 있었다. 한 번도 내려본 적이 없는 역들이었다. 그래서
인지 그곳에서 타거나 내리는 사람들이 조금 낯설었다.

"선생님 보면 시아버지 생각이 납니다. 저희 시아버지는 남
자만 보면 아들이라고 생각하세요."

차장이 그 말을 한 건 강이 보이는 지상 역이었다. 정지한
전동차 창으로 어둠이 스며든 강물이 보였다. 이제 그만 봐도
될 만큼 많이 본 강이지만 그래도 눈을 뗄 수가 없었다. 얼굴
을 돌려서 시아버지의 산 이름을 들은 적이 있는지 묻고 싶기
도 했고 그럴 필요가 없을 것 같기도 했다. 강이 사라지자 눈
이 감겼다. 다시 눈을 떴을 때는 좌석이 드문드문 비어 있었
다. 여기가 어디냐고 물었는데 차장은 대답 대신 눈물을 훔쳤
다. 잊고 있던 누이동생 생각이 났다. 지금은 왕래가 끊겼지
만, 삼십 년 옥살이를 하고 출소했을 때 누이도 저렇게 울었
다. 엄마 돌아가신 거 알아? 빨갱이가 된 아들 때문에 계부에
게서 쫓겨난 어머니였다. 나는 고개를 끄덕였다. 전향서에 사
인을 하면 특별휴가를 주겠다고 했는데 나는 전향을 거부했
다. 엄마가 죽었는데도 안 내보내준 거네? 누이가 눈을 부릅
뜨고 따지듯이 물었고 나는 아무 말도 하지 않았다. 장례를
어떻게 지냈는지 물을 수도 없었다. 누이는 읍내 이불공장에
다닌다고 했다. 누이의 치맛자락을 잡고 있는 아이가 누이 같
았다. 체포되기 전에 잠깐 봤던 누이는 그 아이만 했다. 남편
은 사료공장에 다니는데 회사 마치면 올 거라고, 콧방울에 눈

물을 묻힌 채 고개를 숙였다.

"다음 역에서 내려 국밥 한 그릇 먹고 갑시다. 아까 먹는
둥 마는 둥 했더니 배가 고프네."

동생한테는 하지 못한 말이었다. 차장이 흘러내린 눈물을
닦으며 고개를 끄덕였다. 날씨가 더워도 뜨거운 음식이 낫다
는 말을 한 후였다.

우리는 국밥이 아니라 추어탕 집으로 들어갔다. 식당은 넓
고 깔끔했지만 손님은 없었다. 코로나 때문에 어디를 가나 그
랬다. 화장실에 간 차장은 종업원이 밑반찬을 다 차린 후에야
식탁으로 돌아왔다. 아들에게 전화를 하고 온다는 말을 들으
면서 소주를 땄다. 차장도 잔을 받았다. 차장은 구운 두부를,
나는 콩나물무침을 안주 삼아 첫 잔을 비웠다.

"저번에 내가 말한 조 여사…… 시간 보낼 만한 일이 있습
니까?"

별 할 말도 없고, 혹시나 해서 물었는데, 차장은 수봉이가
같은 층에 살아 부탁을 했다고 했다. 이런 좋은 우연이 있나
싶었다. 수봉은 시위 현장에서 몇 번 본 적이 있는 청년이었다.

차장이 어떻게 되는 사이냐고 물었다. 나는 조금도 망설이
지 않고 동지의 아내라고 했지만 이제 정일의 얼굴도 생각나
지 않았다. 차장의 얼굴이 아는 사람을 만난 듯 밝아졌다.

"수봉 씨가 독서모임을 하는데 같이 하시자고 한 모양이에
요. 선생님도 가입하셨잖아요. 자기소개서도 주시고……"

팔십 넘은 노인에게 독서모임이라니…… 애들이나 먹을 음식을 차려놓은 상을 받은 기분이었다. 배가 더부룩했다. 술도 추어탕도 엔간했다. 산에 있을 때도 감옥에 있을 때도, 석방된 직후에도 가장 무서웠던 게 배고픔이었다. 늘 먹을 게 모자랐다. 고구마 한 개, 떡 한 조각으로 하루를 버틸 수 있다는 것을 몸에게 알려주었다. 그 이상 먹으면 탐욕이라고 생각했는데, 이젠 덜 먹기 위해 식욕을 경계해야 했다.

차장은 배가 고팠는지 뜨거운 추어탕에 밥을 몽땅 말고 있었다. 저렇게 하면 밥이 퍼져서 맛이 없다는 말을 하려다 말았다. 밥보다는 술이 나아 술병을 들었다. 차장이 잔 빈 걸 몰랐다는 듯 서둘러 숟가락을 놓고 병을 잡았다. 건너편 테이블의 손님이 힐끗 쳐다보았다.

"아들 밥은?"

나는 잔을 들며 물었다.

"진명이요? 저도 술 한잔 주세요."

차장이 잔을 내밀며 조금 웃었다.

"한번씩 혼자 밥 챙겨 먹게 하고 싶어요."

차장이 말을 하다 말고 잔을 비웠다.

"아기였을 땐 몰랐어요. 자주 아프긴 해도, 아기 때는 다 그렇다고 생각했는데…… 서지를 못해 병원에 갔더니, 문제가 있다고. 남편이 더 힘들어했어요. 시아버님까지……"

작업복을 입은 남자 세 명이 식당 안으로 들어왔다. 차장은 무슨 말인가를 더 하려고 했는데 그대로 말이 없었다.

"언제 돌아가셨소?"

내 말에 차장의 눈동자가 크게 흔들렸다.

"저번 주가 기일이었는데……"

차장이 얼굴을 조금 붉히며 말했다. 눈물도 곧 흘러내릴 것 같았다. 나는 못 본 척 틀니를 혀로 누른 후 남편이 몇 살 때 시아버지가 돌아가셨냐고 물었다.

"시아버지요?"

차장이 고개를 들었다. 당황했는지 제법 큰 목소리였다. 옆 테이블 사람들이 쳐다보았다.

"아직 살아 계십니다. 요양원에. 치매가 심해서 아무도 못 알아보세요."

살아 있다고? 테이블 위의 그릇이 흔들렸다. 나도 모르게 다리나 팔로 테이블을 친 모양이었다. 그릇들은 곧 조용해졌지만 심장은 몸을 흔들 듯이 뛰었다. 나는 모자를 벗고 이마를 문지르며 놀라움을 달랬다. 손이 떨린다는 것도 차장이 그 손을 보고 있다는 것도 알았지만, 어쩔 수 없었다. 차장이 말똥말똥해진 눈으로, 남편이 죽고 난 다음에도 괜찮았는데 갑자기 치매가 왔다며, 냉수도 한 잔 따라주었다. 느리고 낮은 목소리였다.

"포항 출신이라고 했소?"

나는 물을 마신 후 예전에 들은 사실을 확인했다. 차장은 머리를 끄덕이며 옆 의자에 놓인 가방을 뒤적였다. 아들에게서 또 문자가 온 모양이었다. 나는 모자를 들고 차장보다 먼저 계산대로 걸어갔다.

"요즘 일도 안 나가시는데⋯⋯"

차장이 무슨 말을 하고 싶은지 듣지 않아도 들은 것 같았다.

"그런 걱정은 말고. 다음에는 더 맛있는 거 먹읍시다."

말하고 보니 회가 갑자기 먹고 싶기도 했다. 언제 먹었는지 기억도 나지 않았다. 노인 일자리 수당 받는 날엔 잡어 한 접시 정도는 먹고 했는데, 점박의 돈을 받고 난 뒤부터는 기분을 내본 적이 없었다.

식당을 나와 사거리 신호를 기다리면서 시아버지 성함이 뭐냐고 물었다.

"박자 동자 배자십니다."

차장이 저번처럼 예의를 갖춰 대답했다. '자' 자가 들어 있어도 이번에는 명확하게 들렸다. 박동배. 진짜 점박이 말한 철혁 동지가 차장의 시부일까, 나는 고개를 돌려 뜨거운 숨을 뱉었다. 신호등은 아직 그대로였다. 뒤에 선 사람이 끼어들려고 하자 차장이 내 쪽으로 조금 움직였다. 나는 저녁이 되니 시원하다고 한 후, 시아버지가 어느 요양원에 있냐고 물었다.

3

꿈에 볼까 봐 무서웠던 사람을 꿈이 아니라 생시에 만났다. 노인일자리 사업으로 강변 생태공원에서 풀을 깎을 때였다. 삼십 분 쉬는 시간이었다. 강 둔치 파크골프장 근처 화장실에서 나오다 그 아래 벤치에 앉아 있던 사람과 눈이 마주쳤다. 그가 일어나 천천히 다가왔다. 턱 아래 마스크를 걸친 비대한 사람이었다. 노란 티셔츠에 코끼리 그림이 그려져 있었고 배꼽 위에 얹힌 밤색 가죽 벨트는 빛이 났다. 그 남자가 한두 걸음 앞에서 뭔가 할 말이 있다는 듯 쭈볏거리는 사이, 목에 커피를 묻혀놓은 듯한 반점 몇 개가 눈에 들어왔다. 별명이 입안에 고여 있었던 것처럼 바로 생각났다. 점박. 나는 마스크를 눈 아래까지 바짝 끌어올렸다. 손이 떨리고 몇십 년 전 그때처럼 온몸이 굳어지는 것 같았다. 한기가 등골을 타고 내렸다.

등짝, 엉덩이, 어깨, 지하 방으로 끌고 가 옹이가 박힌 소나무로 후려친 곳마다 상처가 났다. 산에 들어가기 전에 누구를 만났는지, 같이 들어간 사람은 누구인지 묻고 또 물었던 사람, 바로 그 인간, 그 개 같은 놈 점박이 눈앞에 있었다. 몽둥이로 맞을 때마다 기절이라도 하고 싶었지만 정신은 말짱했다. 그가 개인지 고통에 몸부림치는 내가 개인지 구별할 수가 없었다. 이 독종 새끼, 누구랑 만났을 거잖아. 니 혼자 산에 들어갈 리가 없잖아. 옹이가 박힌 소나무 몽둥이가 옆구리를 찍었다. 몸 전체가 고통으로 채워지는 것 같았는데 기절도 안 하는 내 몸뚱이가 저주스러웠다. 그가 한 번 더 등짝을 내리치자, 나는 비명을 지르며 누군가의 이름을 불렀다.

"조향자라고?"

점박이 내리칠 듯 몽둥이를 머리 위로 치켜들었다. **네, 네, 네.** 나는 개가 짖듯이 대답했다. 아직 맞지도 않았는데 신음이 먼저 나왔다. 이 씹새끼, 마누라를 이런 데서 팔아묵나. 누가 빨갱이 아니랄까 봐. 그러고는 먼저 방을 나간 사람이었다. 조향자가 아내라니, 나는 옹이 박힌 소나무로 두드려 맞은 것처럼 정신이 없었다. 조향자는 동지 류정일의 아내였다. 사실 아내도 아니었다. 같이 살기는 했지만 혼인신고는 나이가 어려서 할 수 없었다고 했다. 면사무소 호적계 직원에게 돈 봉투를 주고 민적을 만들어주었다는 이야기는 들었지만 내 아내라니, 말도 안 되는 소리였지만 그걸 점박에게 물을 수는 없었다. 그 이후로도 물어볼 사람은 없었다.

옹이 박힌 소나무처럼 마르고 단단했던 사람이었는데, 나무 위에 솜을 두른 듯 비대해져 있었다. 눈만 마주쳤는데도 그가 불렀던 내 이름도 생각났다. 개떡. 왜 그렇게 부르는지 묻지는 않았지만 불릴 때마다 모욕감이 느껴졌다.

"내가 누군지 알겠지예?"

나는 못 들은 척하고 싶었지만 귀 안으로 들어온 느리고 매끄러운 목소리에 몸이 먼저 반응을 했다. 그는 이제 숨이 차서 잘 걷지도 못한다며 자신이 앉았던 의자를 가리키며 저기로 가자고 했다. 나는 대답 대신 모자를 한번 고쳐 썼다. 나무 밑에서 쉬고 있던 노인 근로자들이 궁금한 듯, 구청에서 준 초록색 조끼를 입고 쳐다보았다. 나도 입고 있는 옷이었다.

"저 일 합니까?"

점박이 의자에 앉아 물었다. 어쩐지 몽둥이로 살짝 맞는 느낌이 들긴 했지만, 아무 말도 하지 않았다. 마스크 안에서도 입안이 말라가는 게 느껴졌다.

"아니, 아무리 그래도, 선생이 어떻게 이런 일을 한단 말입니까. 이 조끼 벗고 나랑 점심이나 한 그릇 하입시다."

그는 투실투실한 손으로 조끼를 잡았다가 놓고 내 손을 잡아 이끌었다. 낡은 기관지에서 쌕쌕거리는 소리가 났다. 나는 그 소리를 더 듣고 싶어 밥을 먹겠다고 했다. 점박의 망가진 몸을 더 오래 보고 싶었다. 골프장에서 젊은 사람이 우리 쪽으로 빠르게 걸어왔다.

"이 옷 저기 담당자에게 돌려주고 안재석 선생은 이제 이 일 안 한다고 해. 그리고 차 대기시키고."

나는 내 이름을 기억하는 점박을 빤히 쳐다보았다.

"어디로 가서 밥부터 먹읍시다."

밥 먹자는 말을 다시 한 후에 점박이 내 손을 잡고 주차장 쪽으로 걸었다. 보드랍고 따뜻하고 몰랑몰랑한 인절미 같은 손이었다. 나는 그 손을 놓고 나무 밑에 둔 가방을 가지러 가면서 점박의 본명을 생각하려고 했다.

조끼를 가지고 갔던 사람이 어느 틈에 차 문을 열고 기다리고 있었다. 돈을 많이 벌었는지 큰 외제차였다. 널찍한 뒷좌석이 점박에게는 적당했고 내게는 너무 컸다. 낡은 등산화에 묻어 있던 흙과 검불이 떨어져 시트를 더럽혔다. 점박이 보고 있었다는 듯, 괜찮다고 했다.

"퇴직은 했을 거고……"

점박의 정확한 나이는 생각나지 않았지만 말을 올리지 않기로 했다.

"젊었을 때 했지요. 사일구 뒤에. 세상이 바뀌니까…… 마음도 안 편하고. 나와서는 조그만 사업을 했는데, 지은 죄가 많아서 크게는 못 벌고…… 아들놈한테 넘긴 지 몇 년 됩니다."

짐짓 해보는 소리로 들렸지만 더 궁금한 건 없었다. 자동차 앞 유리에 붙은 거울에 윤이 나는 묵주가 걸려 있었다.

"근처에 장어구이 잘하는 데가 있는데, 어떻습니까?"

나는 좋다고 했다.

차는 강변도로를 미끄러지듯이 달리다가 굴다리를 지나 시가지 안으로 들어갔다. 이 근처 같은데, 점박이 낮게 중얼거렸다. 잠시 뒤 차는 공원 옆 건물 입구에 멈추었다.

장어집 주인은 미리 연락을 받은 듯 강이 보이는 방으로 안내를 했다. 점박과 둘이 방 안에 있으니 숨이 막히고 식은땀도 났다. 하늘색 셔츠 사이로 누런 속옷이 보였다. 단추 한 개가 떨어져 나간 것이다. 일을 할 때는 몰랐는데 점박 앞에 앉으니 좀 부끄러웠다. 점박이 눈치를 챘는지 고개를 돌리며 문을 조금 열었다. 젊은 종업원이 불붙은 화로를 테이블 안에 넣고, 곧 석쇠와 큰 쟁반을 들고 들어왔다. 아침에 수염을 깎은 게 생각나 마스크를 벗었다. 내가 처음 점박을 볼 때처럼 점박이 나를 뜯어보았다.

"이렇게 만나지 않으면 눈앞에 있어도 못 알아보겠습니다."

무슨 뜻으로 하는 말인지 알 것 같았지만 나는 석쇠 위에 장어를 얹는 종업원을 보기만 했다. 토막 난 장어들이 달구어진 석쇠 위에 올라가자마자 꿈틀거렸다. 종업원이 비틀어지는 꼬리를 조심스럽게 누른 후 화로의 불을 줄였다. 점박이 이제 나가도 좋다는 손짓을 했다.

"그간 힘들었지예?"

종업원이 소리 없이 나가자 그가 입을 열었다. 숯불 위에서 몸부림치는 장어를 보고 육체의 고통을 떠올린 모양이었다. 나도 같은 생각이었지만 혀뿌리가 굳은 듯 입을 열 수가 없었다.

"많이 드이소. 보다시피 나는 몸이 이래서…… 마스크도 잘 못합니다. 백신도 못 맞고."

별로 덥지도 않은데 점박의 이마에 땀이 맺혀 있었다. 지금은 배가 고프지 않았지만 점박을 만나기 전부터 배가 고팠다는 게 기억나, 젓가락을 들고 손을 뻗었다. 장어 한 조각이 무겁다는 듯 손이 가늘게 떨렸다. 점박이 잠시 보다 고개를 돌렸다.

"백신 맞았지예?"

"맞았소."

나는 간단하게 대답했다.

"장사하는 사람들은 코로나 때문에 죽을 지경입니다. 이 집도 손님이 많았는데…… 선생님도 힘드시지요?"

"그때보다 더 힘들겠어요?"

나는 떨리던 손이 불만스러워 퉁명스럽게 되물었다. 그때가 언제인지는 점박도 잘 알고 있을 것이었다.

"엉겁결에 여기 앉아 있지만……"

나는 잊지도 않았지만 용서하지도 않았다는 말 대신 소주잔을 채웠다. 마음과 달리 이번에도 손이 바르르 떨렸다. 오래전, 눈만 마주쳐도 떨었던 일이 생각났다. 그때는 분명 두려움이었는데 지금은 무엇 때문인지 정확하게 알 수 없었다.

"그렇게 고생하시고도 건강해 보이시니 제가 마음이 다 놓입니다. 그동안 마음의 짐으로 남아…… 더 늦으면 안 될 것 같기도 하고."

그가 물수건으로 얼굴을 닦았다. 투실투실한 손이 떨렸다. 저 인간은 왜 손을 떠는 걸까? 나는 틀니의 안쪽을 혀로 누른 후 잔을 들었다. 장어들이 기름을 흘리며 노랗게 익고 있었다.

"여기 깻잎에 싸서……"

점박은 들고 있던 깻잎에 코를 갖다 댔다. 냄새가 좋다며, 채 썬 생강도 조금 넣으라는 말을 곁들이는 것도 잊지 않았다. 몽둥이에 맞아 살이 파이고 살점이 뜯겨 나가도 눈도 꿈쩍하지 않던 인간이 내미는 깻잎 냄새가 진했다.

"이 집 주인이 직접 키운 겁니다. 모양은 없어도……"

점박은 깻잎을 펴고 밑반찬 몇 개만 올렸다. 고기를 못 먹는 그를 보니 나름대로 벌을 받는 것 같기도 해서 기분이 나쁘지는 않았다.

"출소하셨다는 소식은 들었습니다. 삼십 년 넘었지요?"

살에 파묻힌 점박의 눈이 반짝 빛이 났다.

"반가울 일도 아닐 텐데."

술을 비우며 그의 눈을 피했다. 이젠 숨길 것도 두려울 것도 없는데 식은땀이 났다. 나 자신에게 혀를 차고 싶었다.

"힘드셨을 텐데."

그는 한 잔 따르고 싶다는 듯이 술병을 잡았다. 나는 잠시 망설이다가 술잔을 들었다. 술 한 잔을 받는 데 힘이 드는 건 또 처음이었다.

"사모님은……?"

사모님이라니, 몇 명의 여자가 떠올랐다가 사라지고 한 여자가 생각났다. 여전히 점박은 조향자가 나의 아내라고 생각하는 걸까. 웃음이 나오려는 걸 참고 몇 년 전에 세상을 떠났다고 했다. 나이가 있으시니, 점박이 고개를 몇 번 끄덕였다.

"한국말이 서툴러서 고생을 많이 하시더라고요. 수정동 산동네에서도 일본 여자라고 따돌림당하고. 거기가 왜관이 있던 자리라서……"

"친일파가 판치는 세상에 그게 무슨……"

나는 술이 목구멍에 걸리는 것 같아 얼굴을 찌푸렸다. 그때 이야기라면 이제 그만하고 싶었다.

"그러긴 해도 일본이라면 이를 갈았던 때라서…… 제가 이사 가라는 말까지 했어요."

점박도 엎어두었던 술잔을 바로 하고 자기 손으로 반 잔 따랐다. 내가 모르는 뭔가를 알고 있는 것 같았지만 더 묻고 싶지는 않았다. 도피 자금을 향자에게 받았다고 했다가 살이 파이도록 얻어터진 것만 생각났다. 부모 등골 빼먹는 것도 모자라 어린 각시 등쳐먹는 놈이라는 말이 생생했다.

"선생님 잘 봐달라는 돈도 받았습니다."

점박이 많지는 않았다며, 크게 소리 내어 웃었다. 술잔을 잡은 손이 흐느끼듯이 떨렸다. 향자가 잘 봐달라고 돈을 냈다면 그건 류정일일 것이었다. 그는 산에서 죽었는데. 멍청한 놈이 그 여자의 남편이 누구인지도 모르고, 돈을 받아놓고도 그렇게 차고 패고 밟았단 말이지. 세상천지에 피붙이 하나 없는 불쌍한 여자의 돈을…… 돈만 받았을까? 갑자기 이상한 생각이 들었다. 손이 더 떨렸다. 점박이 화장실에 갔다 오겠다며 휴대폰을 손에 들고 커다란 덩치를 일으켰다.

눈꼬리에 조금 고인 물기를 닦고 상 위에 놓인 무초절임을 한 조각 입안에 넣었다. 신맛에 오만상을 찌푸리고 있는데 문이 열렸다. 점박이 나가던 그대로 휴대폰을 손에 쥐고 방석에 앉았다. 두번째 마주 앉으니 처음보다 더 어색했다. 점박도 그런 듯 젓가락을 들고 앞에 놓인 무 조각을 입에 넣더니 인상을 찌푸렸다. 나는 음식 조심을 한다는 점박의 말을 떠올렸지만 술병을 들었다. 예상외로 점박은 순순히 잔을 받고 내 잔도 채워주었다. 아무리 세상이 바뀌어도 점박과 술을 주고받을 사이는 아니었다. 이 잔만 비우고 일어나야겠다고 마음을 먹었다.

"내가 생태공원에서 일하는 건 어떻게 아셨소?"

"선생님이 활동하는 단체에도 성당 사람이 많습니다. 누가 말을 하는데 그 사람이 꼭 선생님 같더라고요."

나는 그 사람이 무슨 말을 했는지 묻지 않고 고개를 끄덕이며 병에 남아 있는 소주를 확인했다.

"이젠 세상이 변해서 선생님이 마음껏 활동해도 될 때인데."

입만 대고 잔을 내려놓은 점박이 내 얼굴을 들여다보았다. 나는 다 익은 장어 한 조각을 양념장에 찍어 깻잎 위에 올렸다.

"선생님 같은 분이 계셔서 세상이 이만큼이라도 변했는데, 아직 더 변해야 하고."

뭔가 냄새가 났다. 전향 공작을 할 때의 꼬드김 같은. 너무 같잖아서 무슨 말을 하나 끝까지 들어보고 싶었다.

"제가 좀 도와드리면 안 될까 해서……"

전향 공작 같기도 하고 아닌 것도 같고. 무슨 말인지 알 수 없었다. 나는 다시 초절임 무 한 조각을 씹으며 인상을 더 찌푸렸다. 정신이 좀 들기도 했다.

"많은 돈은 아니지만…… 며칠 내로 입금될 겁니다."

무슨 말인지 알아들었지만 나는 아무 말도 하지 않았다. 계좌번호가 필요 없냐는 말도 하지 않았다. 그까짓 것쯤은 구청에 전화만 해도 알 수 있을 것이었다.

"그런데……"

뭐라 불러야 할지 어정쩡해서 말끝이 저절로 흐려졌다.

"한 회장이라고 하면 됩니다."

점박이 가려운 곳을 긁어주었다. 눈치가 빠른 자였다.

"나는 아직도 조국 통일을 최우선 과제로 삼고 있소. 내가 가진 생각을 싫어하는 사람도 여전히 많은데."

"뭘 하셔도 괜찮습니다. 그때 좌우 갈등이 조금만 덜했어도…… 개인적인 감정은 없었는데 위에서 시키는 일을 하다 보니."

점박의 얼굴이 조금 붉어진 것 같았다. 사과라는 말은 없었지만 사과로 받아들여도 될 것 같았다. 운전석 위 거울에 걸려 있던 묵주도 떠올랐다. 이 비대한 인간이 스스로 죄를 고해하고 천당에 가고 싶은 거라는 생각도 들었지만 그건 하느님이 판단할 문제였다.

"술 한잔씩 합시다."

점박은 기다렸다는 듯 내 잔을 채웠고 나는 그의 몸을 생각해서 잔 바닥에 술을 깔았다. 그는 잔만 부딪치고 술잔을 내렸고 나는 잔을 비우며 차장의 시아버지인 박동배를 떠올렸다.

"한 회장을 만나니 갑자기 그 친구가 생각나서. 박동배라고. 신불산 동무인데 산 이름은 수양이고."

별 기대는 하지 않았다. 전쟁 후 신불산 유격대 수사를 맡은 점박이라 해도 모든 빨치산을 다 알지는 못할 거고, 예전엔 알았다 하더라도 지금은 잊었을 것이다. 향자의 남편이 누구인지도 모르는 위인에게 뭘 기대하겠는가. 그래도 미끼를 하나 던졌다. 박동배의 산 이름이 수양은 아니었다.

점박은 젓가락으로 식은 장어를 뒤적이다가 고개를 들었다.

"철혁인 것 같은데요……"

철혁이라고? 나는 그 이름을 듣는 순간 떨리는 심장부터 우선 감추어야 했다. 땡초를 하나 먹고 매운 척 물을 마시고 몸을 뒤로 젖혀야 한다고 생각했지만 나는 그대로 앉아 술을 한 잔 더 마셨다. 점박은 무슨 말을 하려다 뒤집은 장어를 다시 뒤집고 있었다. 뭔가 생각을 하려는 것 같기도 하고 생각을 감추려는 것 같기도 했다. 장어를 뒤집을 때마다 내 생각도 왔다 갔다 했다.

"철혁인지 수양인지, 누가 아냐고 묻는데 산에서 생사를 같이해도 이름도 고향도 모르니까…… 죽을 때가 돼서 그런지 좀 허망한 것 같기도 하고."

나는 숨을 크게 들이마시고 내쉬었다. 단추가 떨어진 셔츠 앞섶이 벌어지면서 속옷이 더 드러났다. 점박의 마음을 열기에는 괜찮은 옷차림이었다.

"그분이 아직 살아 계십니까. 벌써 돌아가셨을 텐데요."

박동배가 죽은 건 확실하다는 듯 점박은 고개까지 끄덕였다.

"죽어도 이름이야 알 수 있지 않소."

나는 한 뼘 더 파고들면서, 철혁과 백범 선생의 기일에 용두산공원에서 만나기로 했다는 말은 하면 안 된다고 입단속을 했다. 그럼에도 그 약속을 어떻게 알고 그곳에서 나를 기다렸는지, 생의 마지막 숨을 뱉는 날까지 가슴 밑바닥에 묻어두어야 한다고 다짐한 말이 맹렬하게 혀뿌리를 흔들었다.

"하도 오래된 일이라서 장담할 수는 없지만…… 맞을 겁니다."

점박이 내 눈치를 살피며 몇 방울 남아 있지도 않을 소주를 입안에 털어 넣었다.

"왜 안 그렇겠소? 몇십 년 전 일이니."

나는 기꺼이 맞장구를 쳤다. 장어는 식었고 더 할 말도 없었다.

"오늘 밥 잘 먹었소. 귀한 음식을 남기면 안 되는데…… 이도 안 좋고."

나는 일부러 틀니를 부딪쳐 소리를 낸 후 남아 있는 장어를 싸달라고 했다. 점박이 조금 당황하더니 종업원을 불렀다.

며칠 뒤 백만 원이 입금되었다. 많지도 적지도 않은 돈이었다. 노인 일자리 신청을 안 해도 될 만큼의 금액이었다. 입금자는 한상무, 점박의 이름인지 점박 회사의 상무인지는 알 수 없었다.

처음 입금된 돈은 한 푼도 쓰지 않았다. 노인 일자리 사업을 그만두지도 않았다. 그다음 달에 백만 원이 다시 입금되었다. 선생님 이번 달 응원입니다. 모두 하느님의 뜻이니 걱정하지 마시고 꿈을 펼치시기 바랍니다. 한상무였다. 나는 그 번호를 저장하고 난 다음에 구청에 그만둔다는 전화를 했다.

4

박 동지가 있다는 요양원 위치를 물었다. 그건 왜요? 차장이 되물었다. 추어탕을 먹고 헤어진 저녁이었다. 박 동지가 살아 있다는 걸 알았으니 가봐야지. 의심을 감추자 갑자기 동지애가 살아났다. 코로나 때문에…… 차장이 말꼬리를 흐렸다. 나는 바로 알아보라고 했다. 잠시 뒤 전화가 왔다. 한 달에 한 번, 코로나 예방주사를 두 번 다 맞은 사람만 면회가 가능하다고 했다. 갈 수 있다는 말이었다. 차장은 요양원이 시외곽이라 찾아가기가 쉽지 않다고 했다. 요양원으로 가는 버스가 있긴 하지만 하루에 몇 번 안 다녀서, 경주터미널에서 택시를 타야 그날 돌아올 수 있다는 것이다. 예방접종 증명서도 가지고 가야 한다고 했다. 나는 알겠다고 한 후 요즘 박 동지를 찾아오는 사람이 있는지 물었다. 예전엔 서울에 사는 고모님이 가끔씩 가신다고 들었는데…… 텔레비전을 켜두었는지, 그 소리 때문에 잘 들리지도 않았고 더 들을 말도 없었다.

빈손으로 가기도 그렇고, 두유 한 박스를 사 들고 버스를 탔다. 개찰원이 코로나도 심한데 나이 드신 분이 집에 안 있고 어디 가냐고 물었다. 나는 눈빛을 세워 쏘아본 후 경주에 간다고 했다.

경주에 닿았을 때는 벌써 해가 머리 위에 있었다. 생각한 시간보다 이삼십 분 늦게 나왔다. 깨끗한 바지와 셔츠를 찾는다고 옷장을 뒤적거리고 구두 칠을 한다고 또 지체를 했다. 손목시계 찾는다고 온 서랍을 뒤진 게 제일 컸다. 찾고 보니 서랍 안이 아니라 텔레비전 아래 있었다. 며칠 전 외출에서 돌아와 거기다 풀어놓은 걸 잊은 것이다. 맨날 찾고 맨날 까먹고. 꾸물거리다간 차장 말대로 면회를 못 할 수도 있었다. 길을 건너 택시를 잡고 요양원 이름을 대자 삼만 원을 달라고 했다. 너무 비싸서 한 발짝 뒤로 물러나자, 기사는 고개를 빼고 연세 드신 분이라 싸게 불렀다고 하는데 바가지요금 같았다. 기분이 상해 그대로 있자, 이십 분 안에 면회를 마치고 나오면 태워 가겠다고 했다. 이십 분, 가능할지 불가능할지 알 수 없는 시간이었다.

택시는 시내를 빠져나와 외곽으로 달렸다. 마주 오는 차도 앞에 가는 차도 거의 없는 이차선도로였다. 산모퉁이를 돌자 드문드문 창고 같은 집들이 한 채씩 드러났다. 택시 기사가 누군가와 통화를 길게 할 동안 조그만 마을이 두어 번 나타나다 다시 들만 이어졌다. 오르막길을 올라가자 언덕 아래 하얀색 건물이 보였다.

나는 마스크를 야무지게 쓰고 건물 입구 안내실로 갔다. 차장이 어제 전화로 방문 예약을 해둔 탓에 어려움은 없었다. 이차 접종 확인서를 보이고 열을 재고 장부에 이름을 적는 게 다였다. 이층으로 올라가면 안내하는 직원이 있을 거라고 해서 두유 박스를 들고 겨우 계단을 올라갔다. 맞은편 교실에서 노인들이 털실로 뭔가를 만들고 있었다. 아는 사람이 있는 것처럼 안을 들여다보다 고개를 돌렸다. 얼굴 만드는 수업입니다. 하늘색 유니폼을 입은 여자가 서 있었다. 박동배 씨는 몸이 안 좋아서 집단 프로그램을 받을 수 없습니다 했고 나는 마스크 안에서 숨을 고르며 이해한다는 듯이 고개를 끄덕였다. 직원은 그대로 걸어가 복도 끝 216호 문을 열었다. 3인실인데 지금은 박동배 씨만 계십니다. 한 분은 미술치료 수업을 받고 한 분은 운동치료 중이라는 말을 하고 난 다음이었다. 실내에서는 절대 마스크를 벗지 말라는 말을 또 들었다.

한 남자가 등을 보이고 누워 있었다. 짧게 자른 머리 밑으로 호박오가리 같은 귀가 보였다. 낡은 병원복이 벗겨질 듯 헐렁하게 어깨 끝에 걸쳐져 있었다. 직원이 창문부터 열었다.

냄새가 고약했다. 침대 옆 사물함 위에 틀니통, 연고, 두루마리 휴지…… 소변통도 있었다.

"낮에는 자고 밤에는 잠이 안 온다고 난리고."

직원은 박동배를 흔들어 깨우며 불평을 했다. 남자가 몸을 돌렸다. 부은 듯 살찐 얼굴에 눈 코 입이 조금씩 묻혀 있는, 낯선 모습이었다. 나는 침상에 붙은 이름표를 다시 보았다. 박동배, 철혁이라 부른 박 동무의 본명이 맞을까. 멀미가 날 것처럼 속이 울렁거렸다. 산에 있을 때의 박 동무 얼굴도 생각나지 않았지만 여전히 얼굴보다 이름이 더 낯설었다.

"지금은 좀 나아졌는데 기침도 많이 하셨습니다. 위가 안 좋은데도 식탐이 많아 많이 드시는 편이고. 참, 환자분하고는 어떤 사이세요?"

직원은 중요한 걸 깜빡 잊었다는 듯 마스크의 콧등 부분을 누르며 물었다. 아까부터 이상한 듯 곁눈질을 몇 번 하긴 했다. 여기 와서 보니 나이 아흔에 사지가 멀쩡한 것도 이상한 일이었다.

"집안 동생입니다."

나는 모자를 고쳐 쓰며 간단하게 대답했다. 그사이 박동배가 눈을 떴다. 눈이라기보다는 살이 벌어진 듯했다. 초점은 흐렸지만 마주치는 순간 가슴이 철렁 내려앉았다. 산별 동지, 산에서 부르던 내 이름이 귀 안에 울렸지만 박동배는 무심하게 침대 위에 내려놓은 두유 박스로 눈길을 돌렸다.

"음식물 반입 금지인데 괜찮으시다면 저희가 보관하고 있다가……"

직원이 낮게 말했다. 나는 그러라고 했다. 박동배가 직원이 들고 나가는 두유를 보고 있다 소변통으로 눈을 돌렸다. 서너 번 우린 보리차처럼 연한 오줌이 삼분의 일쯤 들어 있었는데 박동배는 자기 몸에서 나온 오줌을, 몸안 어디에 있다 나왔는지 궁금하다는 듯 보고 있었다. 내 방광도 부풀어 오르는 것 같았다. 아직 한마디도 하지 않았는데 할 말이 생각나지 않았다. 박동배가 덮고 있던 얇은 이불 속으로 손을 넣어 몸을 긁었다.

낡은 이불을 들추자 오줌이 묻어 누런 입원복이 나타났다. 바지를 내리지 않고도 기저귀를 채울 수 있도록 엉덩이 밑에 구멍을 뚫어놓은 옷이었다. 기저귀는 깨끗했지만 엉덩이 양쪽에 똥이 말라붙어 있어 침대 옆에 걸려 있는 수건을 들고 화장실로 갔다. 소변이 마렵기도 했다.

왼쪽 엉덩이에 콩알만 한 점이 두 개 있었다. 나는 박동배 자신도 모르는 비밀을 발견한 것 같아 조금 당황스러웠다. 내 엉덩이에도 점이 있을까, 하는 생각을 잠시 했다. 구석에 긴 마른 오물이 잘 지워지지 않아 물을 적셔 온 수건을 세게 문질렀더니 따가웠는지 박동배는 바로 누웠다. 아랫도리가 그대로 드러났다. 음모가 빠진 성기는 말라빠진 호박 꼭지 같았다. 내 것하고 다를 게 없어 그런지 내가 그러고 있는 것처럼 부끄러웠다. 박 동무는 다 잘해도 앞에 나가서 노래는 못 하던 소심한 사람이었는데 자신의 성기를 감추지도 않고 오 히려 시원하다는 듯이 가랑이를 쩍 벌렸다. 철혁 동무가 맞을 까. 맞다 해도 박 동무의 성기를 정면으로 바라본 것은 처음 이었다. 축 처진 고환의 주름에도 오물들이 겹겹으로 끼여 있 었다. 늙으면 한 군데도 보기 좋은 곳이 없기는 하지만 그중 가장 흉한 곳이 그곳이었다. 나는 박 동무의 고환을 들고 그 아래 묻은 묵은 오물을 닦았다. 몇 번 문질렀더니 아픈지 다 리를 오므리고 고개를 들었다.

"창준이 아니가."

박 동무의 눈이 시간과 공간을 맹렬하게 가로질러 어딘가 를 찾고 있는 듯 흔들렸다. 나는 얼른 박동배의 기저귀를 채 우고 바지를 올렸다.

"회사가 바쁠 긴데 여기 올 시간이 있더나."

어느 시간대로 돌아갔는지 목소리도 또렷했다. 청년처럼 맑고 힘 있는 목소리였다. 창준은 박 동무의 아들이었다.

"나요. 산별."

나는 허리를 숙이고 몇십 년 동안 가슴에 묻어둔 산 이름 을 말했다. 우리끼리만 사용한 신불산 유격대 이름에 박동배 의 기억이 와 닿는 순간 무슨 반응을 보일까, 숨이 차올라 마 스크를 내렸다. 급히 시간을 거슬러 올라오던 박동배의 눈빛 이 뭔가를 찾는 것처럼 내 얼굴에 머물다 몇십 년 떨어진 곳에서 바라보는 것처럼 흐릿해졌다. 그대로 멀어질까 봐 조바심이 났다. 다행히 박 동무의 눈빛이 다시 시간을 거슬러 오르는 듯 조금씩 선명해졌다.

"창준아, 절대 미국에 반대해서는 안 된다. 그러다 죽은 사람이 몇 사람인지 아나?"

박동배의 목소리가 낮고 또렷해졌다. 그 순간만은 육신과 달리 여전히 치열한 전장 한가운데 있는 것 같았다. 그런데 반대하면 안 된다니, 언어는 단단히 고장 난 모양이었다.

"왜 안 되는데?"

나는 박 동무와 함께 받던 사상교육을 떠올리며 물었다. 둘다 겨우 빈농을 면한 농부의 아들이었고 중학교도 졸업 못한 처지였다. 산 중턱 인민군 학교에서 사회주의 수업을 받을 때마다 새로운 세상에 대한 기대와 설렘으로 가슴이 뜨거워졌다. 그땐 세상을 바꿀 수 있다고 믿었다. 창공의 별들이 선명했고 그 별들이 있는 한 길을 잃지 않을 것 같았는데, 지금은 다들 불나방들처럼 불을 찾아 달려들 뿐. 그렇게 살지 않으면 고립되고 소외되는 세상이었다. 아들이 있다면 나도 저 말을 했을까, 확신할 수 없었다.

"미국에 반대하면 죽어. 미국은 반대하는 것들을 잡아먹고 점점 힘이 커진다니까. 그게 얼마나 무모한 일인가를……"

박 동무의 눈이 흔들렸다. 산 아래에서 토벌대가 올라올 때도 흔들리지 않던 눈이었다. 박 동무를 따라 내 눈도 흔들렸다. 미군 장갑차를 만났을 때가 생각났다. 장갑차를 본 적도 없으니 장갑차인 줄도 몰랐다. 울주 상북 마을로 보급투쟁을 나왔다 돌아가던 길이었다. 외딴곳에 미군 트럭이 한 대 나타났으니 좋은 먹잇감이었다. 겨울이 오고 있었다. 식량도 신발도 무기도 필요했다. 소대원들이 같은 생각을 했다는 듯 고개를 끄덕였다. 어둠 속에 숨어 있다 총을 갈긴 후 미군이 도망가기를 기다리면 되는 일이라서 대민보급투쟁보다 편한 점도 있었다. 우리는 사방으로 흩어져 몸을 가린 후 동시에 총을 쐈다. 도토리 떨어지는 소리까지 들리는 한밤중이었으니 그 정도면 엄청난 위협으로 느낄 만했다. 어둠 속에서 탄창을 갈아 끼운 후 미군들이 쥐새끼들처럼 빠져나오기를 기다렸다. 미군 놈들이 도망을 가면 음식과 무기를 챙길 생각이었는데 그 차는 멈출 뿐 움직임이 없었다. 이상해서 철혁 동무 쪽으로 고개를 돌렸을 때 어둠 속으로 기관총탄이 쏟아졌다. 말로만 듣던 장갑차라는 걸 그제야 알았다. 일본군들이 버리고 간 99식 소총으로 어떻게 장갑차와 싸울 수 있을지 그 순간은 막막하고 두려웠다. 거기서 한 발만 더 나가면 박 동무의 말에 다다를 것 같기도 했다.

"선생님 여기가."

박 동무가 이번에는 의사로 생각했는지 몸을 돌려 허리를 들추었다. 한 뼘쯤 되어 보이는 흉터 자국이 선명했다. 그때 다친 곳일까.

낙엽 밟는 소리조차 산 아래까지 들릴 정도로 고요한 밤이었다. 수없이 다닌 산이었고 눈보다 발이 먼저 길을 찾았지만, 산 전체를 휘감을 듯 횃불을 피운 토벌대의 기세에 눌려발도 길을 잃었다. 휴전협정 체결 후 중부전선에 있던 군인 수만 명이 빨치산 토벌에 동원된 1953년 가을이었다. 죽은 동무들의 시신을 묻어줄 여유도 없을 정도로 상황이 급박했다. 누가 죽고 누가 살았는지, 적에게 노출된 지휘부가 어디로 갔는지도 알 수 없었다. 투항한 동무들이 토벌대의 길잡이가 되어 산을 오를 쯤엔 어디를 가나 매복한 적들을 만났다. 우리가 갔던 곳뿐 아니라 갈 곳도 아는 듯했다. 열 명의 대원 중 살아남은 사람은 나와 철혁, 수양, 겨우 세 사람이었다. 나는 철혁과 수양을 불러 어떻게 할지 물었다. 무슨 선택을 하든 말리지 않겠다는 말도 덧붙였다. 본부를 찾아야지요. 수양 동무의 말에 철혁이 고개를 끄덕였다. 우리는 남아 있는 식량과 탄약을 나누어 지고 밤 행군을 시작했다. 발밑에서 나는 낙엽 소리도 지축을 울리는 것처럼 크게 들렸다.

어딘가 비상 접촉 장소가 있다는 이야기만 들었지 가본 적은 없었다. 무약산, 깨진 마애불 근처, 박 동무만 딱 한 번 그근처를 지나간 적이 있다고 했다. 그 기억이 우리가 의지할 수 있는 유일한 별이었다. 불도 피울 수 없어 생쌀을 씹어 먹으며 밤에는 걷고 해가 뜨면 바위에 기대거나 풀 속에서 눈을 붙였다. 다행히 해가 올라와 언 몸을 녹여주었다. 저 산 뒤로 돌아가면 본부가 있던 육팔일 고지입니다. 박 동무가 앞에 보이는 검은 산을 가리켰다. 며칠 전 네이팜탄이 퍼부은 본부는 불바다였다가 이제 검은 재만 남았다. 본부 소속이었던 정일은 어떻게 되었을까. 어둠 속에서 움푹 파인 눈, 앙다문 입, 눈썹까지 뻗어 있던 콧대가 하나씩 떠올랐다. 살자, 누군가는 살아야 한다. 정일의 목소리가 들렸다. 철혁 동무가 같은 생각을 한 듯 내 손을 잡았다. 뜨겁고 단단한 손이었다.

산을 올라가는지 내려가는지, 그 느낌조차 아득할 무렵 물소리가 들렸다. 비가 온 지 오래라 어지간한 계곡은 물이 말랐을 텐데, 느낌이 왔다. 이 계곡은? 내가 낮게 묻자 박 동무가 가쁜 숨을 고르며 낮게 말했다.

"토벌대 포위망을 뚫고 산 아래로 내려왔습니다. 계곡만 건너면 무약산입니다. 어디서 건널지……"

"매복도 촘촘해서 더 아래로 내려가는 건 위험할 것 같고, 여기서 가로질러 갑시다."

이 동무가 말했다. 철혁도 그게 좋겠다고 했다. 이번에는 내가 앞장을 섰다. 잰걸음으로 조릿대 사이를 걸었다. 낡은 바지를 뚫고 들어온 댓잎이 살을 벴다. 새들이 자다 놀란 듯 나뭇가지에서 날아오르거나 산짐승들이 나무 사이를 빠져 달아날 때마다 걸음을 멈추고 가슴을 쓸어내렸다. 토벌대의 횃불은 멀리 있었지만 발에 차인 돌이 구를 때도 식은땀이 났다. 헐렁한 미군 군화 속에서 자주 발이 헛돌았다. 철혁이 갑갑했는지 앞서 나갔다. 한참 내려가자 조릿대는 보이지 않고 키 큰 참나무와 오리나무가 앞을 막았다.

박 동무는 계곡 근처의 나무에 기대서 우리를 기다리고 있었다.

"계곡을 건넌 다음 왼쪽으로 돌면 너덜겅이 있습니다."

달이 박 동무가 가리킨 앞산 위에 떠 있었다. 박 동무가 먼저 건너고 절반 넘게 건너면 내가, 그다음 이 동무가 건너기로 했다.

"숨 좀 돌리고 갑시다."

이 동무가 말하고 돌아서서 오줌을 누고 있었다. 낙엽 위로 오줌 떨어지는 소리가 계곡물 소리와 어우러져 들렸다. 달빛이 오줌이 떨어진 나뭇잎 위에 물비늘을 만들었다. 금방이라도 계곡을 건널 것 같던 박 동무도 바지춤을 내리고 오줌을 눴다.

"산을 내려가면 내년에 용두산공원에서 만납시다. 언제가 좋을까?"

오줌을 누면서 박 동무가 낮게 말했다. 물소리에 묻혀도 정확하게 들렸지만 나는 아무 말도 하지 않았다. 저 계곡을 건너 왼쪽으로 가면 너덜겅이 있고 너덜겅 아래 깨진 마애불이 있다 해도, 이후 우리의 운명이 어떻게 될지 알 수 없는 일이라고 생각했다.

"내년? 내년에 못 만나면 다시는 만나기 어렵겠네."

수양 동무였다. 맞는 말이지만 이러나저러나 부질없기는 마찬가지인지라 듣기만 했다.

"김구 선생 기일에 보면 어떨까. 내년에 못 봐도 다음 해 또 볼 수 있고. 오후 세시쯤."

박 동무가 좋은 생각이라는 듯 소리 없이 박수를 치며 역시 선생님이라 다르다고 추켜세웠다. 이 동무는 국민학교 교사 출신이었다.

"그때 만나면 술도 한잔하면서……"

다 듣지 않아도 철혁 동무가 무슨 말을 하고 싶은 건지 알 것 같았다. 우리는 산에서 이 년을 보냈지만 본명을 몰랐다. 산별, 철혁, 수양. 당에서 내려준 이름만 사용했다. 산에서 죽는다면 그 이름으로 죽을 것이었다. 이 동무는 그 약속을 하니 갑자기 힘이 솟는다고 했다. 그런 약속을 하지 않아도 살아 있다면 어디서든 만날 거라는 말 대신 나도 그렇다고 했다.

"이제 가자!"

내 말이 떨어지자 박 동무가 먼저 계곡으로 들어갔다. 중간쯤 건너면 내 차례였다. 나무 뒤에 숨어 있다 몸을 빼려는데 총소리가 들렸다. 나는 반사적으로 언덕 아래로 몸을 굴렀다. 총을 가슴에 안고 머리와 턱을 당겨 공처럼 구르다 나무에 걸려 멈췄다. 뒤에 있던 이 동무도 아래로 굴러가는 게 보였다. 몸을 반쯤 일으켜 세웠을 때 계곡에 쓰러져 있던 박 동무가 비틀거리며 일어났다. 인민공화국 만세! 다시 총소리가 여러 번 났다.

"나는 박 동무가 그때 개울 건너다…… 얼마 전에 여기 있다는 걸 알았어."

허리에 난 흉터에 손을 대자 박동배가 움찔거렸다. 기다란 흉터는 살아 있는 붉은색 벌레 같았다. 차장은 시아버지가 그때 입은 상처로 오른쪽 다리를 잘 쓰지 못한다고 했다. 허벅지에도 흉터가 있다는 말을 들은 것 같았다. 허벅지를 확인하고 싶은 충동을 누르고 박동배의 손을 잡았다. 단단하고 따뜻했던 손이 살이 올라 투실투실했다.

"요 아래……"

박동배가 손을 빼고 침대 매트를 두들긴 후 몸을 약간 일으켜 낮게 말했다.

"혁명 자금이야."

매트 아래에는 낙엽이 서너 장 있었다. 나뭇잎은 너무 말라서 건드리기만 해도 부서졌다. 나는 부서진 나뭇잎을 그대로 두고 매트를 내렸다. 아무리 변했기로서니…… 목 안에서 쓴 물이 올라왔다. 더 시간을 보내는 건 의미 없는 일 같았다. 혹시 타고 온 택시가 아직 있을지도 모른다는 생각도 마음을 흔들었다.

영감님이 빨래를 잘하셨네. 맞은편에서 대걸레로 바닥을 닦던 여자가 걸레를 세우고 한마디 했다. 화장실에서 박동배의 몸을 닦은 수건을 빨아 오는 길이었다. 마스크로 얼굴을 가렸으니 나이는 알 수 없었지만 목소리는 걸걸했다. 육십 대일까, 생각하고 있는데 누구를 만나러 왔냐고 물었다. 나는 216호 박동배라고 했다. 미화원은 그 수건만 봐도 내가 무슨 일을 하고 왔는지 안다는 듯 이상한 일이라고 했다. 그 환자는 담당이 아니면 옷도 갈아입으려고 하지 않아 요양사들이 바뀔 때마다 애를 먹는다는 것이다. 내 앞에서는 사타구니를 쩍 벌리고 손바닥을 펴 보이듯 성기를 드러냈는데, 이상한 일이긴 했다. 같은 남자라고 편했던 갑네, 미화원은 나름대로 해석을 하고 대걸레를 밀면서 지나갔다. 미화원이 지나간 창밖으로 산책로가 보였다. 누군가 휠체어를 밀고 있었다. 무슨 말을 더 해야 할지 알 수 없었지만…… 아직 할 말이 있을 것 같았다.

병실에 있던 휠체어에 박동배를 태웠다. 직원은 건물 왼쪽에 있는 산책길을 안내하며 네시까지는 병실로 돌아와야 한다고 했다. 박동배는 현관을 나서기도 전에 억지로 씌운 마스크를 쥐어뜯어버렸다. 바깥으로 나오자 구름 밖으로 나온 햇빛에 눈이 부셨는데, 박동배는 아예 고개도 들지 못했다.

"저쪽에 가면 괜찮을 것 같네."

나는 맞은편에 있는 그늘진 정자를 가리켰다. 산책로에 늘어선 배롱나무 아래로 휠체어를 밀고 가는데 병상에서는 생각나지 않은 말들이 떠오르면서 마음이 바빠졌다.

"난 그때 자네가 죽은 줄 알았어. 총소리가 요란했거든. 토벌대가 사살했다는 빨치산 다섯 명에 자네도 포함된 줄 알았어. 이렇게 가까이 살아 있는 줄 알았으면…… 이렇게 살아 있으면서……"

나는 숨이 가빠 마스크를 내렸다. 박 동무의 며느리인 차장 이야기는 아직 꺼내지도 않았는데 말들이 자전거를 타고 내리막길을 내려가는 것처럼 내달렸다. 박동배는 아무 반응이 없었다. 듣지 못한 건지, 들어도 무슨 말인지 모르는 건지 뒷모습만 봐서는 알 수 없었다. 정자에 가서 할 이야기를 너무 빨리 했다 싶었다. 목구멍에서 올라오는 뜨거운 기운을 삭이며 산책로를 빠져나와 정자에 닿았다.

밖에서 마주 보니 박동배는 더 낯설었다. 불거진 광대와 도드라졌던 억센 턱, 짐승처럼 나무 사이를 빠져나가던 날렵한 모습은 어디에도 남아 있지 않았다. 진물이 고인 눈과 코털이 빠져나온 헐거운 코, 축 처진 입꼬리. 기억이 몸 밖으로 빠져나가고 남아 있는 게 없을 것 같기도 했다. 그사이 흘러내린 침이 턱 아래에 걸려 있었다. 손수건으로 침을 닦고 턱을 올려 입을 다물게 했지만 다시 조금 벌어졌다. 그래도 혈색은 나쁘지 않았다. 나뭇가지에서 날아오르는 새를 좇는 눈길도 힘이 있었다. 박동배는 철혁인 것 같기도 하고 아닌 것 같기도 했다.

"위험하긴 했지만 산에서 그해 겨울을 견디려면 보급품을 챙겨와야 했는데, 도중에 포위됐다는 걸 알았잖아. 그전에 이미 지휘부와의 연락은 끊겼고. 우리 소지구대에서는 자네, 나, 수양 세 명만 남았어. 자네가 비상 연락장소로 가자고 했지. 무약산의 깨진 마애불 근처라고. 포위망을 뚫고 겨우 산을 넘었어. 계곡만 건너면 무약산이었는데, 그 계곡을 건너기 전에 한 약속 기억나나?"

수십 년간 몸안에 갇혀 있던 말들이 용수철에 튕겨 나오듯 쏟아져 나왔다. 손이 떨리고 땀이 나고 어지러웠다. 나는 말을 멈추고 박동배의 눈을 들여다보았지만 그는 무심하게 고개를 돌렸다. 휠체어 한 대가 정자 쪽으로 오고 있었다. 박동배는 다가오는 휠체어 쪽으로 머리를 빼고 안녕하세요, 어눌하게 인사를 했다. 다시 침이 흐르자 휠체어를 밀고 오던 보호자가 인사 대신 마스크의 콧등을 눌렀다. 창준아, 인사드려라. 박동배가 나를 돌아보며 말했다. 보호자는 내가 인사를 하기도 전에 휠체어를 돌렸다.

하다 만 이야기를 마저 해야 하는데, 혀뿌리가 무거웠다. 박동배가 지겨운 듯 휠체어 팔걸이를 두드렸다. 마음이 급해졌다.

"이 동무와도 그 밤에 헤어졌어. 총소리를 듣고 굴렀는데 그다음은 찾을 수 없었어. 혹시나 해서 이틀을 그 근처에 숨어 있었네. 총알이 스쳐 팔에 부상도 당했고. 사흘째 되니까 춥고 배고프고 상처는 심해지고. 앉아 죽을 수는 없을 것 같아 계곡을 건넜네. 그리고는 무작정 걸었지. 다음 날 더 이상 걸을 수도 없을 정도로 지쳤는데 누가 뒤에서 총을 들이대더라고. 끝이구나 생각했는데 지휘부의 보초병이었네. 운 좋게 간호부장이 있어서 치료도 제대로 받았지. 다음 해 이월에 산에서 내려왔어. 이 동무는 감옥에서 한번 보기도 했는데……박 동무가 이렇게 살아 있을 줄은……"

박동배가 날벌레를 쫓듯 머리를 흔들었다. 머리가 가려운 건지 그만하라는 건지 알 수 없었지만 숨이 가빠 잠시 말을 멈추었다. 몇 시일까. 네시까지 돌아오라던 말이 생각나 시계를 봤다. 아홉시 십분. 시계를 찾는다고 온 서랍을 뒤졌을 시간이었다. 죽은 시계인 줄도 모르고 좋다고 차고 나왔으니……아홉시 십분에서 움직이지 않는 시계가 된 기분에 이어 초조함이 뒤를 따랐다. 곧 모든 기억이 사라질 것이었다.

"그해 유월 이십육일에 용두산에 있었네. 약속한 대로 김구 선생 기일이었지. 자네는 죽은 줄 알았으니 기대는 안 했고 이 동무는 살아 있을 거라고 생각했지. 누군가를 기다리는 사람들이 영도다리에만 많은 게 아니라 용두산에도 엄청 많았어. 그 전날부터 마음이 설레더라고. 한시쯤 올라갔지. 도저히 세시까지 기다릴 수가 없었거든."

누군가에게 하고 싶었던 말, 수십 년 동안 마음에만 가둬놓았던 말이 터져 나오면서 몇 갈래로 갈라져 눈앞을 어지럽혔다. 오로지 박동배에게만 전달할 수 있는 마음이었다.

"용두산에는 산꼭대기까지 피난민들이 들어차 있었네. 당연히 일본놈들이 지은 신사는 흔적도 없고. 입구도 네 군데나 되어서 어디에서 기다려야 할지 잘 모르겠더라고. 일단 출입구 네 군데를 다 다녔지. 오다가다 만날 수도 있을 것 같아 좌우를 꼼꼼히 살피면서. 얼마나 마음이 설렜는지."

진짜 그 순간을 생각하기만 해도 모든 원망이 사라지는 것 같았다. 다시 그 시절로 돌아가고 싶었다.

"철혁 동무."

육십 년 만에 그 이름을 불렀는데 틀니가 부딪치며 덜그럭거리는 소리가 났다. 박동배가 이상하다는 듯이 쳐다보았다.

"나라니까, 신불산 유격대 오 소지구 부대장 산별. 모르겠어?"

틀니 소리보다 못한지 쳐다보지도 않았다. 무심했다. 어금니 부분이 떠서 혀로 누르는데 서러워 눈물이 날 것 같았다. 박동배가 고개를 돌려 잠깐 쳐다보았다.

"창준아, 덥다."

박동배가 갑자기 짜증을 냈다.

"어떻게 자식밖에……"

내뱉은 숨이 뜨거워져서 일단 말문을 닫았다. 경찰이 어떻게 용두산공원에 나타나 나를 잡아갔는지, 나 혼자만의 기억이 하얗게 바래져 세상에서 사라질 것 같았다. 아니 이미 사라졌는데 나만 기억하고 있는 것 같기도 했다.

"배고프다."

박 동무가 단호한 눈으로 쳐다보다가 잠시 뒤 그 말을 한 사실도 잊은 듯 무료한 표정으로 나를 바라보았다. 그러고는 한마디 했다.

"미국에 반대해서는 안 돼. 창시 빠진 짓이야."

2부

여든 살의 독서모임

1

초여름에 잘랐는데, 벌써 지저분했다. 흰머리라서 더 그런 것 같았다. 향자는 문을 열며 며칠 내로 미장원에 갈 생각을 했다. 덥기도 했다. 문을 닫기 전에 등에 멘 가방 안에 모자를 넣었는지 생각했다. 넣었다. 넣은 것 같았다.

강이 훤하게 보이는 엘리베이터 근처까지 걸어와 참았던 숨을 크게 내쉬었다. 자신처럼 강도 늦더위에 지친 모습이었다. 내쉬고 다시 들이마시고. 두세 번만 해도 저 아래 강물이 입속으로 들어와 구석구석 몸을 채웠다. 더워서 꽃무늬 셔츠의 소맷단을 한 단 더 접었다. 비가 와서 땅을 식히면 좀 나을 거라는 생각을 하며 고개를 숙이자 아래층 복도 난간에 며칠 전부터 걸려 있던 이불이 보였다. 도대체 이불을 널어두고 어디로 간 것인지, 향자는 불길한 생각을 쫓으려는 듯 고개를 저었다.

엘리베이터 앞 903호, 손바닥에 작은 노트북을 올린 뚱뚱한 젊은이가 턱에 마스크를 걸친 채 밖으로 나왔다. 903호엔 말을 못하는 여자와 그 딸이 살고 있었는데, 저 사람은 누구지? 어디서 본 듯하기도 했다. 향자는 남자의 손등에 두둑하게 올라 있는 살을 보면서 마스크를 코까지 올렸다. 이 집에 살던 여자랑 닮았나 해서 얼굴을 확인하고 싶었지만 얼굴은 잘 보이지 않았다. 애 이름이 생각났다.

"아람이?"

"새로 이사 왔습니다."

남자는 고개도 들지 않고 말했다.

"이사? 언제 왔소?"

"몇 달 전에……"

남자는 여전히 한 손에 든 노트북을 들여다보며 대답했다. 향자는 출입문을 열어두고 새 모이를 주던 여자가 생각났다. 무릎 아래까지 오는 치마를 입고 머리를 뒤로 묶은 야위고 창백한 여자였다. 여자는 새장 속의 새에게 바깥세상을 보여주고 싶다는 듯 자주 문을 열었다. 현관으로 나온 딸이 여자에게 손으로 말을 하고, 여자는 웃으면서 손으로 대답을 하고…… 그 모녀는 어디로 간 것일까. 엘리베이터는 아직 이십층, 향자는 두어 번 마른기침을 하며 엘리베이터의 내림 버튼을 다시 눌렀다. 어깨를 한 번 더 펴고 허리를 곧추세웠다. 약간 어지러운 건 여전했다. 어제 너무 더워 잠을 잘못 잔 탓이었다. 25도라는데 이상하게 더웠다. 에어컨을 켤까 싶었지만 백 킬로와트를 초과할까 봐 켜지 않았다. 저소득 고령자의 경우 백 킬로까지만 공짜였다.

엘리베이터가 구층에서 멎고 문이 열리자 엘리베이터 안에 있던 동대표가 인사를 했다. 안녕하세요. 목에 걸린 금 십자가를 보는 순간 향자는 마스크를 눈 아래까지 끌어올렸다. 수봉 씨는 아침부터 어디 갑니까. 이름이 수봉인가, 동대표가 물어도 903호는 여전히 노트북에서 눈을 떼지 않고 대답이 없었다. 운동복 아래 빨간 슬리퍼가 유독 눈에 띄었다. 일하러 가는 건 아닐 거고. 동대표는 들으라는 듯이 중얼거렸다. 향자도 대답을 기다렸지만 903호는 아무 말이 없었다.

아이구 저저…… 동대표가 내리기도 전에 엘리베이터 문이 닫혔다. 향자가 돌아서 다시 열림 단추를 눌렀지만 엘리베이터는 이층으로 올라가고 있었다. 짭새년. 먼저 내린 903호가 날카롭게 중얼거렸다. 짭새…… 향자도 따라 중얼거렸다. 그 말이 무슨 뜻인지 알고는 있었다. 동대표는 이 아파트에 사는 수급자의 동정을 구청에 보고한다는 소문이 있었다. 어쩌면 그보다 더한 일을 할지도 모를 일이었다.

아파트 아래 버스 정류장으로 가다 향자는 고개를 돌렸다. 어디서 봤는지 기억이 났는데, 903호는 여전히 노트북에 눈을 박고 사거리 쪽으로 내려가고 있었다.

향자는 낙동강 하구 둔치에서 풀을 뽑았다. 코로나가 심할 땐 쉬었다가 잠잠해지자 예방주사를 두 번 다 맞은 사람들만 다시 나오라고 했다. 아직 근로 의욕이 있는 노인들에게 간단한 노동을 제공하고 노인연금보다 수당을 쪼끔 더 주는 프로그램이었다. 일도 하고 돈도 받고 부러울 게 없었지만 코로나 때문에 잔소리는 많아졌다. 마스크를 코 아래로 내리지 말고 옆 사람과의 거리도 두 발 간격으로 띄우라고 했다.

풀만 뽑는 게 아니라 낚시꾼들이 풀숲에 버린 물고기도 주워야 했다. 블루킬이나 큰입베스라는 외래종이었다. 그 물고기들은 다른 물고기를 마구 잡아먹어 생태계를 파괴하므로 꼭 잡아야 한다고 했다. 사람도 먹는다는 소문은 뻥이라고 했지만, 버려진 물고기가 휴일이 지난 뒤에는 휴지보다 더 많았다. 입도 크지 않고 날카롭지도 않아 '큰입'도 '킬'이라는 이름도 어울리지 않았는데, 입술은 두껍고 단단해 보였다. 아무거나 잡아먹기보다는 과묵해 보였다. 두꺼운 입술 안에 넘기지도 뱉지도 않은 뭔가가 있는 것 같았다. 먹다 버린 당뇨약과 진통제, 시체나 불륜의 증거, 강물에 떨어뜨린 누군가의 눈물, 잊을 수도 부를 수도 없는 후미코와 쇼헤이라는 이름들. 향자는 쇠집게로 큰입베스를 집어 봉투에 담았다. 늘 그렇듯이 서둘 건 없었다. 빨리 한다고 돈을 더 주지도 않고 집에 일찍 가는 것도 아니었다. 그저 시간만 채우면 되는 일이니 나름대로 장점이 있었다.

근처 파크골프장에서 노란색 공 하나가 굴러왔다. 코로나가 잠잠해진 뒤부터는 아침부터 저녁까지 색색의 옷을 입은 사람들이 서너 명씩 짝을 지어 공을 쳤는데, 오늘처럼 향자가 일하는 곳으로 굴러오기도 했다. 잠시 뒤 벙거지모자를 쓰고 허리에 겉옷을 동여맨 사람이 공을 찾으러 왔다. 향자는 갓길 옆 풀숲에 숨어 있는 걸 알았지만 모르는 척했다. 여자가 해가 질 때까지 공을 찾았으면 했다. 햇볕도 지열도 뜨거웠다. 배낭에서 모자를 꺼내 썼는데도 더웠다. 저쪽에서 조장이 불렀다. 일어서는데 머리가 핑 돌았다. 쓰러질 것 같아 그 자리에 앉았는데 어디서 봤는지 조장이 다가와 고함을 질렀다. 조씨, 왜 이래! 코로나야?

어젯밤에 잠을 설쳐서 생긴 일이라고 해도 마스크를 눈 아래까지 올리고 장갑까지 낀 조장은 향자가 쓰러졌다고 구청에 알렸다. 열도 없고 기침도 안 한다고 해도 늙은이 몸은 아무도 모른다고 우겼다. 향자를 생각해서 하는 말 같지만 관심도 애정도 아니었다. 혹시나 뒤탈이 생길까 봐 몸조심을 하는 건데, 어떤 때는 감시하는 것 같기도 했다. 보고를 받은 구청은 다시 보건소로 연락을 하고. 향자는 잠시 뒤 둔치까지 온

구급차를 타고 보건소로 가서 피를 뽑고 코로나 검사부터 받아야 했다. 파란 보호복을 입은 사람들이 콧구멍을 엄청 아프도록 쑤셨지만 꾹 참았다.

검사 결과는 음성. 어지러워서 잠시 주저앉은 걸 가지고 그 난리를 쳤으니 당연한 결과였다. 두꺼운 마스크를 쓴 의사는 수치 몇 개를 들먹이며, 육 개월 뒤에 다시 검사하러 오라고 했다. 향자가 마스크를 조금 내리며 알겠다고 하자, 마스크 내리지 마세요! 라며 큰 소리를 냈다. 향자가 다시 눈 아래까지 마스크를 끌어올리자 의사는 육 개월 동안은 일을 쉬어야 한다고 했다. 오늘 저녁은 굶어야 한다는 듯, 아무렇지도 않게. 향자는 벼랑 끝에 선 듯 다리가 후들거렸지만 의자 등받이를 잡고, 잠을 못 자 좀 어지러운 걸 가지고 육 개월이나 일을 못하게 하냐고 따졌다. 그렇게 일을 못하면 뭘 먹고사느냐는 말을 겨우 참았다. 참는다고 마스크 안에서 얼굴이 달아올랐다. 의사는 잠시 보고 있더니, 워낙 고령이라 육 개월 뒤도 장담하지 못한다고 했다. 워낙 고령이라니…… 시한부 선고를 받은 기분이었다. 풀숲에 버려져 있던, 아직 살아 있던 베스가 생각났다. 요양원으로 보낸 동준이 된 기분이 들기도 했다. 잠을 못 잔다고 하더니 밥도 안 먹고 조금씩 도와주던 집안일도 안 하고 씻지도 않고 며칠인지도 모르고 나이도 이름도 가끔 까먹었다. 열이 날 때는 누운 자리에서 오줌도 싸고 똥도 쌌다. 수십 년 동안 온갖 병으로 병원을 들락거렸으니…… 요양원에 보내기로 했다. 잠시 정신이 돌아온 동준은 요양원 가자고 이때까지 버틴 줄 아냐고 고함을 질렀지만 한 집에서 같이 살 수 없는 이유는 날마다 늘어났다. 일본에서 통달 402호만 폐지되면 돈 걱정 없이 큰 병원에서 치료받을 수 있다는 말도 더 듣기 싫었다. 원폭 피해자라도 일본을 벗어나면 보호를 받지 못한다는 게 통닭인지 통달인지, 402호였다. 똑같은 피해를 입었는데 일본인만 사람 취급을 하는 일본이나, 그걸 알면서도 한국의 피해자를 외면하는 미국이나 한통속이었다. 한국의 원폭 피해자가 칠만 명이라는데, 동준의 이야기는 들을수록 서럽다가 어느 순간부터 다 듣기도 전에 신물이 났다.

한 달 치 약이 든 종이봉투를 들고 버스를 탔다. 손잡이가 달린 비닐봉투는 오십 원이나 달라고 해서 사지 않았다. 다행히 버스는 손님이 없어 좌석이 비어 있었는데, 좌석까지 가는 데도 힘이 들었다. 아무리 생각해도 메고 다니던 가방을 어디에 두었는지 기억이 나지 않았다. 구급차에도 없고 보건소 대기실 의자에도 없고. 몇 시간 만에 마음도 몸도 굳어진 것 같았다. 약봉지는 손가락에 힘을 조금만 줘도 작은 소리를 내며 부스럭거렸다.

버스는 힘겹게 오르막을 올라가서 아파트 단지 앞에 섰다. 약봉지는 더 구겨지고 약간 터져 있었다. 향자는 그게 꼭 자신의 신세 같았다. 벚꽃도 실컷 못 보고 바쁘게 살았는데……

잇몸이 들쑤셔 당장 틀니를 빼고 싶었다.

버스에서 내려 터진 약봉지를 손바닥으로 받치고 걷고 있는데 맞은편에서 안 영감이 내려오고 있었다. 마스크로 얼굴을 가렸다 해도 안 영감이었다. 모자만 봐도 알 수 있었다. 지난봄까지 노인공공근로를 같이 했는데, 이번에는 보이지 않았다. 형편이 나아졌다는 말도 있었지만, 몸이 아프다면 모를까, 아흔 앞둔 영감이 무슨 재주로 형편이 좋아질 수 있는지 믿을 수 없는 말이었다. 그것 외에도 영감에 대한 말은 많았다. 인사성이 없다, 눈빛이 날카로운 게 평범해 보이지는 않는다, 숨기는 게 많은 사람 같다는 말을 서너 번 들었다. 향자도 같은 생각이었다. 잎이 무성한 벚나무를 지나자 영감과의 거리가 점점 가까워졌다. 오른쪽에 든 약봉지를 왼손으로 잠시 옮길까 생각했지만 그대로 두었다.

영감이 진입로를 가로질러 내려오고 있었다. 코가 반짝이는 구두를 신었다. 나이가 들어도 허리가 꼿꼿하고 걸음도 빨랐다. 사냥모자에 옷도 깔끔하고 나무랄 데가 없었지만 역시 인사성이 없었다. 안 영감은 약봉지를 빤히 보고 향자 얼굴을 보고, 한 번 더 약봉지를 보고, 뭐라 할 듯하다 바로 버스 정류장으로 내려갔다. 입은 밥 먹을 때만 쓰는 건가. 저러니까…… 향자는 뭔가 더 말하려다 입을 다물었다. 빨갱이라는 말이 입안에서 천천히 녹았다.

가만히 있을 수 없어 구청에 구직 신청을 하러 갔다. 번호표를 뽑고 보니 대기자가 아홉 명이었다. 점심도 굶고 주민센터, 의료보험공단, 은행을 돌면서 뗀 서류들을 제출했다. 주민등록번호만 치면 다 알 수 있을 것 같은데 왜 이렇게 떼오라고 하는지 알 수 없었지만 불평을 할 수는 없었다. 한 칸씩 띄우고 앉아야 했는데, 옆에 앉은 젊은 남자는 검은색 마스크를 했다. 구직 신청하는 일에 아주 익숙하다는 듯이, 주위를 돌아보지도 않았다. 신청한 일자리가 뭔지 물어보려고 얼굴을 돌렸다가 기겁을 했다. 마스크가 아니라 마스크 모양으로 얼굴에 검은 칠을 했다. 위험물 옆에 있는 기분이었다. 입구쪽으로 자리를 옮기려고 일어서는데 구청 직원이 불렀다. 머리가 길고 얼굴이 큰 직원은 준비해 간 건 보지도 않고 건강진단서를 요구했다. 보건소에서 아직 못 받았다고 핑계를 대자마자, 그것 없이는 신청이 안 된다고 잘라 말했다. 맞는 말 같기도 했지만 부당한 대우를 받은 것처럼 뭔가 억울했다. 돌아서다 그 청년과 마주쳤다. 청년은 마스크를 내리고 있었다. 그린 게 아니라 진짜 마스크였다. 이번에는 자신에게 놀라 기겁을 했다.

밥 생각도 없어 물만 한잔 마시고 자리가 깔린 바닥에 누웠다. 선풍기가 다리에서 머리까지 훑으니 살 것 같았다. 자고 나면 다른 생각을 할 수 있을 것 같아 눈을 감았는데 어디에선가 카랑카랑한 목소리가 들렸다. 조향자 할머니, 노인복지과 직원입니다. 집에 계신 것 같은데 연락이 안 돼서 관리실에서 방송을 합니다. 곧 올라가겠습니다. 향자는 허둥지둥 일어나 벗어두었던 옷을 다시 챙겨 입고 현관문을 열었다. 강을 건너온 뜨거운 바람만 아파트 안으로 밀려들 뿐 아무도 없었다. 관리실에서 방송을 한다는 말이 생각났다. 관리실은 아파트 단지 가운데 있으니 가장 외진 곳에 있는 301동까지 오려면 시간이 좀 걸릴 일이었다.

미리 열어둔 아파트 출입문으로 향자의 가방을 든 사람이 나타났다. 주민센터에서 올해 노인일자리 사업을 설명해준 그 직원이었다.

"내 가방을 어디서!"

향자가 한걸음에 다가가자 직원이 등 뒤로 가방을 감추었다.

"경비 아저씨가 집에 들어가는 것 봤다는데, 왜 그렇게 전화 연락이 안 됩니까?"

그는 짜증스럽게 묻고는 현관 입구에 가방을 소리 나게 내려놓았다. 향자는 식탁 위에 벗어둔 마스크를 얼른 하고 가방을 집어 들었다.

"전화기가 그 안에 있으니……"

향자는 고맙다며 들어오라고 손짓까지 했지만 직원은 시간이 없다며 신발도 벗지 않고 현관에 걸터앉았다. 선풍기를 끌고 나왔지만 줄이 짧아 바람이 닿지 않았고 물이라도 줄 생각으로 냉장고 문을 열었다. 직원은 냉장고를 힐끔 보더니 아무

것도 필요 없다고. 이렇게 급하게 온 건 노인복지청에서 급하게 전달사항이 내려왔기 때문이라고 했다.

"어디에서?"

향자는 냉장고 문을 닫고 다시 물었다. 긴장할 때의 버릇이었다.

"어르신, 이 아파트를 국가에 맡기시고 장수원으로 옮기시라는데요. 지금 현재로는 다른 수입이나 의지할 가족이 없어 생활이 곤란할 것이라고."

직원은 향자의 얼굴도 쳐다보지 않고 글을 읽듯이 말했다.

"할머니의 모든 상황을 생각할 때 이게 최선입니다. 가족도 없고."

직원은 그제야 고개를 들었다. 잘 알아들었냐는 듯이. 향자는 못 알아들은 척하고 싶었는데, 손이 먼저 떨렸다. 병원에서 육 개월 쉬라고 할 때보다 더 충격적이었다.

"어지러워서 잠시 앉았다고 일도 못하게 하더니 아직 약도 한 봉지 안 먹었는데 이제 어딜 가라고?"

들고 있던 플라스틱 물컵을 싱크대에 집어 던지며 화를 냈다. 진짜 화가 났다. 직원은 조금 당황한 듯 마른기침을 하고는 마스크를 눌렀다.

"금융자산이 있다면 이대로 하지 않아도 됩니다."

직원은 한발 물러나는 척했지만 금융자산까지 탈탈 털어 나온 자료라는 걸 은근히 알리는 중이었다.

"코로나가 난리인데 어디로 가라고?"

향자가 턱에 걸치고 있던 마스크를 벗었다. 목소리가 커졌다.

"그래서 더 가셔야죠. 혼자 사시다 코로나 걸리면 어떡하실 겁니까? 가방도 풀밭에 두고 다니시면서…… 여기에 자세하게 설명되어 있어요. 시간 나실 때 보시고."

직원은 더워서 더 말을 못하겠다는 듯 숨을 크게 내쉬며 장수원 설명서를 신발장 위에 두었다.

2

강이 도시 바깥을 돌아 바다에 닿을 때까지 몇 줄기로 갈라지는지 아는 사람은 의외로 없다. 그 강을 건너는 다리가 몇 개인지 아는 사람은 진짜 드물거나 아예 없을지도 모른다. 강근처에 사는 사람도 마찬가지이다. 매일 보지만, 매일 본다고 강을 다 알 수 있다고 생각하지는 않는다. 하다못해 바람이 불고 비만 와도 창문을 닫아버리니 강이 바람과 비에 얼마나 출렁거리고 흔들리는지 제대로 본 적이 없다. 바람이 불고 비가오는 강을 본다 해서 인생이 달라질 것도 없다. 인생은 그런일로 달라지지는 않는다. 동준은 1945년 8월 히로시마에 있었기 때문에 인생이 달라졌다고 했다. 아니지, 아버지가 그곳으로 일을 하러 가지 않았다면 히로시마에 살 일도 없었지, 라고 중얼거리기도 했다. 아버지와 아버지의 아버지…… 한도 끝도 없는 기원들, 그렇게 따지는 것은 아파트 앞을 흐르는 강이 어디서 시작되어 이곳까지 왔는지 거슬러 올라가는 일과 비슷하다고 향자는 생각했다. 향자도 자신의 인생 전환점이 어디인지 알 수 없었다. 한국으로 온 때인지, 동준과의 결혼인지 아니면 엄마가 배에 붙은 녹을 떼다 사다리에서 떨어진 순간부터인지……

　동준과 아들이 죽었을 때가 가장 힘들었다. 동준 때보다는 아들이 더 힘들었다. 그러나 그때에도 무슨 일을 해야 하는지는 알 것 같았다. 며칠 동안 밥을 먹고 잠을 자는 것이 힘들었지만 힘들수록 살아 있다는 느낌도 생생했다. 가끔 달달한 커피나 사과가 먹고 싶고, 거울을 오랫동안 들여다보고 있을 때도 있었다. 조금 당황스럽기도 했지만 산 사람은 어떻게든 산다는 말을 반박하거나 자신은 다르다고 말하지는 않았다.

　동준이든 아들이든 장례를 치른 후 삼사 일이 지나면 다시 일을 하러 갔다. 무릎이 약간 아프고 위염이 있지만 일을 못 갈 정도는 아니었다. 가끔 물속으로 잠기는 듯한, 혹은 강 아래로 떠내려가는 느낌은 견디기 힘들었다. 그래도 때가 되면 배는 고프고 잠은 왔다. 또 사과가 먹고 싶고 시원한 우동 국물이 먹고 싶었다. 가끔 소주 생각도 났다. 저녁 아홉시만 되면 잠이 쏟아졌다. 그래도 하루에 한 번씩은 동준과 아들 생각을 해야겠다고 마음을 먹었는데 그 생각조차도 잊고 있었다. 그러고도 밥도 잘 먹고 웃기도 하고 화장실에서 시원하게 오줌도 눴다. 의지와 상관없이 다가오는 어떤 것을 느낄 때마다 강바닥에 내린 다리의 기둥을 보는 것 같았다. 어딘지 모르지만 깊숙이 뿌리를 박은 뭔가가 강 아래로 떠내려가지 않게 하는 것처럼, 자신이 멀리 가지 않도록 밥을 먹이고 잠을 재우는 것 같았다. 고맙거나 반갑지는 않았지만 거부할 수도 없었다. 그런데 지금은 기둥이 뽑힌 채 어디로 떠내려가는 느낌이었다.

직원은 입을 옷만 간단하게 챙기라고 했다. 그곳에 가면 칫솔부터 이불까지 다 준다고. 몸만 오면 된다는데, 기분이 이상했다. 문틈으로 물이 스며들고 뒷산의 옹벽이 무너지고 코로나에 걸려 숨도 제대로 못 쉴 것 같았다. 밥그릇도 숟가락도 필요 없다니. 살길을 열어주지만 막다른 골목 같은 느낌도 들었다.

반쯤 열린 목욕탕 문으로 벗어둔 양말과 속옷이 보였다. 어제 빨아야 했는데 만사 귀찮아서 내버려둔 것이었다. 옷걸이에 걸린 상의도 빨아야 했다. 여름이라 두 번만 입고 나가도 쉰내가 났다. 늙은이의 땀 냄새는 고약했다. 향자는 상의를 걷어 들고 목욕탕으로 들어갔다. 양말과 속옷은 꼼꼼하게 씻어야 하지만 오늘은 액체 세제를 푼 물에 몇 번 비비기만 하고 끝을 냈다. 베란다에 널고 돌아서니 신발장의 수납칸에 놓인 장수원 설명서가 보였다. 신발장과 베란다는 일직선이어서 눈을 돌릴 수도 없고, 불청객도 그런 불청객이 없었다.

현관문을 닫고 천천히 엘리베이터 쪽으로 걸어가는데 며칠 전에 걸려 있던 이불이 생각났다. 난간 아래를 보니 이불은 아직도 널려 있었다. 누가 저렇게 이불을…… 내려가서 관리실에 이불 이야기를 해야겠다는 생각이 들었다. 위에서 내려오던 엘리베이터 문이 열렸다. 문 쪽에 타고 있던 대표가 옆으로 한 걸음 물러난 후 작은 꽃이 그려진 향자의 티셔츠를 유심히 보는 듯했다. 뭐가 묻었나, 가볍게 인사를 한 후 슬쩍 내려다보니, 작은 구멍이 보였다. 오래 입긴 했다.

"오층에 이불이 며칠째 널려 있는데."

향자는 마스크의 콧등을 누르며 뭔가 불행한 일이 있을지도 모른다는 뜻으로 동대표와 눈빛을 교환했다.

"몇 층이라고요?"

동대표는 당장 확인을 해야 한다는 듯 마스크를 내리며 물었다.

"그게 오층인지……"

잠깐 머뭇거리는 사이에 엘리베이터는 오층을 통과했다. 이야기를 빨리 하셔야지, 동대표는 조금 짜증을 내며 일층에서 다시 오층을 눌렀다. 향자는 기분이 상했지만 다시 오층으로 올라갔다.

난간에는 이불이 없었다. 올려다보니 육층 가운데 집이었다. 저 집은 호주네 집인데. 호주 엄마는 어제 친정에서 오는 길이라며…… 향자는 동대표의 눈을 피해 얼른 엘리베이터 쪽으로 움직였다.

"도대체 뭘 보고……"

뒤따라온 동대표가 따지듯이 물었다. 향자는 당황스러웠다. 오층인지 육층인지는 모르지만 분명히 며칠 전부터 아래 층에 이불이 널려 있었다. 어쨌든 아무 일도 없다는 사실에 마음이 놓였다.

"어제 보건소에서 연락 왔어요. 일하다 쓰러지셨다고."

동대표는 할 말이 많지만 이 정도만 하겠다는 듯 잠시 쳐다 보더니 엘리베이터가 일층에 닿자 빠른 걸음으로 멀어졌다. 별걸 다 알리네. 코로나 걸린 것도 아닌데. 향자는 인상을 찌 푸리며 아파트 밖으로 나왔다. 근처 복지관이 생각났다. 노인 일자리는 상반기 넉 달, 하반기 넉 달이어서 일 년에 서너 달 은 쉬어야 했는데 쉴 때마다 시간도 때우고 점심도 먹은 곳이 었다.

복지관까지 버스 정류소가 네 개나 있었는데 버스비가 아 까워 늘 걸어 다녔다. 혈압과 당뇨를 생각해도 걸어야 했다. 의사들은 늘 움직이라고, 누워 있지 말고, 앉아 있지 말고 걸 어야 된다고 했다. 의사마다 똑같은 말을 하지만 수익이 없 는 달에 점심을 먹을 수 있는 곳을 가르쳐주는 사람은 없었 다. 일요일은 절에서 예불 마치고 먹고 두세 번은 복지관에서 먹고 그 나머지가 문제였다. 아파트 경로당은 회원들만 갈 수 있었다. 가입비만 내면 되지만 사람들의 입과 눈이 무서웠다. 그 입과 눈에 살과 뼈가 녹을 것 같았다. 영감도 모자라 자식까지 잡아먹은 왜년. 한 번도 들은 적은 없지만 늘 듣게 될까 봐 두려운 말이었다.

복지관은 큰길에 접한 도서관 앞문으로 들어가 뒷문으로 나가면 훨씬 가까웠다. 도서관 입구에서 출입 확인을 해야 하는 게 귀찮지만 냉방도 되니 오르막길보다는 나았다. 들어서자 커피 냄새가 가득했다. 안내실 옆 카페에 앉아 있던 뚱뚱한 남자와 눈이 마주쳤다. 903호…… 이름을 생각하고 있는데 젊은 사람이 옆에 앉은 사람에게 귓속말을 하고 얼른 고개를 돌렸다.

"할머니, 오늘은 쉬시나 보네요. 커피 좋아하시면……"

다시 눈이 마주치자 젊은이가 살갑게 굴었다. 평소에도 그랬던 것처럼, 향자도 반갑다는 듯 웃었다.

"커피 한잔 사드릴까요? 같은 아파트에 사는데."

903호의 말이 끝나기도 전에 그 옆에 앉은 여자가 반쯤 일어나 자리를 권했다. 큰 눈에 광대뼈가 솟은 얼굴, 마스크는 턱에 걸려 있었다. 마음을 정하기도 전에 몸이 그쪽으로 향하고 있었다. 등받이가 동그란 철제 의자 밖으로 903호의 엉덩이가 반 이상 나와 있었다.

"같은 라인에 사시는 향자 할머니이신데, 며칠 전부터 쉬고 계세요."

903호도 어디서 들었는지 이름뿐 아니라 일하러 못 가는 것까지 알고 있었다. 향자는 복지관에 공짜 밥 먹으러 가는 것까지 알고 있을 것 같아 당황스러웠다.

"혈압이 높다고 좀 쉬라네."

부끄러운 말이 아닌데도 부끄러웠다. 여자가 마음을 이해한다는 듯이 빙그레 웃었다.

"건강해 보이시는데, 이렇게 도서관에도 오시고. 무슨 책을 좋아하세요?"

기가 세 보이는 얼굴과 달리 목소리는 우유 판촉을 하는 사람처럼 부드러웠다. 복지관으로 가는 길이라는 말을 하면 실망할 것 같았다. 아니 자신이 더 실망스러워서 그 말을 할 수 없었다. 순간 세상살이가 아무리 복잡해도 하늘과 땅 사이의 일이라고 한 동준의 말이 생각났다.

"죽기 전에 꼭 해야 하는 일이 있는지 알고 싶어서."

천지 만물에 각기 하나의 말이 있듯이 사람마다 반드시 해야 하는 일이 하나씩은 있다고 한 동준의 말을 조금 바꾸었다. 903호와 여자의 눈이 반짝 빛을 냈다. 여자는 박수까지 쳤다.

"오, 역시 멋있다. 어르신이랑 같이하면 가산점 준다고 했지?"

여자가 향자 쪽으로 등을 보이고 앉아 있는 남자애에게 물었다. 남자애는 당황한 듯 고개를 서너 번 끄덕거린 후 고개

를 돌렸다. 마스크를 했지만 진명이었다. 진명의 눈이 보기
싫게 일그러졌다. 반갑기도 하고 당황스럽기도 할 것이다.

강이 내다보이는 단지 뒤편 쉼터에는 갈라지거나 틈이 벌
어진 의자 두 개가 있었다. 오후가 되면 그늘이 져서 향자가
일을 마치고 오다 강 구경을 하는 곳인데 외진 곳이라 아무도
없을 때가 많았다. 그날은 마스크도 안 한 그 아이가 앉아 미
지근해진 햇빛을 움켜쥐고 싶다는 듯 뒤틀린 손을 펼치려고
애를 쓰고 있었다. 그 아이의 손을 보고 있는데 향자는 자신
의 손가락 사이로 뭔가 흘러내리는 것 같았다. 보이진 않지만
뭔지는 알 것 같았다. 시공을 떠돌다 어느 한순간 손안으로
들어오는 것, 향자는 그것을 가루라고 표현하고 싶지 않아 눈
을 찡그리며 오므렸던 손가락을 폈다. 류머티즘 관절염으로
휘어진 검지와 중지가 아렸다. 아이가 향자의 손을 쳐다보았
다. 손이 아프냐고 물을 것 같았다. 그런데 이름을 물었다. 몇
마디를 묻는데도 침이 흐르고 목에 핏대가 섰다. 아파트 아래
마트의 정육 코너에서 일하는 여자의 아들이었다.
　"이름?"
　향자는 어떤 감정도 드러내지 않으려고 무뚝뚝하게 말했다.
　"제 할머니는 아니니까요."
　손자가 아니니 할머니라 부를 수 없다는 말 같은데 기가 찼
다. 할머니만 그렇나, 형, 언니, 이모, 삼촌, 어머니, 아버지까

지…… 세상에 친인척이 아닌 사람이 없는데 이상하다는 생각이 들었지만, 또 온몸을 비틀고 침을 흘리며 물을까 봐 조향자라고 했다.

"다른 분들은 안 가르쳐주는데…… 감사합니다."

아이가 뒤틀린 손으로 박수를 쳤다. 웃는다고 얼굴이 조금 일그러지더니 또 침이 흘렀다. 향자는 침이 튈까 봐 한 걸음 뒤로 물러났다. 아이는 호주머니에서 손수건을 꺼내 침을 닦은 후 저는 박진명입니다, 라고 인사를 했다.

그다음부터 진명이는 만날 때마다 이름을 불렀다. 생각했던 것보다 기분이 좋았다. 주민센터나 보건소에서 부르는 것하고는 달랐다. 1933년생, 올해 88세, 혈압과 당뇨, 배뇨장애, 입마름증, 퇴행성관절염, 기초생활수급자. 자신의 몸을 덮고 있던 표면의 어느 부분이 툭툭 터지는 기분이었다. 후미코. 조덕심과 다카하시의 딸이었던 자신의 모습이 어젯밤 달처럼 생각났다.

진명은 고등학교 1학년 때 학교를 그만두었지만 대학은 꼭 갈 거라고 했다. 도서관이나 복지관에서 공부하면서 검정고시 준비한다고. 머리를 식히느라 그 자리에 앉아 있다고 했지만 의자 밑엔 과자 봉지, 초콜릿 껍질 등이 널려 있었다. 그애가 왜 이곳에 자주 오는지 알 수 있었지만 향자는 못 본 척했다. 그 이후로도 진명은 한 번도 먹을 걸 나눠준 적은 없지만 벤치 위에 놓인 가방에서 도서관 독서회 회원이라며 책을 꺼내 보여줄 때는 있었다. 요 아래 사거리에서 과일 파는 아저씨도 있는데 잘 안 와요. 말할 때마다 목에 핏줄이 돋았다. 책은 읽고 싶은데 시간이 안 된다고 하세요. 저소득층과 65세 이상 노인이 참여하면 가산점이 붙는다고 할 때는 몸속 깊은 곳에서 말을 캐내는 것처럼 온몸을 비틀었다.

3

저녁을 먹고 난 뒤에도 생각해봤지만 식구 중 책을 좋아하는 사람은 아무도 없었다. 아들은 맥주와 삼겹살, 딸기를 좋아했다. 동준은 멸치 국물에 애호박을 넣은 칼국수를 좋아했는데 자주 먹지 못했다. 의사들이 밀가루 음식을 먹지 말라고 했기 때문이다. 가려움, 위통, 기침, 관절염 등 온갖 병을 달고 있었다. 꼬박꼬박 병원에서 처방해준 약을 먹어도 아픈 곳은 점점 늘어났다. 오로지 약을 먹기 위해 국에 밥을 말아 먹거나 죽을 반 공기씩 먹었다.

향자도 마찬가지였다. 책을 보기는 봤지만 사본 기억은 거의 없었다. 도서관에서 일을 할 때도 서류에 적는 이름이나 주소, 간단한 메모 외에는 글을 써본 적이 없었다. 글을 쓰지 않아도 읽지 않아도 수십 년을 살았다. 앞으로도 이름과 주소, 전화번호 외에는 더 쓸 일이 없을 것 같았다. 네모난 책만 생각해도 막다른 골목에 갇힌 느낌이었다. 한 줄씩 늘어진 글자들과 한 장씩 넘겨야 하는 종이들, 그 안에 무슨 말이 쓰여 있든 답답하고 따분하게 느껴졌다. 그래도 참가하기만 하면 책도 주고 점심도 준다는데 못할 이유가 없었다. 염치없지만 젊은 사람들이랑 같이 책을 읽겠다고 마음을 먹고 돌아누웠는데, 책을 좋아하는 사람이 생각났다.

구청 청소과를 그만둔 후 도서관에 취직을 했다. 열람실 청소와 휴게실 정리 외 무거운 책을 날랐다. 일용직이라 보수는 형편없었지만 위치가 마음에 들었다. 산 아래, 동네 한가운데 묻혀 있어 도서관도 낡은 집들과 구별이 되지 않는 곳이었다. 없어질 거란 말들이 무성했지만 그래도 그 지역에서 하나뿐인 문화시설이라는 이유로 꾸역꾸역 생명이 연장되었는데 당연히 좌석제를 하지 않아도 될 만큼 이용객은 많지가 않았다.

개관 전에 미리 가서 청소와 환기를 하고 열시까지 오전 근무, 오후 네시부터 여덟시까지 오후 근무를 했다. 그 가운데 시간은 공익근무 중이었던 박군 담당이었다. 두 번 출근하는 셈이지만 직원들 근무시간이 아니라서 편한 점도 있었다. 직원들은 누가 해야 하는 일인지 따져보지도 않고 눈만 마주치면 일을 시켰다. 화장실 물이 안 내려가도, 형광등이 깜빡거려도, 이용객이 코를 골며 자고 있어도, 오래된 책을 보관실로 옮길 때도 향자를 불렀다.

그날은 박군이 병원에 들렀다 온다고 해서 오전 근무시간이 길어졌다. 길어진 만큼 총무실에서 자주 찾았다. 또 호출이었다. 탕비실에서 큰 두루마리 휴지를 들고 화장실로 갔다. 향자는 화장실로 들어가는 중이었고 여자는 나오는 중이었다. 충분히 피할 수 있으리라 생각했는데, 여자가 주위를 살피지도 않고 그대로 걸어와 향자와 부딪쳤다. 여자는 눈도 마주치지 않고 미안하다고 했다. 그 낡은 도서관에서 일어나는 일치고는 대수롭지 않은 일이었다. 술 먹고 자러 오는 사람도 있고 등산 후에 쉬러 오는 사람도 있으니. 그런데도 뭔가 이상해서 화장실 입구에 잠깐 멈춰 선 것은 목소리 때문이었다. 들은 듯한, 귀에 익숙한 목소리라는 생각을 마저 하기도 전에 여자는 열람실 문을 열고 들어갔다. 향자도 화장실에서 용변을 보고 있는 사람에게 휴지를 전해주어야 했다. 가운데 칸에 있다는 전화가 왔다며, 총무과 주사는 웃지 않으려고 얼굴을 찡그렸다. 가운데 칸 화장실의 여자는 문을 빼꼼 열고 휴지를 받았다. 화장실을 나와 일층 총무과로 내려가다가 멈추었다. 누구 목소리인지 생각이 났다. 한때는…… 며느리였다.

사돈 내외와 며느리의 작은아버지가 집으로 우르르 몰려왔다. 아들은 그 뒤에 서 있었다. 보건소 직원이라는 며느리의 작은아버지는 명백한 사기 결혼이라고 했다. 사기라니? 향자는 아들의 얼굴을 쳐다보았다. 다른 여자에게서 애라도 낳았나 하는 생각이 가장 빨리 스쳐 지나갔다. 동준은 아무 말도 하지 않았다. 간혹 아픈 사람도 있지만 건강한 사람도 많은데 집에까지 와서…… 사돈을 막아선 아들의 말을 듣고서야 왜 사기 결혼이라고 한 건지 알 수 있었다. 몸이 안 좋은 사돈 앞에서 할 말은 아니지만 우리 딸을 평생 고생시킬 수는 없어요. 그 사실을 알았으면 절대 결혼시키지 않았을 겁니다, 바깥사돈이었다. 아무리 남의 집 자식이지만 그 고생을 또 하라고? 누구에게 하는 말인지 알 수 있었는데도 안사돈은 향자의 얼굴을 쳐다보고 말했다. 동준을 대신해서 이십 년 넘게 미화원으로 일하며 가장의 역할을 하던 때였다. 늘 숨이 끝에 달린 듯 불안한 삶이었다. 절약하고 아끼고, 내일 일하러 가기 위해 일찍 잤다. 아프면 일을 못하고 일을 못하면 잘리지만 늘 어딘가 아팠다. 해열진통제와 소염진통제를 구별해서 사두었다. 진통제가 있으면 좀 안심이 되는 삶이었다. 그런 삶이었지만 내팽개치고 싶지는 않았다. 조금씩 차이는 있겠지만 다들 그렇게 산다고 생각했는데…… 향자는 한마디도 하지 못했다. 우리도 일본과 미국에 피해보상을 요구하는 중입니다. 동준이 겨우 한마디를 했지만, 목소리가 떨리고 작아서 제대로 들리지도 않았다. 며느리의 작은아버지는 기막히다는 듯 웃었다. 우리 애가 결혼한 건 이병호이지 일본이나 미국이 아닙니다. 따지는 건 피해를 본 분께서 알아서 하시고 이 결혼은 무효입니다. 아들의 얼굴이 점점 창백해지고 동준의 얼굴은 더 창백해졌다. 며느리는 그날 사돈의 손에 이끌려

친정으로 간 뒤 돌아오지 않았다.

그 뒤에도 며느리는 늘 그 모습이었다. 얼굴이 누렇고 손질하지 않은 머리를 헐렁하게 묶고, 엎드려서 잘 때도 있었다. 책상 위의 9급 국어와 9급 한국사, 그 옆에 소설책도 있었다. 수험서보다는 소설책을 자주 보고 있었다. 해가 바뀌고 향자가 집에서 가까운 도서관으로 옮기기 전까지 며느리는 그러고 있었지만 그 이야기를 동준에게도 아들에게도 하지 않았다. 했으면 뭔가 달라졌을까. 아들은 죽고 없는데 후회는 사라지지 않았다.

현관문을 열자 강 건너 하늘에 별이 하나 떠 있었다. 아들이 금성이라고 한, 크고 밝은 별이었다. 해가 지면 가장 먼저 얼굴을 내민다는 그 별이 강물에 씻어 내놓은 것처럼 빛이 났다. 아들이 죽고 난 다음 향자도 그 별을 자주 쳐다보았다. 이젠 눈 깜빡할 사이에 하늘 높은 곳으로 이동을 한다는 것도 알고 있었다. 오늘은 강으로 내려가 별을 보고 싶었다.

엘리베이터는 기다렸다는 듯 올라와 문을 열었다. 놀이터 뒤쪽에 큰길로 이어지는 나무 계단이 있었다. 늘 무릎이 아플까 봐 찻길로 돌아 다녔지만 오늘은 쉬엄쉬엄 내려가볼 생각이었다. 가로등도 드문드문 놓여 있어 발밑이 어둡지도 않았는데 올라올 걱정에 다리가 점점 무거워졌다. 첫 쉼터에서 일단 쉬어야 할 것 같아 앉을 의자를 고르고 있는데 안쪽 벤치에서 누군가 일어나더니 안녕하십니까, 인사를 했다. 깜짝 놀라

심장이 얼어붙는 것 같았다. 마스크부터 양쪽 귀에 걸었다.

"더워서 바람 쐬러 나왔습니다."

목소리를 들으니 누구인지 알 것 같았다. 903호였다.

"나도 강바람이나 쐴까 하고."

조용한 밤이라 나지막하게 중얼거려도 충분히 들을 수 있는 목소리였다. 멀리 떨어져 앉으려다 반걸음만큼 다가갔다. 며칠 전에 놀이터 벤치에 진명 엄마랑 앉아 있는 걸 봤는데, 혼자냐고 물으려다 말았다.

"이웃에 살았는데 떠날 때가 되어서야 만나네."

향자는 자신의 목소리가 밤기운 탓인지 쓸쓸하게 들린다고 생각했다.

"소문은 들었습니다. 집을 복지청에 넘기고 보호시설로 가신다고……"

"누가 남의 말을 그렇게 함부로 하고 다니나?"

향자는 나무라듯이 화를 냈다.

"직원이 동대표를 만나 이야기를 하더라고요. 엘리베이터 앞에서 들었습니다. 전 그냥 들은 대로……"

903호가 손으로 입을 가리고 말실수를 한 것처럼 쩔쩔맸다.

"혼자 살다 코로나 걸릴까 봐…… 거기 가면 나라에서 다 관리해준다니까."

향자는 화를 낸 게 미안해서 잔기침을 몇 번 했다.

"미친놈들, 그게 말이라고. 확진자가 제일 많은 데가 요양원인데……"

이번에는 903호가 갑자기 화를 냈다.

"요양원은 아니고…… 밤이 되니 쌀쌀하네."

향자는 팔뚝을 쓸어내리며 그대로 집으로 가고 싶다는 생각을 했다.

"독서모임은 이번 주 금요일에 있습니다. 서점이 좀 멀어서 저랑 같이 가야……"

903호가 향자의 마음을 읽은 듯 반쯤 일어나면서 급하게 말했다.

"학교도 많이 못 나온 사람이 독서모임은 무신……"

말은 그렇게 했지만 점심도 주고 책도 준다는데…… 마음은 그게 아니었다. 계단을 한 칸 올라섰는데 903호의 큰 목소리가 들렸다. 내일 아침에 문자 드릴게요. 저는 수봉입니다. 그제야 그 이름이 기억이 났다.

수봉이 문자를 보냈다. 국밥집 맞은편 버스 정류소에서 만나자고 했다. 향자는 미리 준비해둔 파란색 마직 원피스를 입었다. 오래전에 큰맘 먹고 산 옷인데, 코로나가 오기 전 복지관 축제 때 입고 그대로 걸려 있었다. 마스크까지 야무지게 쓰고 집을 나섰다. 어딜 가냐고 물어보면 약속이 있어 나간다는 말을 하고 싶었지만 아무도 보이지 않았다. 수봉은 정류소에 먼저 와 있었다. 빨간색 슬리퍼와 운동복 바지, 검은색 반팔 티셔츠를 입고 입던 수봉의 눈이 순간 빛났다. 무슨 말을 할 듯 입을 딸막이다 고개만 까딱했다.

종점 근처라 버스에는 빈자리가 많았다. 향자는 수봉의 뒤에 앉았다. 덩치가 커서 한쪽 어깨가 절반쯤 의자 등받이 밖으로 나와 있고 까맣고 숱 많은 머리 밑으로 땀이 번질거렸다. 직업은 없는 거 같은데 어떻게 먹고사는지…… 주민센터를 지날 때부터 졸렸다. 어느새 살짝 잠이 들었는데 수봉이 돌아보며 대천천이라며 다음에 내린다고 했다.

대천천 주변이라면 자다 깨도 길을 찾을 수 있었다. 둑 근처 낡은 빌라 일층에 향자의 단골 미장원이 있었다. 늙은 개와 같이 사는 주인은 인정이 많아 삶은 고구마와 믹스커피를 마음껏 먹게 했다. 파마는 이만오천 원 커트는 구천 원이었다. 끼니 삼아 고구마 먹고 커피 마시고 머리도 하고, 이런저런 이야기도 하고 좋았는데 당장 수입이 없으니, 향자는 더부룩해진 머리를 귀 뒤로 넘기며 숨을 크게 쉬었다.

수봉을 따라 개천으로 내려가자 다리 밑에 늙수그레한 남자들이 턱에 마스크를 걸치고 모여들어 장기를 두고 있었다. 며칠간 돈 구경도 못했네. 코로나에 걸리면 나라에서 밥은 준다던데…… 남자 한 명이 고개를 돌려 침을 뱉었다. 나도 나이 많다고 써주는 곳이 없어. 씨발. 대꾸를 한 남자가 천을 가로질러 가는 수봉과 향자를 물끄러미 보고 있었다. 왜 부자들한테도 재난지원금 똑같이 주는데? 그게 평등인가. 수십 억을 가진 사람도 받지 않겠다는 말을 안 하는 세상이니. 듣기만 해도 눈앞이 깜깜하고 다리가 후들거렸다.

강 건너편으로 올라온 수봉은 중고가구점, 의료기 가게, 개척교회를 지나 돼지국밥집 건물로 들어갔다. 서점이 있을 것 같지도 않았는데 삼층으로 올라가자 편지 봉투만 한 간판이 붙어 있었다. 숨. 이름을 짓다 말았나 싶었지만 수봉은 망설임 없이 회색 철문을 열면서 먼저 들어가시라며 마스크를 벗었다.

방이 두 개인 다세대주택이었다. 한쪽 벽에 책이 빼곡히 꽂혀 있고 작은방 한가운데의 진열대에도 쌓여 있었다. 주방의 싱크대 옆에 커피포트와 냄비, 그릇이 몇 개 보였고 컴퓨터가 놓인 책상이 그 옆에 있었다. 큰방 한가운데의 테이블에 앉아 있던 여자가 인사를 했다. 어르신, 여기 앉으세요. 오늘 멋지시네요. 목소리를 들어보니 도서관 카페에서 만난 여자였다. 난 누구라고, 향자도 반갑게 인사를 했다. 환한 데서 보니 광대뼈 아래로 주름이 많았다. 이 집 주인이냐고 묻자 아니라고, 주인은 서점으로 먹고살 수가 없어 알바하러 다닌다고 했다. 먹고살 수 없는 사람이 이렇게 많아서야…… 향자가 혀를 차자, 서점은 코로나 오기 전부터 힘들었다고 했다. 서점 주인이 어디로 알바하러 갔는지 물어보려고 고개를 돌리다 화장실에서 나오던 진명과 눈이 마주쳤다. 예상을 못한 듯 진명의 큰 눈이 더 커졌다. 향자 할머니가 어떻게 여길 왔냐고 물을 것 같았지만, 진명은 아무 말도 하지 않고 손에 묻은 물을 닦고 있었다.

"넌……"

진명이 옆자리에 앉자 회장이 무슨 말을 하려다 말았다. 약간 미간을 모으더니, 어르신께 인사드리라고 했다. 진명이 꾸벅 인사를 했다. 향자를 어르신이라 부른 회장의 눈이 서점 안으로 들어오는 수봉을 향했다.

"오늘도 운동복이네."

회장이 다른 옷 없냐는 듯이 빈정거렸다.

"아 참. 나는 데이트할 때도 추리닝 입는다니까요."

수봉이 가볍게 짜증을 내며 향자 옆에 앉았다. 데이트를 하긴 한 거냐고 회장이 한마디 더 하자 수봉은, 지난주 데이트 사진을 보여주겠다며 휴대폰을 내밀었다. 여자 친구는 사진에 없고 마스크를 쓴 수봉만 장미 앞에서 어색하게 웃고 있었다. 검정 핸드백이 수봉의 목 아래 매달려 있었다. 수봉은, 여자 친구 건데 데이트 내내 그러고 다녔다고 했다. 끈이 짧아 어깨에 멜 수 없어 목에 멘다며, 여자 친구가 목에 매달려 있는 기분이라 나쁘진 않다는 것이었다. 마지막으로 사진을 본 진명이 진짜 특이한 취향이라고 하자 수봉의 눈빛이 조금 달라졌다. 향자는 진명 엄마의 얼굴이 떠올랐지만 아무 말도 하지 않았다.

"자, 이제 그만하고 시작합시다."

회장이 자세를 고쳐 앉으며 목소리를 높였다. 수봉이 휴대폰을 집어넣고 마른기침을 했다.

"각자 생각해 온 것을 말씀하시죠."

회장의 목소리에 무게가 실렸다. 수봉과 진명이 굳은 표정으로 눈을 내리깔았다. 무슨 생각을 해오라고 했는지…… 향자는 아무래도 자신이 끼일 자리가 아닌 것도 같고 오줌도 마려웠다. 엉거주춤 일어서려는데 회장이 무언가를 눈치챈 것처럼 말했다.

"어르신, 너무 부담 가질 필요 없이 그냥 듣기만 하면 됩니다. 아, 그리고 저는 말씀드렸는지 모르지만 이 독서모임 회장 이현주입니다."

여자가 돌아보며 웃었다. 저번에도 들은 것 같지만 그런 건 별로 중요한 게 아니었다. 오줌도 참을 만했다. 회장은 답을 기다리는 눈치인데 두 사람은 생각해 온 게 없다는 듯이 입을 다물고만 있었다. 뭘 생각해 오라고 했는지는 모르지만 저렇게 입을 꾹 다물고 있으니 답답해서 다시 화장실에라도 가야겠다는 생각을 하고 있는데, 진명이 갑갑한지 마스크를 벗었다. 회장이 향자를 돌아보며 우리가 이 사회를 바꾸기 위해 할 일은 없을까 하는 게 주제라고 했다. 누가 뭘 바꾼다고? 생각이 목구멍에 끼인 듯 말이 되지 않았다. 뭘 해서 먹고사는지는 알 수 없지만 자기 자신도 감당할 수 없는 사람들 같은데…… 사회를 바꾼다고? 모두 허파에 바람이 잔뜩 든 사람들 같았다.

"하루에 천 원씩 모아 어려운 이웃과 나누는 건 어떨까요?"

진명이 몸을 비틀고 목에 핏대를 세우며 말했다. 회장이 고개를 끄덕이려다가 진명의 입꼬리에 묻어 있는 침을 닦으라는 듯 손으로 입술을 만졌다.

"하루에 천 원을 모아 뭐 할래?"

수봉이 인상을 썼다.

"돈이 많다고 세상을 바꿀 수 있는 건 아니지만……"

진명은 얼굴까지 붉게 물들이며 대꾸한 후 입을 닦았다. 닦이지 않은 침들이 뺨 쪽으로 번지자 회장이 놀란 듯 휴지를 더 뽑았다.

"그런 일은 해마다 누군가 하고 있어. 그 일을 하지 않아서 우리 사회가 이 모양이 된 것은 아니지. 좋은 일만으로 사회를 바꾸는 건 아닌 것 같아. 결국은 사회를 바꾼 일이 좋은 일이 되는 거야."

침을 닦는 진명을 보면서 회장이 말했다. 무슨 말인지 정확히 알 수 없지만 뭔가 뜨거운 것이 목덜미를 적시는 기분이었다. 묵은 때가 벽면에 그을린 듯 남아 있고 낡은 책으로도 서가를 다 못 채운 서점에서 뇌성마비 청소년과 뚱뚱한 젊은이, 기가 세 보이는 중년의 여자와 내일모레면 집을 내놓고 어디론가 가야 할 자신이 모여 이런 이야기를 할 줄은 몰랐다고 향자는 생각했다.

"코로나가 걱정스럽긴 한데 그 불안을 이용해서 사회를 바꿀 수 있지 않을까요?"

수봉이 조심스럽다는 듯 콧잔등을 긁었다.

"불안으로?"

회장이 의심스럽다는 듯 되물었다.

"지금은 좀 잠잠해졌습니다만 몇 번 심각한 적이 있었잖아요. 처음엔 마스크를 못 사서 쩔쩔맸고."

"그랬지."

회장이 말했다.

"엄청 빠르게 번져갔잖아요. 약도 없고 백신도 없고. 감염자가 너무 많아 병실 기다리다 사망하고, 감염자와 접촉한 사람 다 격리되고. 거리는 텅 비고. 하루에 몇천 명씩 확진받고. 마스크 사러 온 동네를 헤매고. 엄청 불안했어요."

"나도 마스크 산다고 줄을 백 미터쯤 섰는데, 마스크 사다가 감염되는 줄 알았어."

진명이 휴지를 손에 쥔 채 이야기에 끼어들었다. 침이 흐를까 봐 불안했다.

"나는 철물점에서 샀네. 공사하는 사람들이 쓰는 방진 마스크."

향자의 말에 사람들이 쳐다보았다. 진명이 핏대를 올리며 끼어들까 봐 몇 마디 더 했다.

"보건용 마스크는 못 구했고 면 마스크보다는 그게 더 나을 것 같아서. 사람들이 어찌나 쳐다보던지."

향자가 말을 마치기도 전에 큭큭, 수봉이 소리 내어 웃었다. 회장이 팔꿈치로 수봉의 옆구리를 찔렀다.

"좋은 말씀입니다. 그렇게 경험을 말씀하시면 됩니다."

회장이 엄지를 추켜세우자 수봉도 웃음을 그치고 고개를 끄덕였다.

"마스크만 쓰면 될 것처럼 하다가 백신 맞으면 된다고 했죠. 두 번이나 맞아도 또 감염되고. 사람들이 백신 자체도 불안한데 백신을 맞고도 불안하고. 미국 주식은 코로나 때 사상 최고를 찍었어요. 불안해하는 사람을 우롱하는 것처럼."

"그래서?"

회장이 다시 물었다.

"자본은 코로나를 이용하는 것일 뿐 걱정하는 것 같지는 않아요."

"그래서?"

회장이 다시 물었다.

"생화학 실험 중에 새어 나왔다는 말이 살짝 떴었죠. 전쟁도 하는 인간들이니 뭐를 못하겠어요?"

수봉의 눈이 반짝 빛났다.

"진짜 그랬는지도 모르지. 패권을 유지하기 위해선 무슨 짓이든 하는 놈들이잖아. 우리가 알고 있는 건 빙산의 일각인지도 몰라. 그런데 불안을 어떻게 이용한다는 거야?"

회장이 눈을 가늘게 뜨고 말했다. 동의를 한다는 듯 진명이 고개를 끄덕였다.

"아직 거기까지는."

수봉이 조심스럽게 콧잔등을 긁었다.

"에이, 형은 꼭 결정적인 걸 몰라."

"뭐?"

수봉이 진명을 날카롭게 쳐다보았다. 소리라도 지를 것 같은 표정이었다.

"누가 그걸 알겠노?"

세 사람이 동시에 향자를 쳐다보았다. 회장은 웃었고 진명은 조금 화난 듯했고 수봉은 어이없는 표정이었는데 눈을 피하지는 않았다. 결정적인 게 뭔지 몰라도 세 사람이 신경 쓸 일이 아닌 건 분명하다고 향자는 생각했다.

"자 오늘은 이 정도만 할까."

회장이 손뼉을 치며 마무리를 하자 수봉이 가방을 열고 책을 꺼내 한 권씩 주었다. 책은 읽어도 되고 안 읽어도 되는데, 책과 상관없이 우리의 주제는 늘 한 가지라고 했다. 우리가 이 사회를 바꾸기 위해 해야 할 일은 무엇인가. 말을 또박또박 하는 게 다음에도 결정적인 걸 찾을 기세였다.

"아, 수봉 씨 그거 받아야지. 자기소개서."

회장이 깜빡했다는 듯 급하게 말했다. 책을 가방 안에 넣던 수봉이 아, 맞다며 돌아보았다. 자기소개서라니? 향자의 눈이 일자리에 대한 기대감으로 커졌다.

"자기소개서가 아니고 글로 쓰는 자화상이라고 생각하시면 됩니다. 현재 어르신 모습. 커트를 한 흰머리, 흰 꽃이 그려진 파란 원피스, 그 두 개가 잘 어울립니다. 가끔씩 덜그럭거리는 틀니, 아침이면 붓는 얼굴, 흐린 날이면 도지는 신경통. 그리고 노년의 외로움과 고통. 이런 거."

"형이 거의 다 썼네."

진명이 한마디 했다.

"그래 수봉 씨가 대신 써."

회장의 말에 수봉이 머리를 긁적였다. 자화상이라니, 향자는 그건 내가 아니라고 말하고 싶었다. 적어도 내가 말하고 싶은 내가 아니라고. 그리고 왼쪽 어금니만 틀니라서 표시도 안 나는데⋯⋯ 순 엉터리였다.

4

일을 다닐 때에는 해가 뜨기도 전에 일어났는데 일어나는 시간이 조금씩 늦어지고 있었다. 일곱시 십 분 전. 홑이불을 척척 접어 이불장 안에 넣고 식탁으로 갔다. 문턱만 넘으면 바로 식탁이었다. 싱크대 맞은편에 놓인 2인용 식탁. 동준이랑 세 명이 살 때도 그 식탁이었다. 주방이 너무 좁아 그 식탁 밖에 둘 수 없었는데 반찬 몇 개와 찌개 냄비를 두면 도저히

세 사람의 밥을 차릴 수가 없어 동준은 따로 먹었다. 지금은 그 위에 너무 잡다한 게 놓여 있어 그것들을 다 치우고 밥을 먹느니 싱크대에 서서 먹을 때가 더 많았다. 약봉지, 양말, 관리비 고지서, 휴지 옆에 어제 받아 온 책이 놓여 있었다. 『정음(正音)』. 하늘과 땅 사이의 바른 소리라고 적혀 있었다. 제목을 읽어도 무슨 책인지 알 수 없었는데 수봉이 한글에 관한 책이라고 했다. 만화나 흥미 위주로 된 책은 나중에 문제가 될 수도 있기 때문에 건전한 책으로 산다는 것이다. 향자는 동준이 좋아할 책이라는 말은 하지 않았다.

동준은 일본에서 소학교 4학년까지 다녔는데, 엉겁결에 조선말을 썼다가 선생한테 볼이 부어오르도록 맞았다고 했다. 조심을 해도 아야, 큰일 났다 같은 말들이 저절로 튀어나오는 거야. 그때마다 맞았지. 조선말은 할 줄 알았는데 조선글은 해방되고 야마구치 조선학교에서 처음 배웠다고 했다. 천막에 칠판 하나 걸어두고 장삿집에서 쓰다 버린 탁자와 의자 몇 개가 다였지만, 언덕배기에 있어서 바람도 많고 햇빛도 좋았어. 첫날, 조선말로 된 교재를 주더라고. 잉크가 번진 누런 종이 몇 장이었는데 맨 앞에 ㄱ이 있었어. 혀뿌리가 목구멍을 막아서 내는 소리가 기역이라고 했는데, 그때 너무 충격받았어. 혀뿌리라는 말을 처음 들었거든. 뿌리라는 말을 들으니 말들이 나뭇잎처럼 혀에 달려 있는 것 같았지. 잎이 무성한 나무를 올려다보는 것 같은 동준의 표정이 진지해서 나도 그랬다는 말을 향자는 하지 않았다.

식탁 위의 책을 두어 장 넘겼다. 한글들이 하나하나 부품처럼 뜯어져 있었다. 자음인 ㄱ ㄴ ㄷ ㄹ……이 초성, ㅏ ㅑ ㅓ ㅕ ㅗ ㅛ의 모음이 중성이었다. 자음과 모음이 결합되어야 하나의 글이 되고 말이 되고 그 아래 자음을 붙여서 다른 말을 만들 수 있었다. ㄱ+ㅏ+ㅇ은 강이었다. 그 정도는 알 수 있었다. 동준 말대로 세상의 소리들을 다 글로 옮길 수 있다니 놀랍긴 했다. 천지자연의 소리가 있으면 천지자연의 글이 있다. 동준에게서 들었던 말이 그대로 책에 적혀 있었다.

향자는 책을 식탁 위에 두고 베란다로 나갔다. 베란다 한쪽 구석에 수납함이 있고 그 안에 동준의 물건이 아직 들어 있었다. 동준의 짐은 요양원에 들어갔을 때 혼자서 한 번, 죽고 난 다음 아들과 한 번, 두 번 정리했다. 베개와 이불, 겨울 코트와 낡은 구두, 아들 결혼식 때 맞춘 양복은 모두 버렸다. 수저는 버리지 않았다. 목이 쫀쫀한 양말 몇 개도 버리려다 다시 챙겼다. 그 가방은 버리려고 했다. 백 리터 재활용봉투에 아직 여유가 있어 그 안에 넣으면 될 것 같았다. 그것도 버리려고요? 아들이 물었다. 이제 뭐 하게, 들고 다닐 사람도 없고 볼 사람도 없고. 향자의 말을 들었는지 못 들었는지 아들은 다시 동준의 가방을 꺼내 베란다 수납함에 넣었다. 왜 그러냐고 묻지 않았다. 버려도 되고 안 버려도 되니 상관없기도 했다. 언젠가는 버릴 것이니 서두르고 싶지도 않았다.

동준은 요양원에 있을 때도 자주 그 가방을 일본 영사관에 갖다주라고 했다. 아들은 아무 대답도 하지 않았다. 치매인지는 알았지만 아들을 형이라 부르니, 아들로 대답을 할지 형으로 대답을 할지 결정을 못해 난처한 얼굴이었다. 아들은 동준의 정신이 돌아오기를 기다리는 듯했지만 동준은 죽을 때까지 아들을 알아보지 못했다. 아무리 그래도 그렇지 어떻게 하나뿐인 아들도 못 알아보고…… 향자는 그게 여전히 서운하고 아쉬웠다.

검은 가죽 가방은 수납함 안에서 무슨 일이 있었다는 듯 가죽이 벗겨지고 손잡이도 검게 변색되어 있었다. 배도 더 볼록해진 것 같았다. 양쪽으로 열리게 된 지퍼는 한쪽 구석에 붙어 있었다. 말을 잘하지 않는 동준처럼 가방도 입을 꾹 다물고 있었지만 열어보지 않아도 그 안에 뭐가 들어 있는지 향자는 알고 있었다. 병원에서 받아온 처방전과 영수증, 자신의 몸을 찍은 사진과 그 자료들을 들고 진상을 알리거나 피해보상을 요구하러 다닌 일지가 몇 권이었다.

동준이 죽은 뒤 아들도 그 가방을 들고 원폭 피해자 사무실과 보건복지부, 일본 영사관을 찾아다녔다. 그토록 기다리던 통달 402호가 폐지되어 한국의 원폭 피해자도 보상과 치료를 받을 수 있다는 사실을 알고 난 다음이었다. 아들은 피해자협의회 사무실에서조차 그 가방을 열어보지 못했다고 했다. 이미 사망한 사람은 보상을 받을 수 없다는 것이었다. 살아 있는 피해자들이 사무실에 가득했다고 했다. 건강해 보였다고. 지하철에서 내려 걸어왔다는 어른도 많았어요. 그분들은 오래 살아 보상을 받고 아버진 몇십 년 동안 고통만 받고, 아버지뿐만 아니잖아요. 어머니도 저도…… 돌아가신 분에게도 사후 보상을 해야 한다는 아들의 말에, 사무실 사람들은 법이 그러하니 어쩔 수 없다는 말만 늘어놓았을 것이다. 아들은 부당하다며 이곳저곳 다니며 호소를 했다. 구미에 있던 회사를 그만두고 집으로 들어온 때였다. 제가 보상금 때문에 그러는 게 아니라고요. 저의 부친은 수십 년간 고통만 받다 돌아가셨어요. 조부모는 무슨 병인지도 모르고 앓다가 돌아가시고. 세 분 다 폭탄이 떨어진 곳에서 삼 킬로미터 거리인 히로시마 단바라에 사셨어요. 미국이든 일본이든 누군가는 사과와 보상을 해야 하는 일이잖아요. 전화 통화를 하던 아들이 가장 많이 한 말이었다. 다른 말도 했다. 돌아가신 피해자도 보상에서 제외되는데 2세들은 누가 챙깁니까. 기침만 나와도, 등이 가렵기만 해도 두렵거든요. 내가 왜 이런 두려움을 느낍니까. 잘못한 것도 없는데…… 이혼도 당했다고요! 대답은 들으나 마나였을 거다. 아들은 자신이 한 말들이 자신의 목구멍을 틀어막는 기분이었다고 했다. 향자는 그 말이 듣기 싫었다. 너 아버지로도 모자라 너까지 쓸데없는 일을 하냐고, 말리다가 말다가 했다.

너무 아프기만 했던 아버지를 미워했다던 동준. 자신도 그

아버지를 닮아가는 걸 알았을 때 두렵고 불안했다고 했다. 아픈 것보다 더 아픈 듯 여겨지는 것, 아프기 전에 아플 것 같은 느낌, 뭔가 일을 하는 게 두려웠다. 부어올랐던 아버지의 다리가 생각났다고. 아버지 대신 어머니가 기침에 시달리며 아침부터 밤늦도록 시장에서 물건을 팔았는데 어머니까지 자리에 눕고 난 이후 원자병이라는 소문이 돌았다. 그 소문이 더 무서워 누구에게도 말할 수 없었고 아예 그 사실을 잊고 싶었다고, 방사능에 노출되어도 건강한 사람들이 있었는데 자기도 그런 사람 중의 한 명이라고 믿었다고 했다. 향자도 그렇게 생각했다.

인민군이 다시 북쪽으로 밀려갔다는 말과 함께 부산으로 피난 온 사람들이 썰물처럼 빠져나갔다. 그래도 돌아갈 곳 없는 사람들, 누군가를 기다리는 사람들은 여전히 영도다리 아래로 모여들었다. 점집에 가서 헤어진 가족의 안부와 자신의 미래를 묻는 사람도 많았다. 향자도 마음이 심란할 때는 자갈치시장을 건너 다리 밑으로 갔다. 누군가를 찾는 쪽지들을 보면 마음이 놓였다. 이렇게 기다리는 사람이 많으니 자신도 정일 선생님을 기다릴 수 있을 것 같았다.

함흥, 청진, 원산, 남포, 대전. 전쟁을 피해 부산으로 온 사람들을 찾는 종이가 다리 기둥을 덮었다. 그중에 조덕심, 엄마의 이름이 보였다. 엄마는 아니지만 엄마와 이름이 같은 사람,

그 사람을 찾는 사람이 있다는 사실만으로도 반가운 마음이 들었다. 회령에서 온 사람이었다. 그날 밤 지도에서 회령을 찾아보았다. 조선의 가장 끝 두만강 근처. 향자는 다음 날 다시 그 쪽지를 보러 갔다. 다리 옆 점집에 붙어 있는 쪽지는 바람에 날려 귀가 일어났지만 떨어져 나가지는 않았다. 조선소에 다녔다는 엄마. 사다리를 타고 올라가 배에 슨 녹을 뗐다는 엄마. 망치로 배의 철판을 두드리면 캉 땅 깡 소리가 났다고, 바람이 그 소리를 귀 안으로 밀어 넣었는지 몸안에 녹슨 철판을 두드리는 소리만 가득했다는 말도 들었다. 녹가루가 눈에 들어와 중심을 잃고 사다리에서 떨어진 날도 있었다. 정신이 돌아올 때까지 그늘에서 쉬고 있는데 하루는 팔뚝에 완장을 찬 키 작은 남자가 다가왔다고 했다. 몇 번 본 적이 있는 일본인 관리자였다. 무늬가 요란한 긴팔 옷을 입은 것처럼 문신 천지였다. 남자는 누렇고 못생긴 이를 드러내며 다이죠부, 라고 물었다. 까만 눈으로 자신을 쳐다보는 게 그냥 묻는 말은 아닌 것 같더라고. 엄마는 괜찮다고 했다. 남자는 믿지 못하겠다는 듯 보고 있다가 조토 마테, 라고 급하게 말하고 어디론가 사라졌다. 잠시 뒤 남자는 빨간 사과를 가져와 엄마 앞에서 깎아주었다. 세상에 사과를 깎아 먹다니, 조선 여자들이 입을 떡 벌리고 쳐다본 순간부터 이상한 소문이 조선소 담 너머까지 퍼졌을 것이라고 했다. 엄마는 몇 달 뒤 아버지를 만나러 일본으로 왔다. 임신 때문이었지만 계류장에 선 거대한 쇳덩

어리를 타고 꼭 한번 바다를 건너보고 싶었다고도 했다.

엄마가 일본 옷을 입은 걸 본 기억은 없다. 치마저고리를 입고 숱 많은 검은 머리를 틀어 올려 비녀를 꽂았다. 아버지가 오는 날에는 향자에게만 기모노를 입혔다. 흰 버선과 꽃무늬가 수놓아진 허리띠까지. 아버지는 홋카이도에서도 오고 도쿄에서도 왔다. 작업복 아래 지카다비를 신고 온 아버지는 눈을 찡그리며 꽁초 끝까지 담배를 피우고 꼭 침까지 뱉었다.

바람이 많이 불었다는 대풍포. 술집의 문이 일 년 내내 덜커덩거리는 곳이었다. 건어물 가게 앞에 나와 있는 아주머니에게 조덕심이라는 사람을 아냐고 물었다. 어디서 온 사람이요? 평안도서 온 사람 같으면 요 뒤에 가서 물어보소. 여자는 길 안쪽을 가리켰다. 향자는 여기 살던 사람이라는 말을 하지 못했다. 너 아부지가 너를 버리지는 않을 거다. 형편이 안 돼서 못 오는 거지. 일본 사람이라고 다 잘사는 건 아니니까 그게 조선 사람에게는 더 부끄러웠을 것이다. 엄마 말이 맞을 것이다. 향자는 아버지가 다녔을 길을 걸었다. 기름내와 갯내가 함께 났다. 이 냄새 이야기는 왜 해주지 않았을까…… 하고 싶어도 못했을 것이다. 부상이 심해 곧 죽을 거라고 했으니…… 먼 곳에서 누군가 애타게 부르는 소리를 들었다는 듯이 바닷물이 바람이 불 때마다 갈퀴를 세우며 다리 아래로 빠져나갔다.

다리를 건너온 자전거 한 대가 조선소 안으로 들어서다 몇

었다. 눈이 마주친 순간 누구인지 알 것 같았다. 흰 셔츠에 검은 바지, 짧게 깎은 머리, 검정색 낡은 구두, 키는 몇 년 사이에 수숫대처럼 자라 있었다. 목과 얼굴에 생선 비늘 같은 각질이 허옇게 일어 있었고 피딱지도 보였다. 확실했다. 동준아, 동준이지? 이름을 크게 부르며 달려갔다. 뒤로 묶은 머리가 촐랑거리고 치마가 날리고 가슴이 출렁거렸다. 자전거를 세우는 동준의 옆에 가서 팔을 붙들었다. 동준의 눈이 자주 고름이 달린 흰 저고리와 먹색 무명 치마에 머물렀다. 후미코, 많이 달라졌네! 동준은 누이를 만난 것처럼 반가워하면서도 팔을 뺐다. 주변 사람들이 내다보고 있었다.

"다리 밑에 있어. 일 마치고 갈게."

동준은 그 말만 하고 조선소 안으로 사라졌다. 다리 밑에서 기다리는데 가슴이 뛰었다. 야마구치 조선학교에서 머리를 빡빡 밀고 배꼽을 다 내놓고 다니던 아이가 저렇게 의젓한 청년이 되었다는 게 믿기지 않았다. 선생님이 떠나고 처음으로 웃음이 나왔다.

동준은 자전거를 끌고 다시 나왔다. 배달 갔다 오는 길이었는데 영도다리가 올라갈까 봐 자전거를 세게 밟았어. 자전거에서 끽끽거리는 소리가 났다. 그 소리 사이로 하마터면 못 만날 뻔했다는 동준의 목소리가 들렸다. 운명이라는 말을 들은 것 같기도 했다. 동준은 체인이 오래되어 그렇다고 의젓하게 말했다. 후미코는 뭐 해? 동준이 물었다. 향자가 매일 나와서 생선 배를 갈랐던 어판장이 보였다. 거기서 일한다는 말을 차마 할 수 없어 깡통시장 미군 통조림 파는 가게에서 일하다 잠시 쉰다고 했다(그 말 때문에 향자는 생선 배를 가르는 일을 그만두고 깡통시장에서 몇 년 일을 했다. 큰불이 나 주인집 점포가 홀라당 타기 전까지).

다리를 다 건널 즈음 동준은 자갈치에서 국밥을 먹자고 했다. 좀 시시했지만 동준과 나란히 걸어온 다리는 좋았다. 어판장 근처, 흙바닥 위에 나무로 만든 긴 의자와 좁은 탁자가 놓여 있는 국밥집이었다. 바람이 국밥집 천막을 흔들어댔다. 동준과 마주 앉자마자 돼지 뼈를 고은 국과 밥 두 그릇이 나왔다. 국물에 있던 고기를 건져 동준에게 주었다. 동준이 고기 싫어하냐고 물었다. 그렇다고는 했지만 아니었다. 그냥 동준에게 주고 싶었다.

"후미코, 이제 매운 음식도 잘 먹네."

향자가 국물에 고춧가루 반 숟가락을 타는 걸 보고 동준이 말했다. 아이라고 생각했는데 턱 밑에 수염이 거뭇했다. 목소리도 기둥처럼 굵어졌다.

"후미코라 부르지 마. 누나라고 불러."

향자의 말에 동준이 사람들이 쳐다볼 정도로 크게 웃었다. 입안에 있던 밥알이 튀어나왔다.

"선생님이랑 살아?"

웃음을 거둔 동준이 낮게 물었다. 예상했지만 당황스러웠다. 산다고도 살지 않는다고도 할 수 없었다. 얼굴로 열이 몰리는 게 느껴졌다.

"전쟁 전에 선생님 친구분을 만났어. 같이 일을 한다고 했는데. 여기에 흉터 있는 사람…… 알아?"

동준이 머리를 걷어붙였다.

"같이 하숙하던 형이 그러던데 잡히면 죽는다고 도망 다닌대. 붙들리지 않았으면 산에 갔을 거야."

손에 들고 있던 숟가락이 떨렸다.

"잡혔으면?"

"쥐도 새도 모르게 죽여서 구덩이에 묻고 바다에도 버리고."

"그런 말 하지 마……"

향자가 울기도 전에 동준이 먼저 울었다. 세상에 둘만 남은 것 같았다.

아들은 산에서 내려오는 물줄기와 강이 만나는 곳에 쭈그리고 앉아 있었다. 일부러 아무에게도 알리지 않았다는 말을 또 했다. 왜 똑같은 말을 몇 번이나 하는지 묻지 않았다. 물을 필요도 없었다. 다른 가족이 있었으면 하는 마음은 향자도 마찬가지였지만 아들처럼 아무도 부르지 않았다. 동준의 사촌 형에게 알렸다면 장례식은 달라졌을 것이다. 일단 빈소가 썰렁하지는 않았을 것이고 돈이 좀 들더라도 납골당에 모셨을 것이다. 어쩌면 동준도 그렇게 하기를 바랐을지도 몰랐다. 그러나 향자도 아들도 그렇게 하지 않았다. 그들에게 동준은 이미 오래전에 죽은 사람이었다. 죽은 사람의 부고를 다시 전하고 싶지 않았다. 화장장 옆 장례식장에 빈소를 차리고 화장 시간만 기다렸다. 교회에서 기도를 해주겠다고 해서 한번 다녀갔고 절에서 극락왕생을 비는 염불을 했다. 아들이 음료수 값이라도 드려야 하는 거 아니냐고 물었는데 향자는 고개를 저었다. 아들이 이상하다는 듯이 쳐다보았지만 그렇게 해서 편해지고 싶지는 않았다. 아들의 직장 동료 몇 사람과 향자가 근무하던 구청의 야간경비인 김씨가 왔다. 향자가 김씨의 아버지와 어머니의 상에 모두 참석했기 때문에 오지 않을 수 없었을 것이다. 향자는 집안이 넓지 않아서 조문객이 별로 없다는 말을 몇 번이나 했다. 그들은 빈소에 잠시 머물다 바로 돌아갔다. 이틀 만에 장례를 치르는데도 길고 지루했다. 길고 지루했지만 동준에게 미안해서 그 티를 내지 않으려고 애를 썼다.

아들은 머리가 아프다며 화장장 밖에 있었다. 앞뒤로 열린 출입구에서 맞바람이 부는데도 대기실 안의 공기는 무거웠다. 검은 상복을 입고 머리에 흰 상장을 한 여인들의 숨죽인 울음소리가 구석구석에서 들렸다. 이름이 새겨진 천을 덮은 관이 화장장 안으로 들어올 때마다 검은 상복을 입은 사람들이 뒤를 따랐다. 누구는 곧 실신할 것처럼 걸음이 휘청거렸고 누구는 유니폼을 입은 듯 뻣뻣하게 걸었다. 짙은 향냄새도 났다.

상주가 몇 명이든 들어오는 관의 크기는 똑같았다. 동준의 관 뒤에는 향자와 아들, 두 사람이 전부였다. 처음 보는 사람들이 동준을 잘 안다는 듯이 관을 밀고 들어갔다. 죽은 동준도 살아 있는 향자도 선택할 게 별로 없었다. 살아 있을 때도 그랬지만 이승을 하직하는 그 순간에도 시키는 대로만 했다.

벽에 붙은 전광판에 동준의 이름이 들어왔다. 낯설었다. 늘 집에서 보던 사람을 밖에서 볼 때와 비슷한 기분이었지만, 눈을 감거나 고개를 돌리지는 않았다. 아들이 밥을 먹으러 가자고 데리러 왔다. 밥을 먹어야…… 무슨 말을 하려는 건지 알 것 같았다. 굶고는 동준을 잘 보낼 수 없을 것이다.

식당은 문상객들로 붐볐다. 아들이 소고기 국밥과 시래기 국밥 중에 뭘 먹겠냐고 물었다. 메뉴를 찾아 눈을 돌렸다. 뭐 하실래요? 아들이 한 번 더 물었다. 대답 대신 손님들이 먹고 있는 테이블을 봤다. 둘 다 벌건 소고깃국이었다. 끓인 지가 오래인 듯 무는 뭉크러지고 콩나물은 줄이 다 드러나 있었다. 반찬은 중국산 김치와 단무지. 아무래도 시래기 국밥이 나을 것 같았다.

밥을 먹고 나오니 동준은 수습실에 있었다. 천이백 도의 열을 통과한 동준은 몇 덩어리의 뼈로 변해 있었다. 놀란 아들이 짧은 신음을 토했다. 아들의 입에서 소고기 국밥 냄새가 났다. 향자의 목에서도 시래기 국밥 냄새가 올라왔다. 가루를 낼 거냐고 수습실 직원이 물었다. 네. 아들은 일 초도 망설이지 않았다. 향자도 같은 생각이었다.

흰 보자기에 싼 유골함을 들고 밖으로 나가는 아들의 얼굴이 붉었다. 승용차는 먼지가 앉아 있었고 아랫부분에는 흙탕물이 튕겨져 있었다. 어디를 다녀야 차가 저 모양인지 묻고 싶었지만, 눈을 돌렸다. 아들은 조수석에 유골함을 두고 운전석에 앉았다.

향자는 조수석 문을 열려다 멈칫했다. 유골함 아래 낡은 서류 봉투와 박카스 병이 보였다. 시트에는 동전보다 작은 구멍도 있었다. 아들이 조수석을 힐끔 보더니 아무 말이 없었다. 향자는 뒷좌석 문을 열었다. 뒷좌석도 엉망이었다. 더럽고 냄새나는 운동화도 있고 방향제로 썼는지 말라비틀어진 탱자도 있었다. 군데군데 벗겨지고 때가 낀 시트를 보면서 파란색 코바늘 실로 시트커버를 짜줘야겠다는 생각을 했다. 구석에 처박혀 있는 볼펜들을 빼내어 운전석 옆에 두자 아들이 힐끔 쳐다보았다. 출발합니다. 아들은 그 시간을 기다렸다는 듯 시동을 걸었다.

아들은 새로 난 도시고속도로와 터널을 통과해 강으로 왔다. 동준이 요양원에 들어간 뒤 개통된 길이었다. 이미 터널 안으로 들어온 뒤라서 너 아부지 아는 길로 가자, 는 말을 할 수도 없었다.

강 둔치에 주차를 한 아들이 문을 열고 나와 강을 보고 있었다. 한 사람이 죽어 가루가 되어 왔는데도 강은 눈이 멀고 귀가 들리지 않는 것처럼 무심했다. 수면은 자는 듯 고요했고 다리가 길고 부리가 노란 새는 평화롭게 앉아 있었다. 부풀어 오르던 봄 강물과 바람을 따라 일어서던 여름 강물, 입을 꼭 다물고 내다보던 얼어붙은 겨울 강물…… 동준이 얼마나 자주 내다봤는지 향자는 안다. 강이 없었다면 더 외롭고 아팠을 것이다. 그렇게 각별했던 강이 동준이 죽었는데도 흐르던 대로 흐르고 있을 뿐이었다. 너무 무심해서 서러웠다.

아들이 유골함을 옆에 두고 배수로에 앉아 담배를 피우고 있었다. 향자는 유골함을 들고 배수로 아래로 갔다. 강과 바로 닿을 수 있는 곳이었다. 보자기를 푸니 오동나무 유골함과 흰 장갑이 나왔다. 잠깐 망설이다 맨손으로 유골함을 열었다. 손가락을 뼛가루 속에 묻었다. 뜨겁지도 차갑지도 않았다. 다리, 팔, 가슴. 어디인지는 모르지만 어딘가를 만지는 기분이었다. 바람이 재촉하는 듯 왼쪽으로 불었다. 왼쪽으로 가야 바다에 닿을 수 있었다.

동준은 삶을 다시 시작하고 싶다는 듯 손에서 떨어지지 않았다. 강 아래로 내려가는 것 같다가도 다시 되돌아와 가슴에 안겼다. 옷섶 안으로 파고들기도 하고 얼굴을 만지기도 했다. 얼굴에 붙은 가루를 떼어내는 게 동준을 휠체어에 옮기는 것만큼 힘이 들었다. 떼어내도 다시 들러붙었다. 이대로 갈 수 없다는 듯, 물이 싫다는 듯. 이승에서의 마지막 언어인 것 같았다. 저승 가는데 물이면 어떻고 흙이면 어떻소, 원자폭탄만 없으면 되지. 향자는 마지막 인사를 했다. 저승에서 다시 보자는 말을 할까 말까 망설이며 유골함이 담긴 상자를 거꾸로 들어 털었다. 남아 있는 가루는 별로 없었다.

동준의 장례 휴가는 닷새였다. 장례를 치르는 데 이틀, 짐을 정리하는 데 하루를 썼다. 아들은 짐을 정리한 날 저녁도 먹지 않고 직장이 있던 구미로 갔다. 사장이 장례만 치르면 올 수 있냐고 물었다는 것이다. 아들이 떠난 다음 날 혼자 강을 따라 걸었다. 강이 갈라지는 화명동에서 대저로 갈까 구포로 갈까 잠깐 망설이다 구포 쪽으로 방향을 잡았다. 구포시장에서 콩국수도 먹고 개장국도 먹었으니 그쪽으로 갔을 것 같았다. 둑 끝에서 뭔가 반짝 빛이 나는 것이 보였다. 향자는 자전거 길과 산책로를 건너 둑 끝으로 갔다. 억센 잔풀이 돌을 덮고 있었다. 바람이 불자 다시 풀 속에서 희미한 빛이 났다. 참치 캔보다 더 큰 고등어 통조림이었다. 한두 번 병호가 캠핑 때 들고 갔다가 되가져오던, 별 반찬이 없을 때 김치 넣고 끓여 먹던 것이었다. 뚜껑을 열려면 깡통 따개가 필요했다. 뚜껑을 열기 귀찮아 버린 것인지, 깡통의 표면은 녹도 슬고 이곳저곳 찌그러져 있었다. 향자는 고등어를 별로 좋아하지 않았다. 고등어가 험담을 하거나 피해를 준 적은 없지만 통통하고 푸른, 매끄러운 표면을 좋아하지 않았다. 등이 푸르지 않거나 납작한 생선을 좋아하는 편이었다. 가자미나 가오리, 조기 같은 생선들은 왜 통조림으로 만들지 않을까 하는 생각을 잠시 하다가 말았다. 어쩐지 통조림 안의 고등어가 제 몸으로 헤엄쳐 이 물가에 온 것 같기도 했다. 향자는 통조림 깡통을 강가 풀숲에 묻고, 여기서 삼락동 방향으로 가면 바다를 만난다는 말을 마음속으로 일렀다.

그다음 날 택시를 타고 하굿둑까지 갔다. 거리가 제법 멀었지만 강을 따라가는 버스는 없었다. 하굿둑 입구에서 보니 강폭이 너무 넓어 건너편이 잘 보이지 않았다. 하루 사이에 동준이 어디쯤 가고 있는지 알 수도 없었다. 바다 같은 강을 떠가다가 수초 뿌리에 정착을 했는지, 물가에 앉은 황새의 입안으로 들어갔는지, 저승은 가깝고도 멀었다.

3부

지금,
여기

1

1945년 8월, 나는 오사카의 츠루하시에 있었다. 비가 오면 진흙밭이 되는 하천가 주변에 늘어선 판잣집, 큰아버지가 고향인 사천으로 돌아가면서 구해준 집이었다. 마을 사람들은 그곳을 독토나리라고 불렀다. 토나리는 이웃이란 걸 알았는데 독이 제주 말로 닭이란 건 뒤에 알았다. 진짜 닭장만한 집들이 길게 늘어서 있었다. 주인은 경상도 사람이었지만 옆집과 그 옆집은 모두 제주도에서 온 사람들이었다. 그중엔 제주 조천에서 대마도까지 전복을 따러 다녔다는 아주머니도 있었다. 술 취한 사람도 많고 싸우는 사람도 많아 삶이 찢어지는 소리가 그치지 않는 곳이었지만 가끔씩 돼지고기나 국물을 얻어먹을 수 있어 좋기도 했다. 그래도 가장 좋은 건 만자이교 아래 어묵공장에서 심부름을 해주고 용돈을 받는 일이었다. 그 용돈으로 자전거를 빌려 타고 이치죠 거리를 달리고 나면 새로운 사람이 된 기분이 들었다.

공습이 잦아지면서 어묵공장도 문을 닫아 용돈을 받을 일도 없었다. 몇 사람은 반쯤 불탄 큰길가의 집으로 옮겼다. 형도 몇 번 이 좁은 집에 월세를 주느니 차라리 비어 있는 집으로 옮기자고 했지만 말뿐이었다. 상점도 문을 닫고 아르바이트 자리도 끊긴 상황에서 집에서 민 국수라도 몇 올 건네주는 사람은 조선 사람뿐이란 걸 형도 모를 리 없었다.

사촌 형은 오사카 시내의 야간고등학교에서 전기 기술을 배우고 있었는데 졸업을 하면 큰 공장에 취직을 할 거라고 했다. 열여섯이었지만 중학교 2학년이었던 나도 졸업을 하면 형이 다니는 학교에 입학할 계획이었다. 우리는 학교에서 사용하는 일본 이름, 야나기 쇼이치와 야나기 헤이이치가 있었지만 집에서는 조선 사람 대부분이 그렇듯 정일과 평일이라는 조선 이름을 사용했다. 같은 학교를 다니는 동네 아이도 있었지만 학교에서는 절대 알은척하지 않았다. 누가 묻기 전에는 조선인이라고 밝히지도 않았다. 누가 묻는다 해도 조선에서 왔다는 말은 하고 싶지 않았다. 집에 돌아오면 마음이 편했지만 늘 츠루하시를 떠날 날을 기다렸다.

일본이 전쟁에서 질 거라는 소문은 있었지만 그렇게 갑작스럽게 항복을 할 줄은 몰랐다. 히로시마와 나가사키가 잿더미가 되고 불에 탄 사람들이 거리를 메웠다는 소문은 끊이지 않았다. 동네 사람들은 너나없이 짐을 챙겨 배를 타기 위해 시모노세키로 떠나며 전쟁에서 진 일본이 더 무섭다고 했다. 조선인과 일본인을 어설프게 묶어두던 내선일체도 황국신민이라는 끈도 끊어진 것이다. 눈만 마주쳐도 냄새나는 것들 니들 나라로 꺼지라는 말을 듣는 기분이었다. 차라리 부두 근처에서 자고 먹는 게 속이 편하다고 짐을 싸는 사람들이 많았지만 형은 아무 말도 하지 않았다. 어떻게 해야 할지 난감한 표정으로 벽 한가운데 걸린 교복을 쳐다보았다. 목이 길고 얼굴이 하얀 형을 일본 학생보다 더 돋보이게 하는 옷이었다. 몇 달만 다니면 졸업이니 당황스러울 것이었다. 졸업장을 받고 싶은 건 형 사정이고 나는 어디로든 가고 싶었다. 나도 생활비의 절반을 냈는데 형은 집안일도 빨래도 다 나한테 시켰다. 방세는 형 혼자 있어도 낼 돈이니 그렇게 유세를 할 것도 아닌데. 두어 달 치 방세도 밀려 있어 주인이 눈치를 주었다. 형이 방세 낼 돈으로 여자를 만나고 다닌다는 소문이 돌았다. 역 앞 일본인 우동가게 집 딸이었는데 형은 은근히 일본 여자를 좋아했다. 길을 잃었을 때는 그 자리에서 멈춰야지. 형은 스스로에게 다짐을 하듯 중얼거렸지만 아르바이트를 했던 전파상 주인도 귀국선을 타겠다고 떠나자 더 버틸 여유가 없었다. 우리도 간단한 옷가지를 챙겨 시모노세키로 향했다.

사람들이 많을 거라고 생각은 했지만 예상보다 훨씬 많았다. 배표를 구하지 못한 사람들이 어선을 구해 귀국길에 올랐다. 형도 여기저기 알아보러 다녔지만 돈도 없고 아는 사람도 없는 우리가 구할 수 있는 배는 없었다. 벌써 9월 중순이라 밤이 되면 춥기까지 했다. 형은 야마구치로 가서 지내다가 사람들이 떠나고 나면 배를 구해보자며, 거기 똥굴 마을에 빈집이 많아 방 걱정은 안 해도 된다고 친구에게 들었다 했다.

마을 위쪽에 화장장이 있어 늘 재가 날렸고 운구 행렬이 하루에도 몇 번씩 마을 한가운데를 통과하는 곳이었다. 그 길을 따라 야채나 옷을 파는 가게와 술집이 보였다. 여긴 삶과 죽음이 함께해. 우리를 안내하던 형 친구가 지나가는 운구 행렬을 보며 한마디 했다. 화장장에서 일하거나 주변에서 장사해서 먹고사는데, 패전 후에도 화장장은 그대로 있으니 죽은 사람들이 찾아오고, 죽은 사람들이 찾아오니 산 사람들도 찾아오고. 얼굴은 넓고 숱은 적고 두꺼운 입술 사이로 말은 좀 샜는데, 사촌 형과는 이 년 전에 같은 학교를 다닌 사이라고 했다. 아버지가 탄광에서 일하셨는데 행방불명이라 집에도 못 가고 있다는 건 나중에 전해 들었다. 그 형의 아는 사람들이 간다죠(神田町) 언덕배기에 국어강습소를 열었다고 했다. 일본에서 태어나 조선글과 조선말을 못하는 조선 아이들을 위한 학교였다. 학교라 해봤자 기둥 세우고 천막 올린 정도라서 책걸상도 만들고 전기도 설치해야 하는데 형이 할 일이 많을 것이라고, 나도 같이 오라고 했다.

형은 시내에 알아볼 게 있다고 날이 새자마자 집을 나갔다. 혼자 우두커니 앉아 있다 집을 나섰다. 빈집 앞의 화단에 핀 꽃이 고왔다. 이 집에 살던 사람들은 고향에 닿았을까. 이곳에 살고 싶지도 않았지만 고향에 가고 싶지도 않았다. 해방이 너무 갑작스러워, 선잠에서 깬 듯 몸도 마음도 편하지 않았다. 일없이 꽃잎을 몇 개 따고 돌멩이를 두어 개 차면서 작은 골목으로 들어갔다. 골목 끝에 사람들이, 그 뒤에 천막이 보였다. 천막 바깥에 '돈 있는 사람은 돈을 내고 힘 있는 자들은 일을 하고 기술이 있는 사람들은 기술로 우리 학교를 건립하자'는 문구가 걸려 있었다. 형이 시켜서 왔다고 둘러댔다.

나는 그날부터 내가 올라온 골목 입구에서 천막으로 이어지는 진입로 내는 일을 했다. 다음 날도 그다음 날도 땅을 고르고 잔돌을 깔았다. 집에 혼자 있는 것보다는 사람도 만나고 밥도 주는 조선학교가 좋았다. 점심때가 되면 된장국과 카레, 무절임이 든 도시락을 받았다. 가끔 마을의 아주머니들이 운동장 한쪽에 솥을 걸고 돼지 다리를 삶을 때가 있었다. 그런 날은 마늘을 많이 넣은 쌈장에 고춧가루가 많이 들어간 조선 김치, 조선 술이 나왔다.

교무를 맡고 있던 형 친구가 찾아왔다. 진입로의 돌을 골라내고 있을 때였다. 오기로 한 사람이 못 온다네. 형이 한숨을 쉬었다. 아이들도 선생님도 들쭉날쭉하던 때였다. 늘 있던 일이고 내가 도울 수 있는 일도 없어서 땅속에 깊이 묻힌 돌멩이를 파내기 위해 허리를 숙였다. 교무 형이 등짝을 치면서 집에 가서 옷 갈아입고 오라고 했다. 어찌나 손때가 매운지 치골까지 아렸다. 인상을 찌푸리며 허리를 펴자 형이 아래위로 훑더니 중얼거렸다. 키도 크고 나이도 들어 보이고. 그제야 옷을 갈아입고 오라는 말뜻을 알았다. 내가 어떻게 아이들을 가르치냐, 말도 안 된다고 꽁무니를 뺐다. 교무 형은 조선에서 한글을 배웠으면 가르칠 수 있다고, 아이들이 몇 명 올 건데 방법이 없다고 사정을 했다.

흙 묻은 옷을 벗고 형의 셔츠를 입고 다시 학교에서 만났을 때 교무 형은 조선에서 들여온 것이라며 책 한 권을 내밀었다. 『정음(正音)』. 백성을 가르치는 바른 소리였다.

ㄱ은 정음의 시작이었다. 혀뿌리로 목구멍을 닫고 나오는 소리가 그 소리라는 걸 나도 처음 알았다. 늘 누워 있던 혀가 말을 받치는 기둥처럼 몸을 일으켰다. 천지자연의 소리가 있으면 반드시 천지자연의 글이 있다, 말이야말로 세상을 바치는 기둥이라는 게 실감 났다.

아이들은 열 명 남짓. 일본 학교에 다니다가 해방이 된 순간 조선 국적으로 환원이 된 아이들이었다. 일본에서 태어나거나 어려서 일본에 온 아이들이라 한 번도 조선글을 배워본 적이 없다고 했지만 말은 잘했다. 말은 잘했지만 ㄱ이 들어간 말을 찾지 못했다. 강아지, 가위, 강 하다가도 가이모노, 가키라며 웃었다. 일본말과 조선말이 뒤섞여 교실은 소란스럽게 들끓었다. 대부분 조선 이름을 사용했지만 조선 이름이 없는 학생도 한 명 있었다. 교실 제일 구석에 앉은 여학생이었다. 후미코라는 이름을 한글로 적지 못했다. 가을인데도 낡고 더러운 여름옷을 입고 표정에 변화가 없었다. 헝클어진 머리에 버짐이 핀 야윈 얼굴, 흔들리지 않는 눈, 길고양이를 닮은 아이였다. 쉬는 시간에도 자리에 앉아 자음과 모음을 붙이고 있었다. 가 거 고 구. 수업을 마치면 말없이 빠른 걸음으로 교실을 빠져나갔다가 다음 날이면 언제 왔는지 모르게 어제 그 자리에 앉아 있었다. 오후반 학생들 중 나이가 제일 많았는데, 다른 아이들과는 달리 이상한 냄새가 났다. 옷에서 나는지 몸에서 나는지 알 수 없었다. 싫은 건지 좋은 건지도 알 수 없는 냄새였다. 과일이 썩거나 꽃이 지는 냄새, 비린내 같은 냄새. 이상하게 얼굴이 붉어질 것 같아 눈을 마주치기가 힘들었다. 마주치면 귀밑에서 열이 올라왔다.

나는 ○○을(를) 좋아합니다, 라는 문장을 만들어 발표를 하는 시간이었다. 떡, 불고기, 강아지, 엄마…… 아이들이 경쟁적으로 좋아하는 것들을 늘어놓을 동안 그 아이는 아무 말도 하지 않았다. 수업을 마치고 조선 이름이 뭐냐고 물었는데 알아듣는 것 같지 않아서 다시 일본말로 물었다. 아이는 없다고 했다. 자세히 보니 일본 사람 같았다. 다시 보니 조선 사람 같기도 했다. 소학교는 다녔냐고 다시 물었다. 그 아이는 '산 넨세이다케'라고 작게 말했다. 3학년까지. 조선말도 조선글도 모르는 아이가 일본에서 소학교도 다니다 말았다는 게 놀라 웠다. 어쩌다 그랬냐고 묻고 싶었는데, 그 말을 들은 듯, 눈이 흔들리고 얼굴이 붉어지고 무슨 말을 할 듯 숨을 내쉰 후, 아 무 말도 하지 않고 교실 밖을 나갔다. 며칠 뒤 점심을 먹으면 서 교무 형에게 그 소녀에 대한 이야기를 물었다. 엄마는 조선 인인데 사망했고 아버지는 일본인인데 병원에 있고, 아버지의 친척집에서 살다가 해방 이후에 쫓겨났다고 했다. 거리를 떠 도는 걸 엄마의 고향 친구가 보고 이곳으로 데리고 왔다는 것 이다. 나는 그다음 날 이름을 지어주었다. 향자. 성은 아이의 엄마를 따라 조였다. 어떻냐고 묻자 향자가 된 소녀는 고개만 끄덕였다. 세 살 때 죽은 누이동생의 이름이라는 말은 하지 않 았다. 아무도 불러주는 사람은 없었지만 한글 이름을 받은 향 자는 조금 편안해 보였다. 여전히 혼자였지만 웃는 것 같기도 하고 들리지는 않았지만 소리 내어 읽는 것 같기도 했다.

수업을 마친 향자가 낡은 가방을 메고 가늘고 긴 종아리를 내놓은 채 운동장을 가로질러 가고 있었다. 기온이 조금 떨어 져 붉은색 스웨터를 입고 묶고 있던 머리를 풀었다. 바람이 불자 날리는 머리카락을 향자가 손으로 잡았다. 그 작은 움직 임에도 뜨거운 것이 몸 구석구석으로 퍼져갔다. 점심 도시락 을 들고 왔던 아주머니 한 분도 향자의 그 모습을 지켜보고 있었다. 그래도 꼴에 가방은 메고 다니네. 아주머니는 그 말 뒤에 혀를 서너 번 찬 후 향자의 엄마가 곗돈을 떼먹고 동네에서 조리돌림을 당하고 쫓겨났다고 했다. 돈 갖다 바치면 일본 신랑이 업어줄 줄 알고. 송충이는 솔잎을 먹어야지. 다시 혀를 찬 아주머니는 빈 그릇을 챙겨야 한다며 교무실로 들어갔다.

조선인 마을에 별별 일이 일어났지만 잊을 수 없는 사건 중의 하나가 곗돈을 떼먹은 여자를 처벌하는 일이었다. 머리채를 잡히는 여자도 있었고 거적때기에 말려 조리돌림을 당하는 여자도 있었는데 어떤 경우든 때리는 대로 맞고 동네에서 추방당했다. 독토나리 사람들에게 계의 규칙은 망국의 백성이 지켜야 할 거의 유일한 질서였다. 가족 중 누군가 아파 죽거나 굶어 죽을 지경이라 해도 곗돈을 떼먹는 일만은 용서하지 않았다. 거기다 일본 남자와 결혼한 여자라니, 마을 사람들의 분노가 어디까지 이어졌을지 상상하기 힘들었다.

집 앞에 겨우내 죽어 있던 나무와 풀들이 싹을 틔웠다. 봄이 오기 전에 떠난 사람들도 많았다. 수업을 마치면 점심때 먹고 남은 도시락을 들고 후문이라 불린 개구멍을 나가 구불구불한 골목길로 올라갔다. 오르막 끝의 하코방. 아침에 닫고 온 문 앞에 화장장에서 날아온 재가 수북이 쌓여 있었다. 옆집은 비어 있었고 그 옆집에 히로시마에서 온 동준이 살고 있었다.

동준은 조선학교 오후반에서 받아쓰기를 제일 잘하는 아이였다. 많이 긁어서 목과 팔뚝에 진물이 나 있었고, 가끔 삶은 고구마나 양갱을 들고 왔다. 동준의 어머니가 역 근처의 양갱공장에 다닌다고 했는데, 교무 형의 먼 집안이라고 했다.

오사카로 다시 돌아간 사촌 형은 해가 바뀌어도 소식이 없었다. 간간이 바다를 건너 조선의 소식이 들려왔다. 해방이 되었다 해도 물가는 오르고 살기 힘든 건 똑같지만 고향이라서 마음이 편하다는 말이 대부분이었다. 중국 충칭에 있던 임시정부의 김구 주석이 아직 돌아오지 않았다는 것과 만주에서 항일운동을 하던 김일성 장군이 들어왔다는 이야기는 자주 했다. 미군과 소련이 나눈 38선에 대한 불만은 많았다. 그즈음 사천의 집에서 연락이 왔다. 지금 미국 세상인데 조련(朝聯) 사람들이 만든 학교에 있으면 안 된다는 것이었다. 이해할 수 없는 말이었지만 여기에 계속 있을 수 없다고 생각했다. 편지에 뱃삯도 들어 있었으니 미룰 이유도 없었다.

향자가 조선으로 같이 가겠다고 했을 때 어지러웠다. 엄마가 조선인이라고는 했지만 이미 죽었으니 아무도 기다리지 않을 텐데…… 흔들리는 배를 탄 기분이었다. 이름을 지어주고 조선말을 가르쳐주기는 했지만 조선으로 가겠다는 말을 할 줄은 몰랐다. 자주 형의 여자 친구를 떠올리며 밤을 보냈지만 한 번도 향자를 떠올린 적은 없었다고 생각하기로 했다. 향자는 이미 뭔가를 알고 있다는 듯, 오랫동안 보아온 것처럼 익숙하게 나를 보았다.

"마키노시마 아세요?"

향자가 큰 앞니를 드러내고 웃으면서 물었다. 언제부터인가 얼굴은 깨끗해졌고 머리도 단정했다. 나는 안다고, 조선에서는 영도라 부른다고 했다.

"엄마 고향이에요. 그곳 조선소에서 아버지를 만났다고 했어요."

이번에는 조선말이 너무 늘어서 놀랐다. 엄마의 고향이 아니라 조선말을 잘해서 간다고 해도 될 것 같았다.

"그래서 조선에 간다고?"

"하루에 몇 번씩 들리는 다리도 있다고 했어요."

향자가 오이처럼 가는 자신의 다리를 들어 올렸다. 이야기만 들었지 본 적도 없는 다리를 향자와 보고 싶다는 생각을 감춘다고 나는 별로 우습지도 않았지만 웃었다. 곗돈을 떼먹고 달아나다 잡혀와 조리돌림을 당했다는 향자 엄마를 지운다고 더 크게 웃었다.

향자와 함께 돌아간 조선이 어떤 모습일지 짐작할 수도 없었지만 우리는 바닷물이 차가워지기 전에 똥굴 마을을 떠나기로 했다. 교무 형과 사촌 형이 없어서 눈치 볼 것도 없었다. 옆집에 사는 동준이에게만 먼저 간다고 인사를 했다.

우리는 친척이라고 했다가 남매라고 했다가 같은 동네에 산다고 했다가 사촌이라고도 했다. 내가 주로 대답을 했지만 그때마다 향자는 고개를 끄덕였다. 후쿠오카에 살았다는 향자는 간몬 해협을 건너 야마구치로 왔다고 눈앞의 바다를 가리켰다. 모지코에서 연락선 선착장까지 십 분이면 된다는 것이다.

모지코에 닿았을 때는 밤이었다. 돈을 주고 숙소를 얻을 형편도 못 돼 이슬을 피할 만한 곳을 찾고 있는데, 애기를 안은 아주머니가 낡은 창고 문을 열고 나왔다. 잘 곳을 찾는다고 하자 들어오라고 했다. 안고 있는 애 말고도 두 명이 더 있었다. 아주머니가 남매냐고 묻자 향자는 바로 그렇다고 고개를 끄덕였다. 둘이 닮았네. 아주머니는 남매지간임을 확신한 듯 창고 구석을 가리키며 그곳에서 자라고 했다. 향자는 고맙다며, 마을을 떠날 때 준비한 주먹밥을 꺼내 아주머니에게 반을 주고 남은 반을 나누어 먹었다. 진짜 남매가 된 것 같았다.

연락선 선착장은 복잡했다. 하루 뒤에 떠나는 삼등실 배표를 겨우 구하고 숨을 돌렸다. 이제 배만 타면 되는 것이다. 향자는 조선에 가는 것도 쉽지 않다며, 지친 표정이었지만 기분은 좋아 보였다. 선착장 근처 시멘트 바닥에서 하룻밤을 보내기로 했다. 바람을 막아주는 담도 있고 햇빛을 받은 바닥이 따뜻하기도 해서 자리를 잡은 사람들이 많았다. 향자가 바닥에 천을 깔고 활개를 치며 누웠다. 같이 부두 아래에서 덴푸라 우동을 한 그릇 사 먹고 돌아온 뒤였다. 바람이 불었지만 하늘에는 별이 총총했다. 사 년 만의 귀국길이었다. 중학교 졸업도 못했으니, 두세 달에 한 번씩 생활비를 보내준 아버지에게 면목이 없었다. 중학교 졸업만 했어도…… 내가 한숨을 쉬자 향자가 손으로 바닥을 두드렸다. 오빠 탓이 아니야. 여기에 누워요.

삼등실이라 흔들리긴 해도 날씨가 좋았다. 여덟 시간 뒤 부산에 닿았을 땐 아직 해가 남아 있었다. 집으로 가는 게 바쁜 일도 아니었고 향자 혼자 두고 갈 수도 없어 역 근처에 설치된 귀국동포촌으로 갔다. 신랑 각시요? 천막 입구에서 검게 그을린 남자가 물었다. 네. 향자가 나보다 먼저 답을 했다. 안쪽으로 가소. 남자가 구석진 곳을 가리키며 입 냄새를 풍겼다. 커다란 천막에 나무로 칸을 지르고 가마니로 벽을 삼고 바닥에도 가마니가 깔려 있었다. 갑갑하고 어색하고 덥고 향자도 부담스러웠다. 누이동생의 이름을 지어주었지만 누이동생일 수 없는 여자였다. 밖에 나가서 자겠다고 하자 향자가 반대를 했다. 다시, 나가서 개떡이라도 좀 사 오겠다고 했다. 향자는 고개를 끄덕였다. 소 막사 같아도 잘 곳을 마련해주었으니 그대로 도망칠 생각이었다. 조선인도 일본인도 아니고 오갈 데도 없는 향자를 데리고 있을수록 나만 손해라는 걸 모를 정도의 바보는 아니었다.

밤이 깊어 배는 끊겼지만 주변은 어수선했다. 슬슬 부두 위쪽에 있는 기차역으로 걸었다. 근처에서 개떡을 사서 먹고 역 안으로 들어갔다. 밤기차를 기다리는 사람들이 대합실 의자에 앉아 졸고 있었다. 갓을 비뚜름하게 쓴 늙은 남자, 머리에 수건을 쓰고 때 묻은 치마를 입은 여자, 이가 빠진 사람도 있었다. 탕건 밑으로 빠져나온 머리카락과 무심하게 놓인 손, 그을리고 주름진 얼굴. 향자는 그 사람들과 너무 달랐다. 반짝이는 눈과 찰랑거리는 머리, 치마 밖으로 드러난 매끈하고 부드러운 다리, 붉고 부드러운 입술까지. 오갈 데 없는 아이를 두고 도망갈 수 없다는 생각으로 나의 욕구를 겨우 가렸다. 다시 개떡을 한 개 사서 동포촌의 가마니 방으로 돌아왔다. 향자는 당연히 돌아올 줄 알았다는 듯 가마니 위에 옷가지를 깔아 잠자리를 만들어놓았다.

밤이 깊어지자 기온이 내려가고 바다 냄새도 진해졌다. 떨어져 자고 있던 향자가 춥다며 몸을 붙여왔다. 온몸이 뜨겁게 단단해졌다. 향자는 내가 무슨 생각을 하는지 안다는 듯 두 팔을 벌려 나를 안고 귀에 대고 말했다. 오늘 밤은 그냥 자야 해. 그 말이 무슨 말인지 해가 바뀐 다음에야 알았다. 알고 나서도 열네댓 살이었던 향자에게 가임 기간을 어떻게 알았는지 물어볼 수는 없었다.

며칠 뒤 혼자 사천 집에 들러 부산에서 야간학교를 알아보겠다고 하자 농사도 짓고 고기도 잡는 아버지는 흔쾌히 허락을 했다. 일본 갔다 오더니 철이 들었다는 말과 노동당이나 공산당 근처에는 가지 말라는 말도 덧붙였다. 향자가 준비해 준 일본 과자와 양말, 비누, 약을 내놓았다. 부모님과 동생들이 너무 좋아해서 겁이 날 지경이었다.

동포촌을 나와 영도가 보이는 수정동 산비탈에 방 한 칸을 얻은 후 부부처럼 살았다. 향자는 몸뻬 바지로 몸을 가리고 머릿수건으로 눈을 가린 후 자갈치시장으로 가서 생선의 아가미와 내장을 꺼냈다. 창자와 위장과 쓸개를 분리하고 숨이 들고나던 붉은 아가미에 소금을 뿌린다고 했다. 생선 냄새가 조선인도 일본인도 아닌 향자의 냄새를 덮었다. 향자가 조선 말이 서툰 귀환동포의 역할을 잘할수록 그녀의 아버지가 일본인이라는 사실과 엄마가 곗돈을 떼먹고 도망갔다는 사실이 점점 선명해졌다. 거기다 물가는 오르고 일자리를 구하기는 어려웠다. 향자가 벌어온 돈과 초량동 쌀집 점원을 해서 내가 받는 월급을 모아도 방세 내고 나면 남는 것도 없었다. 평생 이렇게는 살 수 없을 것 같았다. 미군이 판치는 해방 후의 혼란도 한몫했다. 가끔 나라의 운명이 나의 운명인 것 같았다. 그 둘을 구분하기가 쉽지 않았다. 나보다 늦게 귀국한 사촌 형이 서울에 취직을 했다는 소식을 들은 후 형의 하숙집 주소를 들고 기차를 탔다.

코트와 반짝이는 구두, 모자까지. 하숙집 처마 아래에서 만난 형은 내가 예상했던 것보다 훨씬 많이 변해 있었다. 살이 쪄서 턱선이 무뎌지긴 했지만 여전히 잘생긴 얼굴이었다. 나의 목이 낡은 잠바 깃 속으로 더 깊이 파고들었다. 형은 아무 말도 않고 집을 잘못 찾아온 듯한 표정으로 주변을 돌아보다 나가자고 했다. 근처 식당에서 국밥을 기다리면서 나는 다 기어들어 가는 목소리로 일자리를 구하러 왔다고 했다. 형은 고개를 끄덕이다 말고 나를 쳐다보았다. 형은 향자에 대해, 나는 형이 구해온 고등학교 졸업장에 대해 서로 묻지 말자는 것일까. 확실하지는 않지만 나도 고개를 끄덕였다.

며칠 뒤 형은 하숙집에서 쫓아내듯이 아는 사람이 한다는 종로의 인쇄소를 소개했다. 청소하고 배달하고 전화 받는 일이었다. 부산 쌀집에서 받은 월급보다 작았지만 형의 하숙집보다야 몇 배 나았다. 부산으로 돌아가고 싶지도 않았다. 향자의 몸에서 나던 비린내가 얼마나 지겨웠는지 떠나보니 알 것 같기도 했다. 밤이면 인쇄소로 모여드는 젊은 사람들과 사회주의 이론을 공부하는 것도 좋았다. 그중에서 후쿠오카 조선학교에서 일을 한 안재석과는 금방 친해졌다. 재석은 교표와 이름표를 뗀 까만 교복을 입고 다녔다. 묻기도 전에, 학생이 아니고 동대문구에 있는 고등학교의 급사라도 했다. 재석이 학교에 갈 형편도 안 되지만 학교에는 가지 않겠다고 했을 때 나도 덩달아 학교에 대한 미련을 버렸다. 재석은 눈썹 위엔 난 반달 모양의 흉터 때문에 이마의 절반을 가리고 다녔는데, 오사카 주물공장에서 쇠를 두드리다 다친 상처라고 했다. 키는 작고 어깨는 넓고 손은 붉고 단단했다. 곧 프롤레타리아의 시대가 올 거야. 재석이 그 말을 할 때마다 불안과 어둠이 채우고 있던 머리 안이 잠깐 환해지는 것 같았다. 다시 불안이 찾아오면 이번에는 내가 그 말을 했다. 모르긴 해도 재석의 머리 안에서 번져가던 불안도 사라졌을 것이다. 키, 나이, 얼굴, 고향까지, 많은 게 달랐지만 그 말 때문에 우린 점점 닮아갔다.

우리는 전쟁을 일으킨 일본이 아니라 왜 조선이 남북으로 나뉘어야 하는지 정말 이해할 수 없었다. 그것보다 더 숨이 막히는 건 남한만의 단독 정부 수립을 주장하면서 일제에 협력한 무리들과 손을 잡는 사람들이었다. 목숨과 재산을 내놓고 독립운동을 하지는 않았지만 억울하고 부당하고 무시당하는 것 같았다. 주말에는 노조 사람들과 함께 시위에 나가기도 했는데, 시위에 나가는 날이 많아질수록 남한만의 단독 정부 수립을 주장하면서 친일파와 손을 잡는 세력들도 늘어났다.

국회의원 선거를 하기도 전에 우리는 북쪽에서 공산주의자를 피해 내려온 우익청년단에게 체포되었다. 그들은 어디서 구했는지 나에 대한 정보를 몇 개 가지고 있었다. 아무것도 없는 놈이 민족이니 국가니 하는 말을 씨불이고, 그 시간에 돈이나 벌어라 이 거지 새끼야. 부모는 어찌 사는지도 모르고…… 분단 정권을 지지하는 또래 청년들이 일본놈들이 썼던 경찰서에 우리를 가두고 두들겨 팼다. 왜정 시대에도 잘 먹고 잘 산 놈들이 더 잘 먹고 잘 살려고 나대는 꼴에 기가 막혔지만 어떤 모욕과 폭력보다 그들이 전신환을 보내는 향자의 존재를 알게 될까 봐 무서웠다. 그 사실을 아는 순간 나는 죽도 밥도 아닌 쓰레기가 될 것만 같았다.

두 달 만에 유치장에서 풀려나온 뒤 영도다리가 들리는 꿈을 몇 번 꾸었지만 향자가 어떻게 살고 있는지 궁금하거나 어떻게 살까 걱정을 하지는 않았다. 잘 살고 있으리라고 생각하지는 않았다. 물가는 오르고 쌀은 부족하고, 나라 밖으로 나갔던 사람들이 떼를 지어 돌아오는 때였으니, 조금이라도 덜 굶는 일이 잘 사는 일이었다. 한국말도 늘었을 거고, 생선 배를 가르는 일보다 더 수입이 좋은 일을 얻었을 수도 있었다. 남자도 생겼을 거고…… 그 생각을 하면 향자와 영원히 헤어진 것 같았는데 나는 그다음 달에도 향자가 보낸 전신환을 받았다.

2

반민족행위자, 일본의 앞잡이가 되어 민족을 부정하고 배반하고 억압한 인간들이었다. 해방이 되고 정부가 세워졌으니 그들을 처단하는 건 당연한 일이라고 생각했다. 대한민국의 첫 대통령, 첫 국회의원이 된 사람들이라면 그 일을 제일 먼저 할 줄 알았다. 만약 그들이 민족의 이름으로 처벌됐다면, 두 달 넘게 유치장에 갇혀 있긴 했지만 나의 인생도 분명히 달라졌을 것이다.

반민족행위처벌법은 잉크도 마르기 전에 휴지 조각이 되었다. 처벌을 받아야 할 친일 경찰이 거꾸로 반민특위 위원과 국회의원을 체포하고 대통령은 그런 경찰을 옹호했다. 그리고는 친일 행위자를 처벌하자는 사람도 분단 정권에 반대하는 사람도 빨갱이라고 몰아세웠다. 그리고 기어이 백주 대낮에 김구 선생을 암살했다. 배운 것도 가진 것도 없지만, 권력을 위해 민족을 죽이는 인간들과는 함께 살 수 없다고 생각했다. 정일도 마찬가지였다. 우리는 경찰서 유치장에서 만난 중도청년당원의 소개로 알게 된 자주단 가입을 더 이상 미루지 않았다. 의열단처럼 일본을 등에 업고 민족을 먹잇감으로 삼은 친일파와 단정 지지 세력의 제거가 목적인 비밀 조직이었다.

골목을 들어서자 곡소리가 들렸다. 아이고 아이고. 가는 빗줄기가 얼굴에 닿았다. 조등이 비를 피해 처마 밑에 걸려 있는 초상집 대문 안으로 어두운 옷을 입은 문상객 차림으로 들어섰다. 옆에는 자주단 단장이 집안 숙부처럼 점잔을 피우고 있었다. 처음 보는 젊은 상주가 마루청 아래에서 단장과 나를 맞이했다. 개 짖는 소리는 그치지 않았다. 병풍 앞에서 곡소리를 내던 여자가 우리를 보자 가볍게 목례를 하고 술상을 차려 왔다.

"내일을 생각해서 약주는 조금만 준비했습니다."

주전자를 상 위에 올린 후 젊은 상주가 목례를 했다. 상복 밑에 야무지게 행전을 치고 굴건까지 쓴 모습이었다. 슬픔에 깊이 잠긴 것처럼 얼굴이 창백했다.

"내가 이야기한 안재석 동지일세. 여긴 김대영 동지."

잔을 받은 단장이 나를 상주에게 소개했다. 나는 말씀 많이 들었다며 고개를 약간 숙였다. 창백한 얼굴의 김대영이 눈을 맞춘 후 추운데 한잔 드리겠다며 주전자를 들었다. 왼손 중지와 무명지가 한 마디씩 없었다. 눈은 날카롭기보다는 깊었지만 그것으로 알 수 있는 건 별로 없었다. 목소리라도 더 듣고 싶어 잔을 돌렸지만 그는 내가 따라준 술을 마실 뿐 아무 말이 없었다. 곡소리를 내던 젊은 여자가 배추전을 내왔다. 코 옆에 누에만 한 흉터가 눈에 띄었다. 무슨 일이 있었는지 단장에게 눈으로 물었다.

"이건 저 안동, 상주 사람이 먹는 건데."

묻지 말라는 듯 눈을 껌뻑인 단장은 배추전을 반으로 가르더니 다시 길게 반으로 갈라 한 점을 집어 들었다. 여자도 출출할 때는 그만한 안주도 없다면서도 긴장되는 듯 문 쪽으로 고개를 돌렸다. 아직 한 사람이 오지 않았다.

"부천과 영등포에 감옥소를 새로 만든다는데, 얼마나 많이 잡아넣었으면…… 한잔합시다."

단장이 여자에게 잔을 내밀었다.

"그것도 모자라 지난봄에 보도연맹까지 만들고, 읍면에 할당량까지 있답니다."

여자도 잔을 비웠다.

"그러니 미친놈들이지. 생각이 조금만 달라도 다 빨갱이니. 자, 안 동무도 한잔."

단장이 내 잔을 또 채웠다. 긴장한 탓인지 술맛이 나지 않았다. 마지막으로 김대영이 잔을 받았다. 김대영도 아무 말이 없었다. 몸은 술상 앞에 있지만 문밖으로 신경이 쏠려 있는 게 눈에 보였다. 사립문이 삐걱거릴 때마다 숨이 멎는 것 같았다.

모이기로 한 사람은 다섯이었다. 단장과 상주 옷을 입은 두 사람, 나, 그리고 윤 동무라는 청년이었다. 내일 노제를 지내는 척 경찰서장의 차를 막아서기로 한 계획이었다. 일본이든 미국이든 가리지 않고 권력의 개가 된 경찰서장이 구청의 도시계획과장을 종암리에서 비밀리에 만난다는 것이다. 해방 후의 어수선한 틈을 타서 서장이 그곳의 땅을 오천 평이나 사들였다는 소문은 사실이었다. 해방 전 일본 사람들이 전원주택단지로 계획했던 곳인데, 돈암 네거리까지 전차가 들어오고 안암리 앞으로 큰 도로가 뚫려 해방 후에도 땅값이 많이 오른 곳이었다. 서장으로서는 권력과 부를 한꺼번에 쥘 수 있는 기회였는데 그곳에 살던 토막민들이, 수십 년을 살았는데 보상금 몇 푼 주고 나가라는 게 말이 되냐고 저항을 했다. 다른 마을의 토막민들까지 합세해서 세력이 커질 기미를 보이자 서장이 이틀 뒤 경찰관과 인부를 동원하여 강제 철거를 할 계획이라는 것이다. 충분히 그럴 인간이었다.

경찰서에서 종암리까지는 차로 사십 분, 김대영은 열시에 출발한다는 정보를 받았다고 했다. 안암리의 큰길이 아니라 반드시 제기리 뒤쪽인 이곳을 지나갈 것이라고 했다. 정일도 그렇게 말했다며 단장도 그 부분에 대해서는 확신을 하는 눈치였다. 여기가 지름길이기도 하고 사람 눈도 피할 수 있는 이점도 있다는 것이었다. 차는 일본놈들이 타다가 두고 간 닷산 검정색 지프라고 했다. 김대영은 이미 확인했으니 걱정할 것 없다고 했다.

"상여도 열시쯤 오기로 했습니다."

이번에는 단장의 맞은편에 있던 여성 동지의 말이었다.

"상두꾼은요?"

내가 묻자 단장은 정일이 지난 파업 때 잘린 노조원들을 몇 명 모았다고 했다. 상여 앞에서 차를 막아서는 건 나와 김대영의 몫이었다. 차는 멈출 것이고 성질이 급한 서장은 차에서 내리거나 창문을 내릴 것이다. 그렇게 하도록 해야 했다. 서장을 처단하는 건 윤 동무와 단장의 일이었다. 일차 저격 실패 후 도망가는 서장을 쫓아가 이차 저격을 하는 건 상두꾼 차림을 한 정일의 몫이었다. 당연한 일이지만 실패하건 성공하건 모두 흩어지는 게 마지막 계획이었다. 그런데 가장 중요한 역할을 해야 하는 윤 동무가 아직 오지 않았다. 동북혁명군 소속으로 만주에서 활동했다는 그는 무기와 저격을 담당한 핵심이었다. 아직 무기가 오지 않았으니 기다리는 것밖에 할 일이 없었다. 배추전은 빠르게 식고 호롱불의 검은 연기가 여자의 흉터 주위를 맴돌고 있었다.

"윤 동무가 안 오면 제가 그 역할을 하겠습니다."

술을 비운 여자가 단장의 눈을 찾았다. 낮고 날이 선 음성이었다. 뜻은 알겠다는 듯 단장이 고개만 끄덕거렸다.

"이번 기회를 놓치면 다시는 기회가 없을 겁니다. 또 집을 구할 수도 없고. 그놈 손에 죽은 동무가 몇 명인데…… 총이 없으면 다른 걸로."

이번에는 젊은 상주의 목소리가 높아졌다. 얼굴도 달아올랐다. 잠기고 갈라진 목소리였다.

"이제 손가락이 아니라 목숨까지 바치고 싶나. 민족의 피를 마시고 사는 놈에게 또 붙잡히고 싶냐고?"

주먹 쥔 단장의 손이 떨렸다.

"해방 전에는 일본놈들 총을 들고 우리를 죽이더니 해방 후에는 미국놈들 총을 들고 죽이고. 그런 놈이 아직 살아 있다는 게……"

상주의 말이 들리지 않는다는 듯 단장은 눈을 감았다.

"물러설수록…… 두려움만 커질 것입니다. 한 사람이 오지 않는다고 해서 오랫동안 준비한 일을…… 그건 비겁함이라고 생각합니다."

여자가 말을 할 때마다 입김이 호롱불을 흔들었고 호롱불이 흔들릴 때마다 얼굴의 흉터가 번들거렸다. 단장은 여자의 말을 듣지 못한 듯 개 짖는 소리 쪽으로 고개를 돌렸다.

"저도 같은 생각입니다. 늘 변수는 있었습니다. 그때마다 물러선다면 한 발짝도 앞으로 나갈 수 없을 겁니다."

남자가 눈빛을 감추려는 듯 고개를 숙였지만 말만으로도 서늘해서 망설임과 기다림을 끊어낼 듯했다.

"그 한 발짝이 뭔가?"

단장이 날카롭게 물었다.

"붙잡히는 거? 죽으면 끝나는가? 그걸 빌미로 놈들이 분단 상황을 더 고착시키고 단정에 반대하는 사람은 빨갱이로 더 몰아세울 걸세. 내 말은 성과도 없이 상황을 더 악화시키지는 말자는 거네. 그게 비겁함으로 보였다면…… 내가 그 일을 하겠네."

"그건 안 됩니다."

두 사람은 고개를 흔들었다. 나도 하겠다는 말을 준비하고 있었지만 아무도 의견을 묻지 않았다.

"동무들을 보호하는 일도 내가 할 일이네. 열한시 삼십분까지 안 오면 해산하는 걸로 했으니, 그만 일어나세. 이 집도 벌써 노출되었을 수도 있어. 먼저 나갈 테니 정리하고 빨리 나오게. 약속을 안 지키면 다음 계획도 도모할 수 없네."

일어나는 단장의 무릎에서 뼈가 꺾이는 소리가 났다.

비는 그쳤지만 살얼음이 언 바닥은 미끄러웠다. 단장은 얼음을 지치듯 빠른 걸음으로 골목을 빠져나갔다. 큰길가의 여관에 정일이 잡아둔 방 두 개가 있었다. 초상집으로 위장했던 초가에서 멀지 않은 곳이었다. 등잔 밑이 어둡다고, 가까운 곳이 더 안전하다는 정일의 판단이었다. 단장과 내가 한방이었다. 한방을 쓸 그 두 사람이 부부냐는 말을 묻고 싶었는데 단장은 두루마기를 입은 채 누웠고 눕자마자 코를 골았다. 내가 일어났을 땐 이미 여관에서 나가고 없었다.

해가 바뀐 뒤 정일에게서 연통이 왔다. 윤 동무가 체포되었으니 서울을 떠나라는 것이었다. 그 밤에 기차를 타고 부산으로 내려왔다. 역을 빠져나와 전찻길을 따라 걷다가 눈에 익은 건물을 찾았다. 수정국민학교. 오른쪽으로 난 길을 올라가면 오르막이 점점 심해진다는 것도 생각났다. 바다에서 불어오는 늦겨울 바람은 차고 날카로웠다. 움츠린 목을 낡은 학생복 깃 속에 넣고 나뭇잎이 깔린 골목을 올라갔다. 다시 나뭇가지처럼 작은 골목이 생기고 그 끝에 계단이 나오고, 계단 끝에 나무 대문이 있어야 했다.

문은 바람에 열려 있었고 주인집도 그 아래채 정일의 집도 불이 꺼져 있었다. 이웃집 개가 거칠게 짖었지만 누구도 내다보지 않았다. 방문 앞에 신발이 두 켤레였다. 신발코가 밖으로 향한 여자 고무신 하나와 낡은 남자 구두. 정일이 있구나, 나는 목소리를 낮춰 그의 이름을 불렀다. 몇 번 부르지 않아 여자가 문을 열었다. 누구신지…… 선생님은 없어예. 여자의 목소리에 두려움이 잔뜩 묻어 있었다. 열었던 문도 조금 닫았다. 정일이 친구입니다. 나는 방 앞에 놓인 신발에서 눈을 떼지 않았다. 이 밤에 어디로 가야 할지 걱정스럽기도 했다. 여자가 문을 닫으려다 물었다. 선생님 봤어예? 나는 서울에서 같이 있었다고 했다. 여자는 잠시 망설이더니 추우니 들어오라고 했다.

궤짝 위에 이불이 놓여 있고 그 옆에 또 궤짝이 있었다. 일 년 전처럼 횃대에는 비린내 나는 허름한 옷들이 걸려 있었는데 윗목의 고다츠는 기억에 없었다.

"요 아래서 주웠어예. 배고프지예."

향자가 호롱불 옆에 있던 낡은 공책을 덮고 부엌으로 나갔다. 몇 시간 전부터 배가 고팠다.

"정일이는 안 내려왔어요?"

음식 냄새에 고인 침을 넘긴 후 부엌 쪽으로 물었다.

"아직."

짧은 대답에 그리움과 기다림이 느껴졌다.

"선생님이 갑자기 오실까 봐 준비해두긴 하는데 김치가 없어서……"

향자는 보리밥 한 그릇과 마른 생선 찐 것, 시금치무침을 들고 왔다. 나는 김치가 없어도 그 반찬만으로 밥 한 그릇을 빠르게 비웠다. 갈 곳은 없지만 일어나서 가야 할 때인데. 긴장이 풀리고 배가 부르자 몸이 점점 무거워졌다. 설거지를 하고 들어온 향자가 선생님에게 몇 번 이야기를 들은 그 친구분이냐고 물었다. 그 친구가 누구인지 알 수 없지만 나는 그렇다고 했다. 뭔가 좀 부족한 듯해서, 후쿠오카 조선학교에서 일을 했다고 하자 향자의 눈이 반짝였다. 저는 야마구치에서 배웠어요. 향자와 잠깐 눈이 마주쳤다.

향자는 일 년 만에 다른 여자가 된 것 같았다. 가슴은 커지고 허리는 잘록하고 다리는 단단하고, 나를 기억하는지 못하는지 별로 부끄러워하지도 않았다. 선생님 친구분이신데 밤도 늦었으니 불편하시겠지만 주무시고 가라는 말까지 했다. 그 말만으로도 맹렬하고 뜨거운 기운이 내 몸 구석구석을 파고들었다. 멀리서 가까이에서 개 짖는 소리가 그치지 않았다. 향자가 물건을 받아야 한다며 집을 나간 후에야 잠이 들었다. 문밖이 조금씩 밝아지고 있을 때였다.

점심때쯤 일어났다. 윗목에 밥 한 공기와 찐 생선, 양파초절임과 된장국이 차려진 밥상이 있었다. 와사비 양념장도 있었다. 후쿠오카 어디에서 받은 밥상 같았다. 배는 고프지 않았지만 언제 또 밥을 먹을 수 있을지 몰라 다 먹었다. 상을 내놓으려고 부엌으로 난 문을 열었다. 작은 부엌이었다. 아궁이와 작은 화덕, 양은 냄비, 그릇을 엎어놓은 소쿠리가 있었다. 나무 찬장 앞에 상을 내려놓았다. 잠결에 찬장 여닫는 소리도 들은 것 같아 찬장 문을 밀었다. 이층 장이었다. 아래에는 양념이 있었다. 간장, 고추냉이, 고추장, 참기름. 위에는 그릇들이 포개져 있었다. 푸른 꽃무늬가 그려진 사기 밥그릇과 대접 그리고 접시. 보기만 해도 누구 그릇인지 알 것 같았다. 밥그릇 뚜껑이 살짝 들려 있었다. 그 틈으로 뭔가 보였다. 나는 별로 망설이지 않고 그 안에 든 돈을 다 챙겼다. 어차피 정일에게 줄 돈이라는 생각을 하니 죄책감도 들지 않았다.

일본 사람들이 지어놓은 온천장 목욕탕에서 시간을 보낸 뒤 해가 질 무렵 전차를 타고 중앙동 전기회사에 다니는 형을 만나러 갔다. 이층 목조건물 '동래전기'의 사환은, 형이 출장 중인데 조금 있으면 돌아올 거라고 했다. 근처에서 어정거리고 있을 때 허리에 연장통을 두른 형이 자전거를 타고 돌아왔다. 얼굴에 살이 올라 보기 좋았다. 형은 아직 일이 끝나지 않았다고 회사 근처의 광복식당에서 기다리라고 했다. 일 년 전에도 만났던 곳이었다. 먹고 싶은 거 다 먹어, 야마구치에서 월급도 안 주고 부려먹었는데, 라며 어깨를 쳤다. 손이 매웠다. 정일과 착각한 게 분명하지만 나는 야마구치가 아니라 후쿠오카라는 말을 하지 않았다.

길을 건너 골목 안으로 들어가자 오사카의 뒷골목처럼 술집, 식당, 숙박업소가 줄을 지어 나타났다. 나는 우체국 뒷문 옆 광복식당으로 들어가 국밥 한 그릇과 막걸리 한 사발을 시켰다. 주방 앞으로 긴 테이블이 놓인 일본식 술집이었지만 손님은 아무도 없었다. 막걸리를 한 잔 더 시켜 국밥을 안주 삼아 마시며 주인에게 해방 전 이름을 묻고 있는데 일을 마친 사람들이 술집 안으로 몰려왔다. 향자의 돈까지 훔치고 나니 사람들의 눈이 더 무서워 앉아 있을 수 없었다. 골목 입구에서 만난 형에게 바로 하숙집으로 가자고 했다.

형은 대신동 하숙집으로 가는 전차를 기다리며 후쿠오카의 와카마츠 해변에 있었는데 누가 배편이 있다고 해서 그길로 귀국을 했다고 했다.

"니 이야기는 들었다. 정권 반대 운동하다가 붙잡혀서 고생했다며? 정일이는 어디 있노?"

형은 주변을 돌아보며 목소리를 낮추었다. 나는 친일 경찰서장 암살 시도와 어젯밤 정일이네 집에서 잔 일 중 어느 것을 먼저 말해야 할지 결정을 못한 채 전차에 올라 형은 요즘 뭐 하냐고 물었다. 여전히 아버지의 행방을 찾으러 다닌다고 했다.

"니가 그 장면을 봐야 하는데."

전차가 법원 앞에서 멈추자 형이 내 쪽으로 쏠렸다가 떨어졌다.

"내가 와카마츠 해변에 닿았을 때는 사고가 난 이틀 뒤였어. 태풍이 지나간 해변은 황폐했지. 시신이 뒹굴고 배는 부서지고 배에 실린 물건들이 바닷물에 밀려와 해변은 엉망이었는데 그 전날은 바다에 색색의 꽃이 핀 듯했단다. 해방됐지, 집에 간다고 다들 가장 고운 옷, 가장 아껴둔 옷을 입었을 거잖아. 특히 바닷물에 부푼 여자들의 치마가 활짝 핀 꽃처럼 바다를 장식했대. 내가 닿기 전에 사람들이 시신의 호주머니를 뒤지고 옷을 벗기고…… 좋아 보이는 거, 비싼 것들을 다 챙겨 간 거지. 남아 있는 것들은 쓰레기처럼 버려진 것들이야. 내가 닿았을 땐 그 상태였어. 다 확인했지만 아버지는 없었고."

형의 목소리가 서리가 낀 전차 유리창에 써놓은 듯 선명하게 들렸다.

"그 말은 다음 날 시내에 와서 들었어. 누군가 시신을 지게에 지고 그 위 공동묘지로 날라 묻었다고…… 해변에서 산 아래 공동묘지까지 꽤 멀었거든. 그 길을 무겁고 냄새나는 시신들을 지고. 그때 알았어, 인간이 무슨 일을 해야 하는지."

형은 말을 멈추고 보란 듯이 얼굴을 돌리며 웃었다. 무슨 말인지 알아들었냐는 듯. 나는 다음 말을 듣고 싶지 않아 고개를 끄덕이는 척했다. 여전히 이는 성글고 숱은 적었지만 형은 다른 사람이 된 것 같았다.

"아이구, 내려야 한다."

형이 말을 하다 말고 내 팔을 잡았다.

어둡고 좁은 골목을 오르던 형이 반쯤 열린 나무 문 앞에서 멈추었다. 일본인이 하던 고급 여관이었는데 해방되고 조선인이 인수해서 하숙집으로 개조했다고 했다. 마당이 넓고 나무가 많아 안이 잘 보이지 않는 집이었다.

형이 저녁밥을 먹고 있을 때 중학교 교복을 입은 남학생이 방 안으로 들어왔다.

"동준아, 인사드려라. 정일 선생님과 같이 일하던 분이시다."

형의 말을 들은 소년의 눈이 반짝였다. 목과 턱 주변에 붉게 피부염이 퍼져 있었다.

"그럼 향자 누나도 알아요?"

남학생이 내 옆으로 달려와서 물었다. 큰 몽둥이로 등짝을 맞는 기분이었다. 겨우, 보지는 못했고 수정동에 살고 있다는 말을 들은 것 같다고 했지만 얼굴이 달아올라 고개를 돌렸다.

교무 형의 집을 나와 다른 곳에서 하숙을 하며 동무들을 찾아다녔다. 누군가는 보도연맹에 가입을 했고 누군가는 가입을 권유하기도 했다. 그때마다 동지들은 세상이 변했다는 말을 했지만 나는 동지들이 변하지 않았다면 세상은 다른 모습으로 변했을 거라는 말을 악착같이 했다. 약간 흔들리던 나를 붙잡기 위한 다짐이었다. 삼일절이 지났는데도 예비검속으로 붙잡아둔 사람들이 풀려나지 않아 어수선한 분위기였다. 자주단의 비밀 아지트인 팔공산 동화사 아래 농가로 갔다. 누군가 발설했다면 붙잡힐 수도 있고 아직 안전하다면 누군가를 만날 수 있을 거라 생각은 했지만 정일이 그곳에 있을 줄은 꿈에도 몰랐다. 정일은 집에 가면 향자가 경찰에 시달릴 것 같아 갈수가 없더라고 했다. 아직 조선말도 서툰데…… 그 말을 듣는 순간 죄책감과 안도감이 뒤엉킨 감정으로 정일을 안았다. 아무것도 모르는 정일은 놀라다가 가만 있었다.

며칠 뒤 정일의 고향에 들렀다가 다시 서울로 갈 계획을 세웠지만 고향에도 서울에도 가지 못했다. 전쟁 소식을 들은 것이다. 단 이틀 사이에 대구역은 피난민들로 발 디딜 틈이 없었다. 젊고 건강한 청년은 눈에 보이기만 하면 군대에 끌려갈 판이었다. 어디로 가야 할지 알 수 없었지만 한 가지는 분명했다. 이승만 정권을 위한 군인은 되고 싶지 않았다. 정일도 마찬가지였다.

4부

죽기 전에 해야 할 일

1

비가 그쳤다. 먼지도 씻기고 열기도 가라앉고 강물도 맑아
질 것이었다. 향자는 출입문을 반쯤 열고 노루발로 고정시켰
다. 청소할 것도 없는 집을 쓸고 닦고, 비가 오는 동안 베란다
문까지 씻었다.

열어둔 문 사이로 들어오는 바람을 쐬고 있는데 지난번에
찾아왔던 주민센터 직원이 얼굴을 내밀었다. 일주일에 한두
번 이 아파트에 들르는데, 오늘은 307동에 왔다고 했다. 안
영감이 사는 곳이었다. 향자가 문을 더 열면서 그 동에도 장
수원 갈 사람이 있냐고 물었다. 직원은 머리를 흔들고는 생각

났다는 듯 마스크를 찾아 턱에 걸쳤다.

"그분들은 장수원에 못 가십니다."

향자가 왜 그런지 물었다.

"장수원은 부동산을 국가에 넘기는 것이 조건인데 임대아파트는 그분들 소유가 아니지 않습니까?"

"그럼 죽을 때까지 그 집에서 살 수 있네."

"임대료를 내는 한 그렇죠. 그러다 아프면 바로 공설요양원으로 가셔야 하고."

향자는 어쩐지 더 묻기 싫어 입을 다물었다.

"할머니는 마음을 정하셨어요?"

직원이 눈을 들여다보며 물었다.

"아직…… 코로나 땜에 어디 가기도 겁나고."

"이사도 아닌데…… 할머니는 몸만 가시면 된다니까요. 코로나 걱정은 안 하셔도……"

"1인 1실이요?"

직원은 뭔가 올라오는 말을 삼키는 듯 턱을 내밀었다.

"1인 1실이 어딨습니까? 연세 있으신 분은 혼자 있으면 더 위험합니다. 외로움도 타고."

향자는 기침이 나와 고개를 돌렸다.

"할머니 연세에 장수원 가는 분은 드물어요. 요양원에 가는 분들이 더 많지."

직원은 다시 마음을 정했냐고, 처음 묻는 것처럼 물었다.

"저 테레비는 산 지 반년도 안 됐고, 냉장고도 큰맘 먹고 재작년에 샀는데."

향자는 결정을 미루는 구실을 찾는 듯했지만, 그것 때문인 것도 같고 아닌 것도 같았다. 짜게 먹은 것도 없는데 목이 바짝바짝 말랐다.

"장수원에 가면 다 있어요. 안 보셨어요?"

직원은 신발장 위에 그대로 있는 안내 책자를 눈으로 가리켰다.

"돈이 될 만한 것은 돈으로 쳐줘야지. 버리고 가라고 하면 발이 떨어지나……"

향자는 진짜 목이 말라 컵에 물을 따랐다.

"값을 쳐줘도 수거비 정도 준다고요. 그냥 놔두는 게 낫습니다."

"값을 쳐주기는 하네?"

향자가 물을 반쯤 마시다 되물었다. 수거비 정도건 그보다 못하건 그 말을 왜 이제 하는지, 따지는 눈빛으로 물컵을 손에 들고 직원을 쳐다보았다. 눈이 마주치자마자 고개를 숙이고 서류를 뒤적이던 직원이 명함을 내밀었다.

"맘을 정하고 나면 연락 주세요."

커다란 구덩이 앞에 선 기분이었다. 향자가 명함을 받지 않자 직원은 향자의 얼굴을 들여다보았다.

"장수원에서 다 해주는데 망설일 필요가 없잖습니까. 저번

엔 가방을 잃어버렸지만 다음엔 할머니 자신을 잃어버릴지
도 모르는데…… 할머니처럼 소득 없고 가족 없는 사람이 일
순위예요. 이 집이라도 있으니 가능하지 안 그러면 이 혜택도
받으실 수 없습니다."

직원은 신발장 위에 명함을 두고 돌아갔다.

해거름 때까지 아무도 전화를 걸지 않았다. 전화를 걸 데도
없었다. 문자도 없었다. 휴대폰을 샀던 큰길의 매장과 가끔씩
들르는 슈퍼마켓에서 문자가 왔다. 이번 주는 쌀과 돼지고기
가 세일이라고 했다. 그것 외에는 잠잠했다. 복지관에서 행사
를 알리는 문자도 있었다. 그런 문자 말고 잘 있냐, 요즘도 일
하러 다니냐고 묻는 문자를 받고 싶었다. 장수원은 어떤 곳인
지, 그곳으로 가는 게 맞는지, 뭘 가지고 가야 하는지…… 꿈
에도 나타나지 않는 동준과 아들이 야속했다. 아무리 생각해
도 그 두 사람 외엔 의논할 사람이 없었다. 동준의 사촌 형 아
들이 시청 과장이라는 말은 들었지만 전화번호도 모르고, 이
름도 생각나지 않았다.

떠나기 전에 사람들에게 인사를 해야 할 것 같았다. 개를
안고 다니던 키 작은 남자. 지팡이를 짚고 어깨가 구부정했던
덩치 큰 여자. 가끔 김치를 사 먹던 김치집 아주머니. 아파트
앞 국밥집에서 혼자 술을 마시다가 소주를 몇 잔 나눠준 아저
씨. 근무복을 입고 퇴근하던 칠층 남자. 그는 하이마트 이름

표를 그대로 달고 있었는데 마스크를 한 장 얻기도 했다. 막냇동생 같은 남자랑 사는 901호 여자도 생각났다. 엘리베이터에서 자주 만나는 사람들이었다. 엘리베이터 안에서 누구를 만나든 떠날 것 같다는 인사를 할 생각이었는데 아무도 만나지 않고 일층으로 내려왔다. 향자는 잠시 망설이다 마스크를 고쳐 쓰고 이십오층을 눌렀다. 이십 년 넘게 살아도 이십오층은 한 번도 올라가본 적이 없었다. 그곳도 한번 가보고 싶었다. 늘 내리던 구층을 통과할 땐 새로운 곳으로 이사를 가는 느낌이 살짝 들기도 했다. 중간에 타는 사람이 없어 바로 올라갔다.

이십오층에서 내려다본 강은 까마득하게 멀리 있어 아무리 눈을 맞추고 숨을 들이쉬어도 거리가 좁혀지지 않았다. 엘리베이터 양쪽으로 아파트가 세 개씩 늘어선 건 똑같았다. 여섯 개의 출입문은 닫혀 있고 복도 끝엔 줄을 맨 고양이가 있었다. 검은 털과 흰 털이 반반인 고양이였다. 흰털이 수북한 발등을 가지런히 모으고 조는 건지 인사를 하는 건지 느리게 눈을 감았다 떴다. 가장 먼저 고양이에게 떠날지도 모른다는 인사를 하고 싶지는 않았다. 고양이도 마음을 알았는지 앞발을 포개 머리를 묻었다. 향자는 다시 일층으로 내려와 아파트 밖으로 나왔다. 이십오층까지 계단으로 갔다 온 것처럼 허기가 졌다. 단지 입구에 있는 국밥집 생각이 났다. 늦여름 긴 해가 저물고 있었다.

점심시간에만 근처 지식산업단지에 근무하는 사람들로 테이블이 차는 곳이었다. 저녁에는 동네 사람 몇 명이 앉아 있을 때도 있고 없을 때도 있었다. 작고 뚱뚱한 주인 여자는 싹싹하고 붙임성이 있었다. 무엇보다 소주 반병을 팔았다. 국밥 한 그릇을 시켜도 반찬을 듬뿍 내왔다. 두부조림 무나물…… 먹고 더 달라고 해도 처음만큼 주는 인심 좋은 곳인데 안 간 지 오래되었다. 지난겨울에 혈압이 올라가고 당 수치가 조금 높아졌다. 그 식당의 소주 반병과 짠 안주 때문이 아니란 건 알았지만 조심해야 할 것 같아서 몇 달 동안 안 가고 있던 집이었다. 지금 생각하니 쓸데없는 일을 한 것 같았다.

주인 여자는 왜 그렇게 안 왔냐고 반갑게 맞았다. 은근히 걱정했는데 건강하신 것 같아 다행이라는 말도 했다. 그래도 아들이 죽은 다음에 아들의 안부를 묻는 사람을 만난 것보다는 나았다. 그때는 짧은 대답을 하는데도 혀뿌리가 빠지는 것 같았는데 이번에는 별로 힘들이지 않고 잘 지냈다고 했다. 안쪽 테이블에서 국밥을 먹던 노인이 고개를 돌렸다. 반쯤 남은 술병이 테이블 위에 놓여 있었다.

"조 여사가 어쩐 일로……"

테이블을 건드렸는지 술병이 흔들거렸다. 어어, 주인 여자가 비명을 다 지르기도 전에 영감이 소주병을 잡았다. 우와, 영감님 살아 있네! 눈 아래까지 마스크를 올린 주인 여자가 흥감을 떨었다. 향자도 놀랐다. 뒤에 아무도 없으니 조 여사라 불린 사람은 자신이 맞다. 그런데 조 여사라니, 근사한 말이었다. 영감은 그쪽으로 오라는 듯이 엉거주춤 선 채로 있었다. 향자는 더 머뭇거려야 한다는 생각을 하면서도 영감 앞에 앉았다. 모자를 벗은 영감은 나이가 들어 보였다. 그 사실을 안다는 듯 영감이 다시 모자를 썼다.

"이 할머니 가끔 오셔서 소주 한잔씩 하세요."

주방으로 돌아가던 주인 여자가 멋쟁이라는 말까지 했다. 멋쟁이는 무슨. 다 죽게 생겼는데. 향자는 얼굴을 붉혔다. 일하러 다닐 때 입던 꽃무늬 셔츠에 고무 바지, 머리도 안 빗고 나온 것 같았다.

"그럼 술 한잔하겠소?"

영감이 물었다. 향자가 좋다고 하자 영감이 새 잔을 가져와 내밀었다. 마디가 굵고 거칠었지만 깨끗해 보이는 손이었다. 떨지도 않았다. 오히려 술을 받고 있는 향자의 손이 떨렸다. 어쩐지 마음도 떨리는 것 같아 반 넘게 마셨다. 영감은 경주 근처 요양원에 갔다 오는 길이라고 했다. 요양원 면회가 되냐고 주인 여자가 물었고 영감은 음식물 반입은 안 되고 1인 면회만 가능한데 코로나 2회 접종 확인서가 필요하다고 했다. 이번에는 향자가 영감의 잔을 채웠다. 그새 술기운이 돌았는지 조금 전보다 떨리지 않았다. 영감은 소주를 단숨에 비우고 풋고추 썬 것을 집어 된장에 찍고 있었다. 향자는 주인에게 고추와 마늘을 조금 더 달라고 했다. 영감이 소주도 한 병 더 달라 하고는 남아 있는 술을 향자와 자신의 잔에 절반씩 부었다. 향자는 누가 요양원에 있는지 물었다.

"친구가…… 생사를 같이했는데 저를 알아보지 못하네요. 일부러 그러는 건지."

영감은 풀이 죽은 얼굴로 가볍게 한숨까지 쉬었다. 생사를 같이하다니, 웃기는 말이라고 생각했다. 살고 죽는 건 모두 각각이었다.

"일부러 그러기는…… 그게 치매예요. 우리 영감도 그랬어요. 하나뿐인 아들도 못 알아보더라니까요."

두 잔도 안 마셨으니 술 때문은 아닌 것 같은데, 향자는 자신의 목소리가 높아진 것 같아 입을 다물었다.

"조 여사는 알아봅디까?"

영감이 알고 싶다는 듯이 눈을 들여다보며 물었다. 향자는 머리를 저었다. 영감과 자신이 이런 말을 주고받아도 되는지 조금 헷갈렸다. 갈증이 나서 반 남아 있는 소주를 다 마셨다. 부드럽고 달았다.

"참…… 기가 막힐 일입니다. 아내를 못 알아보다니…… 꼭 그렇게까지 하고 가야 하는지."

영감이 막막한 눈으로 또 쳐다보았다.

"처음에는 기가 막혔는데…… 못 알아본다고 해서 달라질 것도 없고 알아본다고 더 해줄 것도 없고."

이번에는 영감이 고개를 끄덕였다.

"자신이 누구인지도 모를 때 더 기가 막히죠. 참외를 좋아하던 사람인데 한 번도 좋아한 적이 없다 하고. 잘 먹지도 않던 묵을 사 오라고……"

향자는 말을 하려다 멈추었다. 평생 입에도 안 대던 걸 사오라고 해서 사 가면 이 맛이 아니라고 했다. 도토리묵도 메밀묵도 마찬가지였다. 향자는 묵이 아니라 일본에서 자주 먹던 양갱일지도 모른다고 생각했지만 양갱을 사다 주지는 않았다. 양갱을 먹은 동준이 자신을 후미코라고 부르면서 정일 선생님을 찾을까 봐 마음 한구석이 불편했다.

주인 여자가 서비스라며 찌짐을 내왔다. 남아 있던 재료를 다 넣고 만든 듯 밀가루 반죽에 부추, 상추, 미나리, 별의별 야채가 들어 있었다. 향자는 이 사이에 끼이는 게 싫어 젓가락으로 천천히 잘게 뜯었다.

"면회 갈 때마다 뭘 사 갈지 몰라서……"

영감이 술잔을 비우고 전 한 조각을 집어갔다.

"나도 고민을 하다 터미널에서 두유……"

그다음 말은 틀니 부딪치는 소리에 들리지 않았다.

마스크를 턱까지 내린 주인 여자가 코로나 때문에 좀 일찍 마친다고 했다. 돌아보니 정말 아무도 없었다. 식당 벽에 걸린 텔레비전에서는 뉴스가 막 끝나고 있었다. 고개를 끄덕이며 일어선 영감이 약간 비틀거렸지만 천천히 지갑을 꺼내 술값을 계산했다. 검은 가죽 지갑이 제법 두둑했다. 향자는 주인에게 잘 먹었다는 인사를 하고 입구에서 영감을 기다렸다.

"갑시다."

영감이 팔을 잡았다. 이 영감이 취했나 싶으면서도 싫지는 않았다.

차들이 드문드문 불빛을 던져주고 지나갔다. 아파트 옹벽 옆 인도를 따라 걸었다. 영감이 앞서고 향자가 뒤에서 걸었다. 영감은 모자가 비뚤어졌는지 바로 고쳐 쓴 후 노래를 불렀다. 황성 옛터에 밤이 되니 월색만 고오요해. 같이 부르고 싶은데 가사가 생각나지 않았다. 나이에 비해 목소리가 고왔다. 고개를 들어보니 달이 아파트 위에 떠 있었다. 영감이 사는 307동은 오른쪽으로, 향자는 왼쪽으로 가야 한다. 맞다, 장수원. 집에 불청객이 여러 명 기다리는 기분이었다. 이미 자신의 집이 아닌 듯 향자의 발이 무거워졌다. 영감이 진입로 끝에서 기다리고 있었다.

"조심해서 들어가세요."

향자는 인사를 했다. 충분히 들을 만한 목소리였는데 영감은 그대로 서 있었다. 어서 댁으로 가라고 손짓을 했다. 영감은 고개를 끄덕이고 느리게 걷기 시작했다. 향자도 301동 입구 쪽으로 걸었다. 차가 빼곡히 들어선 주차장을 지나 무릎을 짚고 계단 몇 개를 올라갔다. 공동현관으로 들어와 습관적으로 우편함을 보고 문이 잠겨 있는 경비실로 눈을 돌렸다. 경비 아저씨들도 자주 바뀌었다. 오랫동안 알고 지내던 아저씨가 그만둔 이후로는 낯을 익힐 시간도 없었다. 그나마도 비어 있는 시간이 더 많았다. 휴식 시간인지, 그만둔 건지, 다른 곳으로 이동한 건지 물어볼 데도 없었다. 삼십 년 가까이 살아도 이사 간다고 인사할 곳도 없었다. 엘리베이터를 누르고 있는데 계단 올라오는 발소리가 들렸다. 누군가, 지친 듯 발걸음이 느렸다.

천천히 내려온 엘리베이터의 문이 열렸다. 향자 뒤를 이어 그 사람도 엘리베이터를 탔다. 영감이었다. 영감은 눈이 마주쳤는데도 보이지 않는 듯, 엘리베이터 안에 자기밖에 없는 듯 무표정한 얼굴이었다. 술에 취해 자기 집이 어디인지도 모르는 것 같기도 했다.

"영감님 여기는 일동이에요."

향자는 올라가는 엘리베이터를 세우려고 아무 층이나 눌렀는데 영감이 취소 단추를 눌렀다.

"압니다."

술에 취한 것 같지도, 여기가 301동인 걸 모르는 것 같지도 않았다. 이 밤에 누구 집에 가냐고 물을 수도 없었다. 묻고 싶지 않았다. 향자는 문이 열리자마자 밖으로 나왔다.

낡은 아파트의 난간 아래에 어둠에 잠긴 강이 있었다. 강 너머 붉은 등을 켜고 국도를 달리는 차들을 보다 하늘로 눈을 돌렸을 때 영감이 옆에 와서 섰다. 아는 사람인 것 같기도 하고 모르는 사람인 것 같기도 했다.

몸을 돌려 현관문을 열고 들어서자 영감이 자기 집인 것처럼 따라 들어와 문을 닫았다. 신발을 가지런히 벗고 현관 옆의 작은방으로 쏙 들어갔다. 신경이 쓰이긴 했지만 쫓아내고 싶지는 않았다. 동준이라면 그랬을 것 같았다.

영감은 들어가자마자 윗옷과 양말을 벗어 발밑에 두고 팔베개를 하고 누웠다. 동준의 기침 소리가 여전히 남아 있는 곳이었다. 이대로 죽을 수 없다는 각오를 무수히도 다졌던 곳. 영감은 그 방의 귀한 손님인 것 같았다. 향자는 이불장으로 가서 아껴둔 이불과 베개를 꺼냈다. 올 사람은 없었지만 누가 올지도 몰라 늘 아껴둔 것이었다. 오래 보관한 탓인지 나프탈렌 냄새가 나긴 했지만 잠을 못 잘 정도는 아니었다. 머리 밑으로 베개를 넣자 영감의 팔이 풀렸다. 곧 옅은 코 고는 소리가 규칙적으로 들렸다.

동준은 돌아올 배편을 구할 수도 없어 해방 다음 해에 귀국했다고 했다. 연락선을 타려고 시모노세키까지는 왔어. 폭탄이 떨어진 히로시마는 폐허였거든. 집도 다 사라졌으니까. 거리에는 까맣게 탄 시체들이 널려 있고 동네 개천에도 물보다 시체가 더 많았어. 폭탄에 몸이 탄 사람들이 물을 찾아 뛰어든 거지. 길에 있었으면 나도 그렇게 죽었을 거야. 아직 등교 시간 전이라 엄마랑 마당에 있었는데, 갑자기 흔들리고 부서지고 어두워지고. 담도 무너지고 벽도 뚫리고, 옆집에 불이 난 것도 다 보였어. 좀 잠잠해진 뒤에 밖으로 나오니까 군인들이 방공호로 옮기라고 하더라고. 짧은 거리였는데도 팔이 떨어지고 눈이 튀어나오고…… 등이 탄 사람들을 몇 명이나 봤어. 죽은 사람도 많았고. 저녁에 아버지가 방공호로 오셨는데 회사 건물이 무너지면서 어깨를 좀 다쳤다고 하셨어. 그 정도면 다행이라고 생각했지. 집도 부서졌으니 갈 데도 없고 나가면 더 위험하다는 말도 들리고. 주먹밥이랑 물은 주니까 며칠 더 방공호에 있었어.

동준은 일본이 망했다는 소리를 들은 다음 방공호에서 나왔다고 했다. 사람들이 관부연락선을 타러 간다니까 우리 집도 따라 움직였어. 한시라도 빨리 잿더미가 된 히로시마를 벗어나고 싶었거든. 많이 걸었지. 차를 얻어 타기도 하고. 여름이라서 춥지는 않았으니까. 근처 밭에서 양배추도 캐 먹고 무도 뽑고 남의 밭에서 판 그것들을 팔기도 하고. 시모노세키까지 갔는데 배를 타지 못했다고 했다. 연락선 배표는 구할 수가 없었고 고깃배를 대절해야 하는데 돈은 없고…… 다시 돌아가 야마구치의 조선인 마을에 방 한 칸을 마련했다. 화장장과 공동묘지가 있는 동네라서 일본인들은 얼씬도 안 하고 조선으로 떠난 사람들의 집이 드문드문 비어 있었다고 했다. 일단 집이 있으니 안심을 한 거지. 아버지는 역 근처에서 짐을 날라주고 돈을 벌었어. 어깨에 난 상처가 낫지는 않아도 견딜 만하다 하셨고. 그때 만주나 우리나라에서 돌아오는 일본인들이 엄청 많았으니까. 엄마도 시내 양갱공장에 일을 하러 가시고. 그때 진짜 양갱 많이 먹었어. 집 밖에서 놀고 있으니까 지나가던 조선 청년이 마을 뒤편에 생긴 국어강습소로 데리고 간 거야. 알고 보니 친척 형이었는데, 거기서 조선 글을 처음 배웠지. 우리 같이 배웠잖아. 정음. 바람 소리, 개 짖는 소리, 학의 울음소리까지. 그 글로 표현하지 못하는 것이 없다고 첫 시간에 배웠어. 선생님의 그 말이 너무 좋았어. 불가능이 없다는 말, 그러면서도 천지 만물에는 각기 하나의 말이 있다는 게 감동적이었어. 말은 그 말을 사용하는 사람 모두의 것이지만 자신의 혀뿌리에서 나온 말은 자신의 고유한 것이라고 했지. 아마 그 학교에서 국어 공부를 제일 열심히 했을 거야. 당신이 제일 못하고. 이렇게 만날 줄 알았으면 좀 도와줄걸. 양갱도 주고. 동준은 그 농담이 마음에 든다는 듯 크게 웃으며 나중에 꼭 같이 가보자고 했다. 그 순간 조선학교를 다시 찾아가는 일이 미래의 한순간에 단단히 고정되는 것 같아 향자는 웃을 수가 없었다.

다음 해 귀국선을 탔는데 아버진 고향인 경기도로 가지 않고 해방 후 부산에 주둔한 미군 부대 옆에 자리를 잡았어. 사람이 많이 모이는 곳이 먹고살기가 쉽다면서. 근처 미군 부대에서 흘러나오는 물건을 떼서 부평시장에서 팔았지. 문현동에 집도 사고 공부 열심히 하라고 학교 근처에 하숙도 시켜주고. 아버지가 아프지만 않았으면 좋았을 텐데, 아버지 돌아가시고, 전쟁 나고…… 산다고 정신이 없었다고 했다. 늘 허겁

지겹…… 말하지 않아도 알 수 있었다. 일은 열심히 했는데 모은 돈은 없었다고. 엄마가 아파서 돈이 많이 들었어. 그때 짜증 내면 안 되는데, 엄마 잘못도 아닌데…… 그게 후회스럽다는 말을 자주 한 건 아파서 일을 못하게 된 뒤였다.

날이 샌 다음에야 잠에서 깼다. 향자는 작은방에 영감이 자고 있다는 게 꿈인지 아닌지 확신할 수 없어 눈을 뜨고도 가만있었다. 꿈인 것 같기도 하고 아닌 것 같기도 하고. 화장실로 가서 소변을 보고 틀니를 끼운 후 조심스럽게 걸음을 뗐다.

아직 주무세요? 향자는 마른기침까지 하고 조금 열린 방문을 더 열었다.

영감이 없어 너무 놀랐다. 혹시나 해서 문 뒤쪽까지 확인한 후 현관으로 눈을 돌렸다. 영감 신발이 없었다. 날이 새서 어둡지는 않았지만 불까지 켠 후에 방구석에 방석만 하게 접어둔 이불이 눈에 들어왔다. 그 위에 베개, 베개 옆의 모자를 보고는 놀랐다. 작은 짐승인 줄 알고 놀랐는데, 모자라는 걸 안 뒤에도 심장은 뛰었다. 영감이 집까지 따라와 잠을 잔 건 꿈이라도 이상한 꿈이었다. 모자가 있으니 꿈도 아니었다. 새벽에 몰래 나갈 것 같으면 자기 집 두고 뭐 하러 이 방에서 잤는지도 의문스러웠다. 혹시…… 향자는 입고 잤던 자리옷을 들춰 가슴을 만졌다. 늘어지긴 해도 하얗고 부드러웠다. 분홍색 젖꼭지도 만져졌다. 가슴 아래로 몸을 쓸어내렸다. 영감도 남자인데 잠만 자려고 오지는 않았을 거고, 어쩐지 밤에 영감이 몸 위로 올라온 것 같기도 했다. 아이고, 이 일을…… 향자는 안방에 아직 펼쳐져 있는 자신의 이불을 살폈다. 아무 흔적이 없었지만 모자를 두고 간 이유는 수상했다. 증표나 마음의 표시인 것 같았다. 이 일을 우야꼬. 향자는 개고 말 것도 없는 얇은 이불을 개서 장 안에 넣었다. 여전히 가슴이 뛰고 얼굴은 달아올랐다.

녹두색 모자는 이마에 닿는 부분이 해지고 실밥도 터져 있었다. 매일 쓰고 다니는 모자를 두고 갔으니 외출을 어떻게 할지도 걱정이었다. 다른 모자가 있을 거라는 생각을 하면서도 걱정이 그치지 않았다. 옷솔을 찾아 모자를 털고 냄새를 맡았다. 약한 머릿내가 나는 것 같았다. 그 냄새에 미지근한 소망이 조금 더 선명해졌다. 영감의 검은 가죽 지갑과 그 안에 들었던 여러 장의 지폐들을 떠올리자 그 소망이 더 뜨거워졌지만, 소망이라는 건 강 위에 뜬 달처럼 보는 것이지 잡을 수 있는 게 아니라는 걸 향자는 이미 알고 있었다.

2

모자챙은 약간 색이 바래져 있었고 안쪽에는 실밥이 터진 곳도 있었다. 뭔가를 발견할 때마다 모자의 의미가 달라지는 것 같았다. 향자는 고개를 흔들어 부질없는 생각을 지운 후 모자를 들고 아파트 밖으로 나왔다.

아무도 보이지 않았다. 자주 그랬지만 그때마다 잘못 나온 것 같아 걸음을 멈추고 금방 나온 301동을 올려다보았다. 똑같이 생긴 집들이 벽돌처럼 가지런히 쌓여 있었다. 아래에서 보고 위에서 봐도 어디가 자신의 집인지 알 수 없어 다시 일층부터 차근차근 세어 구층에 다다랐다. 베란다 건조대에 빨래가 널려 있는 집이었다. 904호와 906호 사이의 905호를 찾았다. 세 집이 한 집처럼 붙어 있지만 906호는 빈집이고 904호는 잘 싸우는 모녀가 살았다. 이사 온 지는 제법 되었지만 어쩌다 마주쳐도 어색하기만 했다. 이전에 살았던 사람들하고는 친했다. 여름이면 현관문을 열어놓고 강 구경도 같이하고 음식을 나눠 먹고, 906호는 명절에 시댁에 갈 때면 고양이를 부탁하기도 했다. 그땐 한집 같기도 했는데 904호는 큰 집으로 옮긴다고 물금읍으로 이사했고 906호는 이사 가는 줄도 몰랐다. 그 이후부터 뭔가 변해가는 것 같았다. 이사 간 지 몇 달이 지나도 사람이 들어오지 않고, 이사 온 지 몇 달이 지나도 벽 너머에서 싸우는 소리만 자주 들었지 말을 해본 적은 몇 번 없었다.

향자는 전깃불을 껐는지 확신이 서지 않았지만 마스크를 올려 쓰고 진입로 쪽으로 걸었다. 작업복을 입은 사람이 눈인사를 하고 지나갔다. 마스크로 얼굴 반을 가리니 아는 사람인지 모르는 사람인지 알 수 없었다. 알아도 몰라도 이곳에서는 다 괜찮았는데 장수원 생각을 하니 불안했다. 그곳 생각만 해도 어지럽고 다리가 후들거렸다.

페인트가 벗겨진 곳이 반점처럼 퍼져 있는 놀이터 벤치에 앉았다. 앉을 때마다 무료한 느낌이 들던 곳인데, 밍밍한 단물을 먹는 듯한 그 무료함마저 잃고 나면 뭐가 있을지 생각하기도 싫었다. 팔을 들어 올리는 운동기구는 고장 난 상태 그대로였다. 초여름까지 콩알만 한 사과가 달려 있던 나무를 보고 있다가 종이 가방 안에서 영감의 모자를 꺼냈다. 누구에게든 영감이 307동 몇 호에 사는지 물어볼 참이었다. 햇빛에 보니 집에서는 안 보이던 머리카락이 보였다.

"할머니…… 뭐 하세요?"

마스크를 눈 아래까지 올린 동대표가 다가왔다.

"바람 좀 쐬느라고……"

향자는 서둘러 마스크를 올리고 모자를 감추었다.

"오늘 세시 이후에 시간 있으세요?"

동대표가 귀에 대고 은밀하게 물었다. 목에 걸려 있던 십자가 목걸이가 출렁거렸다. 몇 달 전 일요일, "교회 오세요. 맛있는 점심 드릴게요" 했던 때도 그랬다. 아파트 앞에서 기다리던 봉고를 타고 전포동 산동네까지 실려 가서 딱딱한 의자에 앉아 꽤 오래 예배를 봤다(졸았다). 그사이에 헌금 바구니라는 게 세 번이나 전달되었다. 두 번은 그냥 보냈는데 세번

째는 오천 원을 넣었다. 점심은 멀건 수프랑 마늘빵 한 조각이 전부였다. 다시는 교회에 가지 않을 거라고 한 맹세가 바로 떠올랐다.

"무슨 일로……"

향자는 몸을 뒤로 젖히며 거부감을 나타냈다.

"사람이 좀 필요하거든요."

동대표가 갑갑했는지 마스크를 벗었다. 턱이 둥그스름한 게 복 있게 생긴 얼굴이었다.

"오늘 알바 한번 하세요. 주노백화점 아시죠?"

동대표가 몸을 기울이더니 목소리까지 낮추었다.

"알바? 무슨 알바를?"

"많지는 않지만 수당도 있어요."

수당이라는 말에 움직이는 마음을 들키지 않으려고 향자는 마스크를 올렸다.

"나라가 걱정이 되어서 나왔다고 하면 됩니다. 나라 걱정도 하고 사셔야죠."

동대표의 말에 다시 고개를 들었다. 나라 걱정? 내 코가 석 자라는 말을 참느라고 인상을 찌푸렸다.

"제가 보내서 왔다는 말을 절대 하면 안 되고 수당을 받았다는 말도 하면 안 됩니다."

동대표는 손에 만 원짜리 몇 장을 쥐여주었다.

"아이고, 지하철도 공짠데…… 무슨 일인지는 몰라도."

"얼마 안 됩니다. 음료수라도 사 드시라고."

동대표는 눈을 끔벅인 후 일어섰다. 관리실 쪽으로 가다 다시 돌아와서 낮게 말했다. 편한 옷차림으로 오세요. 신발도요.

바람이 많이 불고 비가 한두 방울씩 떨어졌다. 골목 입구의 트럭 위에 올린 큰 전광판에서 감옥에 갇힌 대통령의 모습과 함께 음성이 들렸다. 앞에 앉아 있는 사람이 눈물을 훔쳤다. 마스크로 얼굴을 가렸지만 자신보다 나이 든 사람도 있는 것 같았다. 어디서 이 많은 사람들이 모였는지 신기했다. 이곳저곳에서 미국 국기와 태극기를 주었다. 동글동글한 눈에 붉은색 셔츠를 입은 여자도 가슴 띠를 두르고 태극기와 미국 국기를 나누어주고 있었다. 누군지 알 것 같았다. 동대표였다. 가슴 띠에는 대한민국을 살리자, 라고 적혀 있었다. 향자가 누군가 준 어깨띠를 손에 들고 있자 일흔은 넘어 보이는 남자가 어깨에 걸어주고 그 옆의 여자는 이리 오라고 자리를 내주었다. 끈끈하고 따뜻한 분위기였지만 시위대 양쪽으로 오가는 젊은 사람들이 눈길조차 주지 않고 무덤덤하게 지나갔다.

취직도 안 되고 장사도 안 되고 아파트 값은 폭등하고 가난한 사람만 더 가난하게 만드는 독재정권 타도하자. 몇 살인지, 머리가 희끗희끗한 사람이 트럭 위로 올라가더니 마이크에 대고 외쳤다. 타도하자 타도하자, 사람들이 미국 국기를 흔들며 따라 했다. 옆에 선 사람이 너무 큰 소리를 내서 향자는 놀라 고개를 돌렸다. 마스크가 살아 있는 것처럼 움직였다. 태극기를 몸에 두른 사람들이 북을 치면서 흥을 돋우었다. 향자의 목소리도 점점 커졌다. 마스크가 가려주니 눈치볼 것도 없고 누가 지른 소리인지도 알 수 없을 것이었다. 자신도 일자리를 뺏겼고 집에서 쫓겨날 처지였다. 미국에 가본적도 없고 힘이 센 나라라는 것 외에 아는 것도 없었다. 그래서인지 미국 국기가 자신을 흔드는 느낌이 들긴 했지만 흔드는 데는 지장이 없었다. 독재정권 물러나라. 구호를 따라 외칠 때마다 중요한 사람이 된 기분이었다. 큰길로 나와 시가행진을 시작했다. 제일 앞에 트럭이 서고 사람들이 그 뒤를 따랐다. 차 소리 때문에 더 크게 소리를 질러야했다. 향자는 몇 번 따라하다 그만두었다. 미국 국기를 흔들지도 않았다. 옆 사람이 힘드시면 그냥 따라오시라고 했다. 동준 생각을 하니 걸음이 쳐졌다. 원자폭탄을 터트려 민간인 수십만 명을 죽이고 그 책임을 회피하는 나라……

다행히 빗방울이 더 떨어져서 시가행진은 로터리까지만 했다. 그래도 여섯시였다. 호주머니에 든 수당이 손에 잡혔다. 냉장고 빈 야채통을 굴러다니던 말라비틀어진 당근이 생각나 사과라도 사고 싶었다. 밤골역에서 에스컬레이터로 이어지는 마트도 있었지만 향자는 한 역 더 가서 내렸다. 밖으로 나와 몇 분 걸어 내려가면 진명 엄마가 다니는 마트가 있었다.

살짝 내렸던 마스크를 올리고 입구에 놓인 열 체크기에 손목을 갖다 댔다. 정상입니다. 기계가 알려주는 결과를 듣고 매장 안으로 들어갔다. 누룽지 한 봉지와 매대 위의 봉지 사과를 골랐다. 아무래도 들고 다니기에는 무거울 것 같아 사과를 다시 매대 위에 두고 정육 코너로 갔다.

유니폼을 입은 여자들이 군데군데 서 있었다. 같은 옷을 입고 마스크를 쓰고 있어서인지 보이는 사람마다 진명 엄마 같기도 하고 아닌 것 같기도 했다. 통닭, 닭다리, 닭가슴살, 닭날개가 진열대 위에 가지런히 펼쳐져 있었다. 그 앞 돼지고기를 파는 곳과 수산물 코너에 사람들이 몰려 있었다. 말복이 지나서인지 닭고기를 찾는 사람이 줄어든 모양이었다. 다른 코너를 맡을 수도 있을 것 같아 마트 안을 훑어보았지만 어디가 어딘지 분간을 할 수 없었다. 눈앞에는 갖가지 우유와 음료수가 찬 기운을 풍기고 있었다. 오렌지주스 망고주스…… 보기만 해도 신물이 고였다. 돌아서 주방용품 파는 곳으로 갔다. 거기도 처음 보는 것들이 많았다. 평생 쓴 빨랫비누와 세숫비누, 세제만 확인하고 빠져나왔다. 조금만 더 있으면 물건들 속에서 길을 잃을 것 같았다.

계산대마다 사람들이 줄을 서 있었다. 앞 사람의 카트에는 우유와 음료수, 고기, 라면, 과일, 야채가 수북이 담겨 있었다. 식구가 몇인지는 모르지만 저렇게 많은 것들이 배 속으로 들어간다는 게 놀라웠다. 돈이 얼마나 나올지 짐작도 할 수 없었다. 오줌이 마려웠다. 지하철에서 내려 화장실을 가야 했는데 그냥 나온 것이었다. 향자는 앞에 선 사람에게 누룽지 봉지를 내밀면서 하나인데 먼저 하면 안 되겠냐고 했다. 젊은 사람이 카트를 더 세게 그러잡더니 마스크를 끌어올렸다. 그러거나 말거나 줄 앞에 섰다. 짜증 내는 소리가 들렸지만 못 들은 척했다. 화장실이 급해도 거스름돈 570원은 받아야 했다. 늙을수록 다 느려지는데 오줌 나오는 속도는 빨라졌다. 변기에 앉았을 때는…… 나오고 말 것도 없었다.

한 여자가 화장실 앞에서 인사를 했다. 목소리는 진명 엄마인데 청바지를 입은 모습이 아파트에서 봤던 것과는 영 달랐다. 다리를 꼬면서 화장실로 급하게 가는 것까지 다 본 것 같아 그렇게 반갑지는 않았다. 축축해진 마스크를 콧등까지 올려 쓰며 할 말이 있냐고 물었다. 진명 엄마는 아니라며 몸을 돌려 입구 쪽으로 걷기 시작했다. 분명 할 말이 있는 것 같은데 갑자기 입을 다물고 가는 게 영 찜찜했다. 너무 퉁명스럽게 화난 듯이 물었다고 생각했지만 주워 담을 수도 없고. 저녁 장 보는 시간이 지나서인지 마트 안으로 들어오는 사람도 드물었다. 향자는 신호등 앞에서 걸음을 멈추었다.

"전 강변으로 걸어 다닙니다."

전화를 받는다고 몇 걸음 처져 걸어오고 있던 진명 엄마가 뒤에서 급하게 말했다. 강으로 내려가는 굴다리 쪽으로 몸을 틀기 전에 잠깐 눈이 마주쳤는데, 잘 가라는 건지, 같이 가자는 건지 알 수 없었다. 신호등은 여전히 빨간불이었다. 향자는 잠시 망설이다 강변 쪽으로 몸을 돌렸다.

강변으로 통하는 굴다리 밖으로 전동휠체어가 연달아 나오고 있었다. 언제 다리를 잃었는지 어쩌다 잃었는지 알 수 없는 사람들이 강물을 내다보며 드문드문 이야기를 나누다 집으로 돌아가는 시간이었다. 그들이 남기고 간 강물 위로 김해로 건너가는 다리가 보였다. 그뿐 아니다. 구포, 물금에서도 강을 건너는 다리가 있고 해가 기울면 물속에도 다리가 있었다. 바람이 불 때마다 조금 흔들리긴 했지만 기우는 햇빛을 받아 반짝이는 게 걸어도 될 것처럼 선명했다. 동준을 뿌릴 때도 물속에 다리가 있었다. 아버지는 저기 물속 다리를 건널 수 있겠네. 배수로 둑에서 내려와 동준의 뼛가루를 뿌릴 때 아들이 했던 말도 생각났다. 그때 아들은 눈을 가느다랗게 뜨고 강 건너를 보고 있었다. 아들도 물속 다리를 건넜을 것이다. 그 다리를 건너서 풀이 되었는지 나무가 되었는지, 강 건너 둑은 아득하고 흐릿하기만 했다.

진명 엄마는 느티나무 쉼터에서 기다리고 있었다. 다리가 놓이기 전 배를 타던 나루터였다. 그때는 김해 가는 데 배가 제일 빨랐다. 다리 몇 개 생겼다고 배가 사라질 줄은 몰랐다. 한두 척 다녀도 될 텐데. 이젠 아쉬움조차 말할 데가 없었다.

"바람을 쐬니 살 것 같아요."

진명 엄마는 마스크를 아예 벗고 두 팔을 벌리며 웃었다. 마트에서 본 것보다는 덜 피곤해 보였다.

"이 동네 살다 다른 데 가면 갑갑해서……"

진명 엄마가 눈을 맞추며 그렇지 않냐는 듯이 물었다. 당연한 말이었다. 향자도 마스크를 내렸다. 느티나무 가지가 바람에 흔들리고 있었다. 물금 쪽에서 자전거 몇 대가 연달아 왔다. 얼굴을 가리고 홀태바지를 입은 모습이 우습기도 하고 민망하기도 했다.

"좀 쉬다 오시겠어요?"

자전거가 지나간 뒤 진명 엄마가 벤치에서 일어났다. 향자는 목구멍이 간질간질해서 더 이상 참을 수가 없었다.

"새 테레비가 하나 있는데 혹시 필요하면……"

"테레비요?"

강에 앉은 긴 다리의 새를 보고 있다가 진명 엄마가 고개를 돌렸다.

"삼십이 인치인데, 필요하면 가져가."

향자는 자전거 길 옆 철길 둑으로 고개를 돌렸다. 삼랑진과 밀양으로 가는 새마을호와 무궁화호가 간간이 다니는 기찻길이었다.

"그냥요? 공짜 아니죠?"

진명 엄마가 걸음을 멈추고 물었다. 향자는 대답을 못해 철길에서 고개를 돌리지 못했다.

"제가 다른 데 한번 알아볼게요. 진명이가 있어서……"

강둑에 앉았던 새들이 날아올랐다.

"독서모임은 잘하세요? 저도 시간이 되면 가고 싶은데 잘 안 되네요."

"아, 그거……"

이 말을 하고 싶어 기다렸다는 걸 알겠는데 너무 갑작스러워 기억나는 게 별로 없었다.

"뚱뚱한 젊은이랑 진명이하고…… 몸은 시원찮아도 또박또박 말도 잘하고."

진명 엄마의 얼굴이 순식간에 그늘진 강물처럼 어두워졌다. 몸이 시원찮다는 말은 안 해야 했는데, 향자는 가늘게 한숨을 내쉬었다.

"선생님이 부탁하셔서……"

말을 더 할 듯하다가 하지 않고 진명 엄마는 배수로 옆으로 난 지하통로로 들어갔다. 큰길로 나가는 지름길이었다.

"요양원에 갔다 오는 길이라며."

향자는 지하통로에 들어서서 영감 이야기를 꺼내긴 했는데, 통로 벽을 울리는 자신의 목소리가 낯설어서 말을 멈추었다. 서너 발 앞에 있던 진명 엄마가 돌아보며, 치매가 심해 못 알아본다고 했는데, 했다. 그 말도 벽을 울리고 되돌아왔다. 정확하지는 않지만 못 알아들을 정도는 아니었다.

"그렇답디다. 자기가 누구인지 못 알아본다고."

조금 크게 말하자 목소리들이 머리 위로 쏟아지듯 들렸다. 진명 엄마가 인상을 조금 찌푸렸다.

"혹시 오늘 선생님 못 보셨어요?"

그 말도 울려서 이상하게 들렸지만 알아들을 수는 있었다. 향자는 큰 소리로 못 봤다고 했다. 돌아선 진명 엄마의 걸음이 조금 빨라졌다. 할 말도 들을 말도 없다는 듯. 굴다리를 빠져나와 신호등을 건넌 후 진명 엄마가 아파트 단지로 올라가는 엘리베이터의 단추를 누른 후 마스크를 썼다.

"이거 놔줘서 얼마나 고마운지."

엘리베이터를 기다리며 향자가 혼잣말처럼 중얼거렸다.

"진작에 해줬어야죠. 노인도 많고 장애인도 많은데. 부자 동네는 오만 가지를 다 해주면서…… 엘리베이터에서는 마스크 써야 합니다."

참 그렇네. 향자는 맞장구를 치며 턱에 걸린 마스크를 끌어올렸다. 이때까지 실컷 이야기해놓고 엘리베이터 안에서는 마스크를 해야 한다니 좀 우습긴 했다.

"선생님이 요양원 간 건 어떻게 아셨어요?"

진명 엄마가 묻고는 아니라며, 고개를 흔들었다. 소문대로 수상한 관계인 것 같아서 향자도 영감의 전화번호나 모자 이야기를 하지 않기로 마음을 먹었다. 엘리베이터는 삼층 높이를 올라가 단지 뒤뜰에 닿았다. 놀이터 쪽으로 가던 진명 엄마가 다음 독서모임은 이 주일 뒤 그 서점에서 있을 거라고 했다.

"아, 그 모임……"

뭐라고 말을 하기도 전에 진명 엄마는 몸을 돌려 아파트 현관 쪽으로 가고 있었다. 향자는 듣거나 말거나 잘 가라고 인사를 하고 걸음을 옮겼다. 가끔 앉았던 놀이터에는 아무도 보이지 않았다. 어깨운동을 하는 기구는 여전히 고장 난 상태였고 놀이터 보도블록은 깨져 있었다. 놀이터를 지나면 301동이 보였다. 가방에 든 누룽지를 끓여 한 사발 먹고 푹 자고 싶은 생각에 걸음이 빨라졌다.

영감의 모자는 텔레비전 옆 장식장 위에 그대로 있었다. 모자가 아니라 주인이 들어오는 줄도 모르고 잠에 빠진 고양이 같았다. 고양이를 한 번도 키우지 못한 게 아쉬웠다. 향자는 습관적으로 텔레비전을 켜고 누룽지에 물을 부어 불렸다. 불리지 않으면 퍼지는 데 시간이 많이 걸렸다. 텔레비전에는 잘 차려입은 남자와 머리 손질을 예쁘게 한 여자가 나와 토론을 하고 있었다. 뭐라 하는지 잘 들리지 않았지만 덜 적적했다. 누룽지를 불려놓고 창문으로 들어온 먼지를 마른 수건으로 훔치는데 식탁 위에 둔 가방 안에서 전화가 울리고 있었다. 안 영감이나 진명 엄마였으면 했는데 주민센터 직원이었다. 인사는 하는 둥 마는 둥 결정을 했냐고 물었다. 고구마를 먹은 것처럼 목이 막혀 대답을 할 수 없었다.

"다른 분들은 하루 이틀이면 다 결정하는데 저도 보고서 작성을 해야 하고…… 삼십 평 넘는 분들도 많이 가시는데."

열일곱 평 사는 사람은 생각도 못하나 싶었지만 향자는 베란다 앞 산을 보고 있었다. 직원은 가족관계증명서 두 통이 필요하다고 하고는 인사도 없이 먼저 전화를 끊었다. 다음에 또 하겠다는 말을 들은 것 같기도 했지만 향자는 바람이 불 때마다 흔들리는 나무 사이로 난 등산로를 찾고 있었다. 이혼을 한 뒤 집에 온 아들이 물 한 병과 과일 한 개를 가방에 넣고 그 길로 산으로 갔다. 몇 시간 뒤 집으로 돌아왔을 때도 등산화는 털 먼지도 없이 깨끗했다. 무릎이 아파 많이 못 갔다는 말도 하지 않았다.

나무들이 더위에 지친 듯 가지를 늘어뜨리고 있었다. 잎이 나고 지는 것을 수십 번도 더 봤을 것이다. 해마다 봄은 더디고 가을은 빠르다는 생각 끝에 향자의 눈이 반짝였다. 꼭 해야 할 일이 그제야 생각이 났다. 그 생각을 왜 하지 않았는지, 바보 같다고 몇 번 중얼거리기도 했다.

3

아들의 전화번호는 016으로 시작했다. 189-2918이었다. 1 더하기 8은 9이고, 2 곱하기 9는 18이야. 외우기 쉬울 거라고 아들은 말했다. 에미가 아들 전화번호도 못 외울까 봐서 더하고 곱해서 번호를 만들었냐고 한마디 하기는 했지만 잊히지 않는 숫자였다. 아니 잊기 힘든 숫자였다. 요즘은 010으로 시작하고 가운데 자리도 네 자리 숫자여서 0을 붙여야 했다. 앞에 붙일 때도 있고 뒤에 붙일 때도 있었다. 이 번호는 결번이니 다시 걸어달라는 말도 들리고 누군가 받을 때도 있었다. 여보세요, 일에 지친 나이 든 남자의 목소리가 들릴 땐 바로 끊었다. 아들이 저승에서도 힘들게 살고 있는 것 같기도 했다. 어떨 때는 청년이 받을 때도 있었다. 병호야, 엄마다. 하고 싶었던 말이 불쑥 튀어나왔다. 청년이 공손하게 말했다. 전화 잘못 거셨습니다. 그 말이 엄마 지금 나 바쁜데 좀 이따 전화할게, 로 들릴 때도 있었다. 전화를 끊고 나면 턱 밑까지 눈물이 흘렀다.

한 달에 두어 번 문자를 주고받았다. 아들이 할 때도 있었지만 주로 향자가 했다. 태풍이 오거나 눈이 오는 날, 벚꽃이 핀 날도 문자를 했다. 아들이 보낸 마지막 문자는 저녁 드셨어요? 였다. 형사 말로는 삼척 민박집 식당에서 밥을 먹으면서 한 것 같다고 했다. 먹었지. 너는 먹었냐? 향자는 그렇게 답을 했고 아들은 한참 뒤에 답을 보냈다. 맛있는 것 사드리고 싶었는데…… 그게 마지막이었다. 문자를 더 길게 했으면 달라졌을까, 몇 년이 지나도 알 수 없었다.

첫차를 타려면 일곱시에는 집을 나서야 했다. 마스크 두 장, 양말과 속옷, 양치 세트, 잠옷 바지가 든 가방을 들고 집을 나섰다. 아들을 만나러 가는 것처럼 기분이 좋았다. 코로나 생각을 하며 들뜬 기분을 겨우 가라앉혔다. 물에 잠긴 징 검돌을 디디는 것처럼 조심해야 한다고 마음을 다지고 지하 철을 한 번 갈아타고 터미널에 닿았다. 여섯 개씩 나란히 놓 인 의자 중 세 개는 커다란 ×표가 붙어 있었다. 지하철에서 는 어깨를 붙이고 다녔는데 이상하긴 했다. 표를 사고도 시간 이 남아 하늘색 의자에 앉아 차 시간을 기다렸다. 창구 주변 에 서울, 대구, 대전, 포항 쪽으로 가는 버스들이 빼곡히 안내 되어 있고 뒤로는 매점과 편의점이 있었다. 버스를 타려면 계 단이나 에스컬레이터를 타고 내려가야 한다는 것도 확인해두 었다. 누군가를 만날 수도 있었다. 어딜 가냐고 물으면 삼척 이라고 하고, 무슨 일이냐고 하면 볼일이 있다고 할 것이다.

오 년 전에도 대합실 의자는 색색으로, 대여섯 개씩 줄을 지어 있었다. 한 줄에 한두 명 앉아 있거나 아무도 앉아 있지 않았다. 향자는 그때도 하늘색 의자에 앉았다. 오늘처럼 여러 도시로 가는 차 시간과 요금이 매표소 주변에 적혀 있었다. 연한 커피 냄새가 났고 또 누군가를 부르는 목소리도 들렸다. 매표소 앞으로 여행 가방을 끌고 가는 젊은이도 보였다. 너무 많은 것들이 보이는 것 같아 눈을 감았다. 눈을 감으니 단 한 군데, 가고 싶지 않지만 가야 할 곳이 보이는 것 같았다. 아무 것도 보이지 않고 생각나지 않게, 더 세게 눈을 감았다. 누군 가 어깨를 쳤다. 할머니, 괜찮으세요? 샴푸인지 향수인지 냄 새도 났다. 까만 눈이 자신의 눈을 들여다보고 있었다. 어디

안 좋으신가 해서…… 향자는 괜찮다고 했다.

버스가 출발하려면 아직 한 시간이나 남았다. 향자는 터미널 이층 식당에 가서 아들이 좋아하던 비빔밥을 주문했다. 아들은 학교 다닐 때부터 나물 두 가지만 있어도 밥을 비벼 먹었다. 그러면 아들 못 낳는다고 놀리기도 했는데, 말이 씨 되는 줄도 모르고 왜 쓸데없이 그런 말을 했는지, 오래전부터 후회를 했다. 우동 그릇에 담긴 밥 위에 콩나물과 도라지무침, 호박나물이 놓여 있고 된장국이 딸려 나왔다. 테이블 끝에 고추장과 참기름도 있었다. 향자는 나물 위에 고추장을 조금 넣고 비볐다. 아들은 참기름을 좋아하지 않았다. 향자도 이번에는 참기름을 넣지 않았다. 옆에는 기사 한 사람이 밥을 먹고 있었다. 오래전에 동준이 입었던 파란색 기사복. 동준도 이런 곳에서 밥을 먹었을 것이다.

버스에 타니 잠이 왔다. 차창으로 스쳐 가는 풍경이 아까워서 자고 싶지 않았다. 버스 안을 돌아보니 띄엄띄엄 대여섯 명 정도가 앉아 있었다. 울진에서 몇 사람이 내렸다. 기사는 머리 위 거울을 보며 휴게소에 서지 않으니까 화장실에 갔다 오라고 했다. 사근사근하고 친절한 사람이었다. 향자는 삼척까지는 얼마나 남았냐고 물었다. 오 년 전에는 아무것도 묻지 않았다. 울진에서 내리지도 않았고 화물처럼 의자에 앉아 있었다. 삼척에 평생 닿지 않았으면 좋을 것 같았는데, 이번에는 마음이 좀 가벼웠다. 그 횟집이 아직도 그곳에 있을지는 알 수 없었다. 있다 해도 주인은 그대로일지, 주인이 다르다 해도…… 향자는 주먹으로 허리를 몇 번 쳤다.

그때처럼 터미널에서 내려 택시를 타고 새천년조각공원으로 갔다. 매점 옆 그늘이 반쯤 진 주차장과 팔각정 정자는 그대로였다. 아들의 차가 있던 자리가 금방 눈에 들어왔다. 흰색 소나타. 그 차가 왜 그곳에 있는지 알 수 없었지만 아들의 차가 맞았다. 향자가 짜준 하늘색 코바늘 뜨개 시트도 그대로였다. 풀을 먹여 손질을 해주면 땀이 안 찬다고 아들이 좋아했다. 땀이 차지 않는다고 한 말은 아들이 아니라 자신이 한 말 같았다. 아들은 엉덩이에 방석 자국이 남는다고 투덜댔던 것 같기도 하고. 파란색 시트는 언제 풀을 하고 안 했는지 올이 풀리고 곰팡이가 핀 데도 있었다. 운전석 의자엔 신용카드 영수증들이 수북이 쌓여 있었다. 조금 어지럽더니 점점 더 어지러워졌다. 더위 탓도 있었다.

"할머니, 정신 차리세요."

형사가 팔을 붙들며 팔각정 그늘로 가자고 했다.

"이러다가……"

형사의 입에서 짜장면 냄새가 났다. 말 뜻을 알았는지, 팔각정에 있던 다른 형사가 낮은 목소리로 한마디 했다. 매점에 가서 물 한 병 사서 드려. 형사가 사 온 물을 마신 후 향자는 다시 아들의 차로 갔다. 한 번 더 보고 싶었다. 보기만 하고 손을 대지 말라는 말을 물을 사준 형사가 따라와서 했다.

향자는 저 영수증은 뭐냐고 물었다. 아들이 사용한 신용카드 영수증인데, 가족이 갚을 이유는 없다고 했다. 뒷좌석엔 낡고 구겨진 서류 봉투도 놓여 있었다. 아들이 이삼 년 전에 그만둔 회사의 이름이 눈에 띄었지만 못 본 척했다. 생수통이 두 개, 검정색 볼펜, 주유소에서 받은 휴지도 있었다. 형사가 언덕 아래로 눈을 돌렸다.

"기름은 거의 없어요. 기름이 없어서 여기에 차를 세우고 저 아래로 내려간 것 같아요."

언덕 아래 민박집이 몇 채 있었다.

"저기 지붕이 하얀 집인데 사건 나고 지금은 문을 닫았어요. 리모델링하자마자…… 주인이 충격 먹고."

형사는 말을 아꼈다. 무슨 말인지 안 들어도 알 것 같았다. 장사를 망쳤다는 말일 것이다. 사람이 죽었는데 그깟 장사가 문제냐는 말을 하지는 않았다. 그래도 향자는 아무 말이나 하지 마라는 말을 하고 싶어서 형사를 바라보았다. 햇볕에 그을린 이마에 굵은 주름이 있었다.

향자는 승용차의 뒷문을 열었다. 일 년에 몇 번은 자신을 태우고 밥도 먹고 꽃구경도 하러 다니던 차다. 지금도 흰 차가 지나가면 목을 빼고 돌아보는데, 왜 차를 이곳에 두고. 아들이 이렇게 먼 곳까지 올라올 동안 에미인 나는 뭘 했을까. 아들이 죽는 순간에 드라마를 보고 웃고 있었거나 저녁을 먹고도 출출해서 삶은 고구마를 집어 먹고 있었을 것이다. 아들이 죽는 줄도 모르고…… 무슨 말을 했으면 병호가 죽지 않았을까. 닭 한 마리 고울 테니 같이 먹자고 했으면…… 그 생각을 여름 내내 했으면서 왜 한 번도 하지 않았을까. 하지 않은 말들이 떠오를 때마다 애가 탔다. 그렇지만 에미한테 말 한마디 하지 않고 가버린 아들이 서운하기도 했다. 하나뿐인 아들인데, 아들은 죽고 향자는 버림받은 것 같았다. 햇빛에 달구어진 차 안에서 찬바람이 나오는 것처럼 한기가 들었다.

"이게 차에 있는데."

형사가 차의 반대편 문을 열고 목이 긴 검정 부츠를 들어 올렸다. 병호의 구두 뒤축처럼 어떻게 걸었는지 어디를 다녔는지 굽이 한쪽으로만 닳아 있었다.

"이거 누구 건지 아세요?"

형사는 냄새가 나는지, 코를 킁킁거렸다. 향자는 이혼한 며느리부터 생각났지만 온몸이 서늘해지면서 소름이 돋아 아무 말도 할 수 없었다.

"그 여자 건가."

"여자라니?"

향자가 놀라 형사를 쳐다보았다. 형사가 가볍게 고개를 저었다. 매점 안에서 주인이 뭐라고 물은 것 같았다.

"여자는 충청도 사람인데, 대전터미널에서 만나 차를 타고 여기까지……"

형사는 말을 멈추고 뭔가 이상하다는 듯이 향자를 쳐다보왔다.

"이틀 전에 만난 여자가 이 여름에 겨울 구두를 신을 리는 없고. 다른 여자 건데."

그전부터 만났을 수도 있다고 생각했지만, 향자는 아무 말도 하지 않았다. 아무 말도 하고 싶지 않았다. 형사도 별 기대도 하지 않았다는 듯이, 아들은 시 의료원에 있고 확인이 끝나면 바로 화장을 할 건데, 혹시 다른 계획이 있냐고 물었다. 향자는 고개를 저었다.

"차는 세금도 엄청 밀려서 인수를 하면 돈이 더 들 겁니다."

형사는 구두를 넣고 차문을 닫았다. 그 차를 가져갈 마음은 조금도 없었다.

"혹시 다른 물건은?"

향자는 뭔가를 남겼을 수 있을 것 같아 차 안에서 눈을 떼지 않고 물었다.

"휴대폰하고 지갑. 지갑 안에 신분증이 있었어요. 그리고 동전 몇 개……"

"아니, 그런 것 말고. 그……"

목소리가 갈라졌다. 아무 말도 하지 않고 갔으면 어쩌나, 다리가 휘청거렸다.

"여자는 사는 게 너무 힘들다고 미안하다고 적었어요. 아드님은 유서 같은 게 없고. 경찰서에 옷하고 지갑은 보관되어 있습니다."

형사는 유감이라는 듯이 코를 훌쩍거리고 바람이 부는 방향으로 고개를 돌렸다.

"여자 가족은 어제 찾아갔습니다. 사채를 빌렸는데 이자가 붙고 압박은 심하고, 손 벌릴 데도 없고."

형사는 말을 하다 말고 눈을 맞추었다. 아들도 마찬가지였을 거라는 말을 들은 것도 같았다.

"부검하시겠습니까. 사인이 워낙 명백해서……"

향자는 고개를 흔들었다.

"그러면 내일 화장하는 걸로 처리하겠습니다."

경찰은 할 말을 다 한 듯 공원 주차장에 세워둔 경찰차 쪽으로 걸어갔다. 이제 저 차를 타고 가 아들의 얼굴을 보고 사인을 하면 아들은 화장장으로 옮겨진 후 세상에서 사라질 것이다. 어쩐지 조금 더 있고 싶었다.

"민박집은?"

향자는 고개를 돌려 언덕 아래를 내다보았다.

"천년민박이라고 저 아래 흰 지붕 집인데, 올봄에 새로 고쳤어요. 전망 좋은 방 달래서 줬다고. 이 여름에 창문에 테이프를 몇 겹이나 바르고."

형사의 말이 더위 먹은 것처럼 느려졌다. 말이 느려질수록 온몸이 바짝바짝 마르는 것 같은데 더 듣고 싶어 조바심도 솟구쳤다.

"아드님은 목욕탕 문에 목을 맸어요. 삼 센티쯤, 발끝이 바닥에 닿을 듯 말 듯 하더라고요. 문 앞에 서 있는 줄 알았어요."

형사는 심한 말을 했다는 듯 괜찮냐고 물었다. 괜찮은 게 뭔
지 알 수 없었지만 향자는 고개를 끄덕였다. 삼 센티라는 말이
이곳저곳을 찔러 숨을 쉴 수 없었다. 쓰러지지 않는 자신이 낯
설었다.

"저녁으로 그 집에서 가장 비싼 회를 먹고는 카드로 내고."

못난 놈. 향자는 아들 욕을 하면서도 가방을 잡은 손에 힘을
주었다. 한마디만 더 하면 가방으로 형사를 때리고 싶었다.

향자는 공원 옆 푸른 바다에 눈길 한 번 주지 않고 언덕을
내려갔다. 벌써 그늘이 넓게 퍼지고 있었다. 다른 건 몰라도
그 주인을 만나 방값과 횟값을 주고 싶었다.

천년민박.

낡은 간판을 지나 자갈이 깔린 주차장으로 들어섰다. 승용
차 두 대가 나란히 서 있을 뿐이었다. 손톱만 한 자갈이라 밟
힐 것도 없었는데 향자는 큰 돌을 밟은 듯 흔들린 후 식당 안
으로 들어갔다. 주인은 보이지 않고 테이블에 손님인 듯 서너
명이 앉아 있었다. 아들은 여기에서 밥을 먹었을까. 향자는 주
변을 둘러보았다. 출입문 옆 수족관엔 광어와 오징어, 밀치,
산낙지가 있었다. 아들은 이 중 무엇을 먹었을까. 회를 좋아
했는지도 기억나지 않았다. 회 아닌 무엇을 좋아했는지, 비빔
밥 외엔 생각나지 않았다. 라면이나 끓여달라고 한 적은 많았

다. 늘 말이 없고 우울한, 그래도 뭔가를 해보려고 애를 쓴 아들이었다. 삶은 메추라기 알을 까던 남자가 주인은 주방에 있다고 했다. 주방에서 정신없이 일하고 있을 사람에게 할 말은 아닌 것 같아 다시 밖으로 나왔다.

파라솔 아래 탁자와 의자, 재떨이가 있었다. 이곳에 앉아 담배를 피웠을까. 지갑엔 거의 돈이 없었고 신용카드도 한도까지 썼어요. 막다른 골목에 온 거죠. 경찰은 삼층 가장 안쪽, 바다로 창이 난 방이라고 했다. 향자가 고개를 돌려 건물 삼층을 보고 있는데 슬리퍼를 신고 입구 쪽에서 오던 남자가 무슨 일로 왔냐고 물었다. 향자는 마스크를 하고 방이 있냐고, 혼자라고 했다. 근처 절에 왔는데 요즘은 코로나라서 잘 수가 없다는 말을 덧붙이자, 남자는 잠시 기다려보라고 하더니 건물 뒤편으로 향했다. 주방으로 들어가는 쪽문이 있는 것 같았다.

아들과 여자는 맥주 두 병과 소주 한 병을 마셨다고 했다. 안주는 새우깡이었고 민박집에 있는 스테인리스 물컵을 술잔으로 사용했다. 텔레비전을 켜두었더라고요. 형사는 영화 채널이었다고 했다. 아들은 무슨 영화를 보고 있었을까. 두꺼운 테이프로 모든 틈을 다 발랐어요. 이중 삼중으로. 소주도 남아 있고 맥주도 남아 있는데 테이프는 하나도 안 남았더라고요. 둘은 무슨 이야기를 했을까. 나중에 다른 세상에서 만나자고 약속을 했겠지. 갑자기 그 여자가 궁금해졌다. 형사가 아는 사람이냐고 물으면서 증명사진을 보여주었다. 향자는 만날 수도 없는 젊은 여자의 사진을 뺏듯이 받아 들었다. 언제 사진인지는 모르지만 순해 보였다. 아들은 여자에게, 아버지가 원폭 피해자라는 말을 했을까.

남자가 다시 나왔다. 방이 있기는 한데…… 여전히 망설이는 것 같아 향자는 코로나 예방주사를 두 번 다 맞았다고 했다. 요즘은 예불도 하고 학교도 문을 열고. 내일 사시예불 하고 내려갈 겁니다. 아들이 죽고 난 다음 절에 다녔으니 그렇게 틀린 건 아니었다. 옷도 절에 갈 만한 회색 바지와 흰 상의였다. 남자는 손에 든 가방을 눈여겨보았다. 절에 갈 때도 들고 다닌 가방이었다. 향자는 조용한 방이면 좋겠다는 말을 덧붙였다.

커다란 텔레비전 옆에 믹스커피와 컵이 놓인 쟁반이 있었다. 텔레비전 맞은편에 창문이 있었다. 테이프로 꼼꼼히 발랐다는 곳이다. 향자는 준비해둔 편지 봉투를 꺼내 텔레비전 위에 두었다. 너무 늦게 드려 죄송합니다. 오 년 전 방세와 횟값입니다. 어젯밤에 쓴 글 외에 더 보탤 말이 없었다. 아들도 이 순간을 기다렸을 것이다. 너무 기다리게 해서 아들에게도 미안했다. 창밖 바다 위로 해가 지고 있었다. 파랑보다 무거운 파랑, 아들도 이 바다를 보고 있었을까. 날이 샐 무렵 집을 나섰으니 세상의 반대편에 온 느낌이지만 피곤하지는 않았다. 흰 보를 씌운 침대는 깨끗했다. 까슬까슬한 촉감도 좋았다. 아들이 그 여자와 잤을까, 하는 생각을 오래 하고 싶었다. 아들이 매달렸다는 목욕탕 문을 보는 건 쉽지 않았다. 바닥에서 삼 센티밖에 떨어지지 않았다는데…… 아들이 바보 같았다. 모자란 놈, 아무리 삶이 두렵더라도 발끝만 세워도. 어디에 그런 운명이 숨어 있었는지 아직까지 믿을 수 없었다. 하나뿐인 아들이 엄마를 버릴 줄 몰랐다. 한동안 병호가 아들이 아니거나 자신이 엄마가 아니라고 생각했다. 그러면 차갑고 단단한 느낌이 들었다. 그게 얼마나 억지 생각인지…… 아직도 손가락 마디마디 아들을 만졌던 마지막 느낌이 피부가 되고 살이 되었는지 그대로 남아 있었다.

 낯선 곳에서 아들의 유골함을 받았다. 연두색 페인트칠을 한 일층 건물이었다. 장의차가 두 대 서 있었고 얼굴이 탄 사람들이 눈을 찌푸리며 나무 그늘에 서 있었다. 매미 울음소리가 들렸고 목덜미에서 땀이 배어 나왔다. 직원이 조금 떨어진 곳에 수목장을 하는 절이 있다고 했다. 아무리 둘러봐도 낯선 곳이었다. 아들을 이곳에 둘 수는 없었다. 흰 보자기에 싼 유골을 안고 막차를 탔다. 어디서부터 잤는지, 부산 터미널에 닿았을 때야 눈을 떴다. 비가 오는 줄도 몰랐는데 터미널 뒤편에 선 가로등이 떨어지는 비를 비추고 있었다.

 유골을 싼 흰 보자기를 베개 옆에 두어서 그런지 아들이 옆에 누워 있는 것 같았다. 죽을 때까지 이렇게 둘까 하는 생각을 어렴풋이 하다가 잠이 들었다. 새벽에 눈이 떠졌다. 가루가 된 아들을 두고 잠을 잔 자신이 믿기지 않았다. 병호야. 아들의 이름을 부르자 눈물이 났다. 에미를 두고 니가…… 아들이 원망스럽기도 했다. 그냥 살지 이놈아. 마음뿐 눈물은 더 나오지 않고 잠이 왔다. 그냥 자고 싶었다.

자다가 잠시 깬 것 같은데 이미 날이 훤하게 샜다. 머리맡에 놓인 유골 단지를 보자마자 기분이 이상했다. 화장장 근처 나무 밑에 묻고 오거나 바닷가에 뿌리고 말지 뭐 하려고 안고 내려온 걸까. 객사한 놈 유골을 집에까지 안고 들어와서 뭐하려고…… 쓸데없는 일을 한 것 같았다. 죽고 난 다음에야 에미 노릇 하러 든다고 자신을 나무라기도 했다. 향자는 물 한 잔도 마시지 않고 유골 단지를 들었다. 사람들이 안 볼 때 강가로 갈 생각이었다.

엘리베이터를 내려 아파트 밖으로 나가는데 아래층 노인과 마주쳤다. 음식물 쓰레기를 버리고 오는 길이라며 손에 든 게 뭐냐고 물었다. 꿀이지. 향자는 망설이지 않고 답을 했다. 8단지 사는 사람이 달라고 해서…… 하지 않아도 될 말까지 하고 현관으로 나가는데 노인이 불렀다. 돌아보기도 전에 머리가 원래 그렇게 셌나, 완전 하얗네, 했다. 향자는 노인의 말을 못 들은 척 그대로 걸어 나갔다. 땅이 조금 젖어 있었다.

아파트 밖으로 나와 찻길로 내려왔다. 며칠 전 국수를 사러 왔던 나들목 가게를 지나 길을 건넜다. 어린이집 앞으로 내려가면 양산으로 연결되는 6차선 대로가 나왔다. 큰 트럭과 승용차들이 함께 내달리는 곳이었다. 찻길로 바짝 붙어 선 탓인지 버스가 경적을 울리고 지나갔다. 괜히 강 가까이 이사를 와서 동준과 아들을 강에 묻는다는 생각과 강이 아니면 어떻게 동준과 아들을 보냈을까 하는 생각을 번갈아 하며 굴다리를 빠져나왔다.

바람이 지나가자 강물이 뒤척이고 새가 날아올랐다. 아침 강물에서 새 물 냄새가 났다. 물이 깨끗해서 좋다는 생각을 하는데 눈물이 났다. 병호야, 병호야! 소리 내어 불렀다. 새들이 아들 대신 답을 했다. 배수로 위를 걸어 강 가까이 내려왔다. 동준을 뿌린 곳이었다. 보자기를 풀고 단지 뚜껑을 열었다. 아들은 단지 안에 편안하게 담겨 있었다. 다시 생각하니 하룻밤만이라도 집에 데리고 와서 재운 건 잘한 것 같은데, 향자는 나들목 슈퍼에서 소주 한 병 안 사 온 자신을 나무랐다. 에미란 것이……

손가락 사이를 빠져나가는 저 고운 가루는 아들의 어느 부분일까. 피부염이 번지던 허벅지일까, 관절 수술을 받았던 어깨일까. 손에서 흘러내린 뼛가루들이 바위 주변과 물가에 선 나뭇가지에 잠시 머물다가 물살에 밀려 떠내려갔다. 향자는 손안에 든 가루를 내려다보았다. 이건 아들의 어디일까. 머리일까 발가락일까. 다 안다고 생각했지만 하나도 아는 게 없었다. 아들이 평생 안고 살았을 불안과 외로움은 진짜 몰랐던 것 같았다. 차 안에 남겨둔 여자의 겨울 구두에 대해서도.

다리가 긴 새가 흰 날개를 접고 물 위로 나온 바위 위에 앉았다. 마치 병호를 잘 아는 것처럼. 강물 역시 오늘 이 순간을 위해 밤을 새워 흘러온 것 같았다. 꽉 쥐고 있던 손을 펼치자 가루들이 줄을 지어 점점이 푸른 강물에 뒤섞였다.

5부

기억의 주름

1

    은곡동으로 이사를 온 뒤부터 이 순간을 기다렸는데 무슨 말을 해야 할지 알 수 없었다. 찬장 안 밥그릇에 있던 돈을 훔친 사람이라고 해야 할지, 정일이랑 산에 들어간 이야기를 해야 할지, 정일의 사망 소식을 전해야 할지 알 수 없었다. 그 말보다는 다른 게 더 생생하게 떠올랐다. 처음 정일의 수정동 단칸방에 들어갔을 때의 기억. 스무 살 전이었다. 정일에게 부산에 가자고 졸랐다. 후쿠오카 조선학교에서 알던 형을 만나고 싶다고 했지만 정일의 약혼녀가 더 보고 싶었다. 조선인 피와 일본인 피가 섞인 여자가 그렇게 궁금할 리가 없었다. 나는 무엇보다 정일에게 한 번씩 전신환을 보내주는 여자가 누구인지 알고 싶었다. 누구냐고, 누가 다 큰 청년에게 돈을 보내주냐고 물어도 정일은 오랫동안 대답을 하지 않았다. 집은 아닌 것 같았다. 정일의 집도 그럴 형편은 아닌 게 분명했다. 어느 날 술이 취한 정일이 약혼녀라고 했다. 엄마는 조선인이고 아버지는 일본인이라 집에서는 아직 모른다는데, 자신도 마음을 정하지 못했다고 했다. 칼칼한 김치찌개를 먹고 있을 때였다. 나는 일부러 스키야키가 먹고 싶다고 했다. 달고 짠. 정일이 대수롭지 않게 그거 향자가 잘한다고 했다. 조선말도 잘하는데 음식은 아직…… 나는 그다음부터 틈만 나면 일본에서 먹던 스키야키가 먹고 싶다고 했다. 서울은 바다도 없고 부산의 바닷바람을 쐬면 가슴이 탁 트일 것 같다고 하자 정일도 맞장구를 쳤다. 그건 그래. 야마구치 조선학교의 교무 형 이야기까지 듣자 더 이상 미룰 수가 없었다. 탄광에서 일하다 실종된 아버지를 찾아다니는 앞니가 벌어진 청년. 나는 후쿠오카 조선학교에서 잠시 같이 있었던 누군가의 이름을 말했다. 정일은 교무 형이 맞는다고 했다.

이승만 정부가 들어선 몇 달 뒤였다. 이꼴 저꼴 다 보기 싫어서 정일과 나는 부산으로 가는 기차를 탔다. 늦가을이었지만 밤에는 기온이 내려가 추웠다. 정일이 말대로 역 뒤편 바다에서 불어오는 바람에 목이 오그라들었다. 우리는 세울 것도 없는 학생복 깃을 세우면서 수정동 산비탈을 걸어 올라갔다. 정일이 수정국민학교에서 오른쪽 골목으로 가면 된다고 혼자 중얼거렸다. 오른쪽 골목으로 올라가면 나오는 첫번째 계단을 타고 올라가. 정일은 그 말을 하고 빠르게 계단을 올라갔다. 이 나무가 나오면 여기서 왼쪽 골목으로 가면 되는데, 그 끝 집이다. 정일은 어두워 보이지도 않는 나무 둥치를 툭툭 쳤다. 이 동네 당산목이었단다. 그 말을 하고 정일은 토끼처럼 계단으로 뛰어갔다. 나는 천천히 올라가다 담배까지 한 대 피우고 수정국민학교까지 내려갔다 다시 올라왔다. 일년 만에 만나는 두 사람인데, 눈치 없이 굴기는 싫었다.

기역자로 된 기와집이었다. 일본 사람들이 살았던 동네라고 했다. 흐릿한 등불을 켜둔 방에 단발머리를 뒤로 묶은 여자가 서 있었다. 자다가 깼는지 얇은 자리옷 위에 스웨터를 걸쳤는데 생각보다 어리고 생각보다 예뻐서 말문이 막혔다. 정일의 약혼녀가 아니라 진짜 여동생 같았다. 정일이 방 안에서 들어오라고 손짓을 하며 비린내가 좀 난다고 했다. 정일을 올려다보는 여자의 얼굴이 붉어졌다. 방 안은 깔끔했다. 이불장 옆에 옷궤 하나, 맞은편 벽에 횃대 하나. 그곳에 작업복인 듯 몸빼 바지와 솜을 넣은 웃옷이 걸려 있었다. 여자가 그 옷을 떼어내어 방 옆의 부엌에 두었다. 나는 비린내가 하나도 안 나는데 왜 그러냐고 정일을 나무랐다. 여자의 얼굴이 더 빨개졌다. 여자는 오뎅을 넣은 우동을 두 그릇 끓여 방으로 넣어준 후 우리가 잘 때까지 보이지 않았다. 내가 그 밤을 생생하게 기억하는 건 정일이 옆에 누웠을 때 반대쪽에 누워 있던 향자의 몸 뒤척이는 소리 때문이었다.

쉰내 비슷한 묵은 시간의 냄새, 처음이지만 익숙한 곳이었다. 보지 않아도 방 맞은편이 주방이고 그 옆에 큰방과 화장실이 있다는 건 이미 알고 있었다. 내가 살고 있는 307동이랑 구조도 크기도 똑같았다. 나는 내 집인 듯 작은방으로 들어가 누웠다. 오래전부터 하룻밤이라도 같이하고 싶었다. 수십 년 혼자 자고 혼자 일어나고 혼자 밥 먹으면서 가끔씩 꿈꾸던 시간인데 허리도 뻐근하고 다리도 아팠다. 박동배를 만나고 온 일이 칠십 년 시간을 거슬러 올라간 것처럼 힘이 들었다.

내려다보는 조 여사의 눈길이 느껴졌다. 등짝을 때려 집에 가라고 쫓아내면 술에 취해 곯아떨어진 척하려고 했는데 잠깐 서 있더니 이불을 가져와 덮어줬다. 무슨 마음인지 알 수 없었지만 조금 싱겁긴 했다. 코를 골까 봐 걱정하다가 곧 잠이 들었다.

어둠 속에서 눈을 떴다. 방문은 왼쪽에 있었다. 어젯밤 현관 옆의 작은방으로 들어와 모자만 벗고 벌렁 누웠던 기억이 났다. 화장실은 방문 왼쪽, 다시 자야겠다고 생각하고 몸을 돌렸는데 소변을 참기가 어려웠다. 틀니를 빼지 않고 자서 잇몸도 아팠다. 어둠에 눈이 더 익기를 기다리다 반쯤 열린 방문을 열었다. 향자가 요란하게 코를 골았다. 자그마한 사람이 몸안에 코끼리를 키우나. 변기 덮개를 올리려다 멈칫했다. 방귀 소리였다.

앉아서 소변을 누고 있는데 요양원 복도에서 만난 미화원이 생각났다. 박동배는 담당이 아니면 옷을 갈아입으려고 하지 않아 요양사들이 바뀔 때마다 애를 먹는다고 했다. 내 앞에서는 사타구니를 쩍 벌렸는데…… 진짜 같은 남자라서 편했던 것일까. 세상에. 그게 아닐 수도 있었다. 나는 일단 화장실에서 나와 방으로 돌아와 자리에 누웠다. 좋지 않은 꿈을 꾼 기분이었다. 아침까지 얻어먹고 갈 생각으로 다시 눈을 감았는데 휠체어를 잡는 손에 힘줄이 솟는 것도 생각났다. 용두산공원에서의 약속을 말할 때였다. 치매가 아니라 치매에 걸린 척하는 것이라면? 나를 속이기 위해서 사타구니를 벌리고 나를 떠보기 위해 미국에 반대해서는 안 된다고 지껄인 걸까. 그 아가리를 그대로 두고 오다니. 갑자기 마음이 급해져서 누워 있을 수가 없었다.

강 쪽으로 난 창이 희붐하게 밝아졌다. 몸안에서 끓어오르는 감정을 다독거리며 천천히 양말을 주워 신었다. 마른세수를 한번 하고 머리맡에 둔 겉옷을 손에 들고 방을 나섰다. 안방에선 아무 기척이 없었다. 이 집을 나서면 다시는 향자를 만나지 못할지도 몰랐다. 그래서 운명이 어젯밤 향자의 집으로 나를 이끌었던 것일까. 아직 할 말이 많은데, 고작 이 정도 인연이었던 걸까. 나는 거실 끝에서 몸을 돌려 향자가 자고 있는 방으로 다가갔다. 반쯤 열린 유리 미닫이 사이로 향자의 코 고는 소리가 들렸다. 다 닫기엔 덥고 다 열기엔 조심스러웠을 것이다.

향자의 가슴이 숨을 쉴 때마다 들썩거렸다. 희고 마른 팔뚝이 겨드랑이에서 뻗어 나와 방바닥 위에 놓여 있었다. 그날 밤 정일의 목을 감싼 향자의 팔처럼 탱탱하고 부드럽고, 달큰한 살냄새까지 나는 것 같았다. 팔이 목을 감싸기라도 한 것처럼 내 몸이 부풀어 오르고 있었다. 그걸 알고 있다는 듯이 향자의 다리가 정일을 건너 내 허벅지에 닿았다. 잠옷 치마 밑으로 나온 맨다리였다. 부드럽고 미끄럽고 무겁고 깃털 같고, 숨을 쉴 수가 없었다. 나는 겨우 벽으로 몸을 돌려 사정을 했다. 그 기억만으로도 과거의 내가 된 기분이었다. 나는 이미 향자의 다리 위에 내 다리를 얹고 향자의 말을 기다리고 있었다. 그때는 무겁다고 했다.

일층에 있던 엘리베이터는 부르자마자 부리나케 올라왔다. 첫 지하철을 타고 가면 아침 차로 경주에 갈 것이다. 거기서 다시 택시를 타고…… 잠바 안 호주머니에 든 지갑을 확인하고 아파트를 빠져나왔다. 잰걸음으로 내리막길을 걸어가다 아차 싶었다. 이불 위에 모자를 얹어두고 그냥 나온 것이다. 봄 여름 가을 겨울, 외출할 때는 늘 모자를 썼는데 오늘은 마음이 바빠 머리에 바람이 들어오는 줄도 몰랐다. 십 분이면 집에 가서 다른 모자를 쓰고 갈 수 있는데. 십 분이 백 분처럼 느껴졌다. 짧은 머리카락을 손가락으로 빗고 건널목을 건넜다. 날이 생각보다 훤했다. 시계는 어제처럼 손목에 있었는데 시간도 그대로였다. 아홉시 십분. 지하철역 화장실에서 소변을 누고 틀니를 빼서 헹구니 살 것 같았다.

버스터미널에서 매점을 봤지만 이번에는 아무것도 사 가고 싶지 않았다. 겉옷의 안주머니에 넣은 지갑을 만지며 칼을 사야 한다고 생각했다. 날카롭고 단단한 놈으로. 잊으면 안 된다고 가슴을 두드리며 다짐했다. 경주에 닿아 슈퍼마켓을 찾는다고 시간이 좀 걸렸다. 뚜껑이 있는 과도를 사자마자 택시를 타고 요양원에 닿았다. 안내실은 비어 있었다. 나는 마스크를 눈 아래까지 끌어올리고 건물 왼쪽 계단으로 해서 이층으로 올라갔다. 단숨에 올라갈 생각이었는데 숨이 가쁘고 무릎이 아파 계단참에서 멈췄다. 썩는 듯한 고약한 냄새가 났다. 어디인지는 모르지만 몸은 이미 죽어가고 있을 나이였다. 두어 번 없는 모자를 눌러쓰거나 벗기기도 하며 겨우 이층으로 올라갔다. 아침 식판이 복도에 몇 개 나와 있을 뿐 사람은 보이지 않았다.

화장실로 들어가 세면대에서 얼굴을 씻었다. 왼쪽 이마 위에 손가락 마디만 한 흉터가 희미하게 보였다. 일본 주물공장에서 일할 때 쇳조각이 튀면서 생긴 상처이다. 그 흉터 때문에 인생이 평탄하지 않을 거라는 말을 자주 들었다. 머리를 내려 가렸는데도 바람이 불면 흉터가 드러났다. 지금은 검버

섯도 생기고 주름이 져 잘 보이지도 않는데 모자를 쓰지 않으면 그것이 보일까 봐 불안했다. 죽을 때가 되었는데도 평탄하지 않는 삶은 여전히 두려웠다. 갓 벌초한 무덤처럼 짧게 깎은 머리를 손으로 문질렀다. 머리카락이 길면 생각이 많아지는 것 같아 출소 후에는 늘 짧게 깎았다. 심호흡을 하고 호주머니의 칼을 확인했다. 오늘 샀지만 수십 년간 지니고 있었던 것 같다. 물론 내가 마음에 간직한 건 끝이 휘어진 잭나이프였지만. 누구를 공격하기 위해서가 아니라 나를 지키기 위한 칼. 배신자를 처단하는 것도 나를 지키는 일일 것이다.

216호실에 들어서자마자 출입문부터 잠그고 박동배가 등을 보이고 있으면 등을, 천장을 보고 있으면 목을 찌를 것이었다. 한 손으로 입을 틀어막는 것도 잊어서는 안 될 일이다. 몸을 숨기고 기억을 감춘다 해도 배신을 용서받지는 못해. 숨이 끊어지기 전에 그 말도 해야 했다. 그 말을 그의 몸속에 새겨주고 싶었다. 생각만으로도 숨이 가쁘고 손이 떨렸다.

다시 세수를 했다. 평생 손가락질만 받은 낯익은 얼굴이 물때가 묻은 화장실 거울에 비쳤다. 열다섯 살 이후로 자라지 않은 키, 짧은 목, 산에서 다친 후 뒤틀린 귓바퀴, 눈썹 위의 흉터까지 볼 만한 데가 하나도 없는 얼굴이었다. 죽고 난 후울 자식도 없으니 망설일 이유도 없었다. 식민지 시대 일본에 가서 조센징이라고 차별받고 귀국한 뒤부터 지금까지는 빨갱이라고 손가락질을 받고. 추위와 굶주림에 익숙해진 삶이었다. 삼십 년 동안의 감옥살이와 그 안에서의 고문, 출소 후의 무기력과 외로움, 전신을 태울 듯이 맹렬했던 질투. 그 날카로운 감정을 이겨내기 위한 노력들. 이제 그 모든 시간의 끝에 다다랐다. 한 번도 상상해본 적이 없는 끝이지만 나쁘지 않다고 생각하기로 했다. 당과 동무를 배신한 자는 살아남지 못한다. 신불산 681고지에서 처음 사상학습을 하던 날처럼 가슴이 뜨거워졌다. 얼굴에 묻은 물을 닦고 마스크를 눈 아래까지 끌어올렸다. 복도 끝방이란 게 마음에 들었다.

박동배는 없었다. 침대의 구겨진 시트를 손바닥으로 쓸고 침대 위에 잠시 앉아 있다 신발을 벗고 그대로 누웠다. 옆 침대의 노인이 쳐다보았지만 아무 말이 없었다. 웃는 것 같기도 했다. 다행이다 싶으면서도 이상하기도 해서 짧게 기침을 했다. 천장을 보고 있던 노인이 다시 나를 돌아보았다. 내가 박동배가 아니란 걸 알면 무슨 반응을 보일까. 너무 피곤해서 잠시 누웠다고 할 참이었다. 진짜 피곤하기도 했다. 그런데 노인은 아무 말이 없었다. 박동배와 내가 닮은 것일까. 그러지 않고서야…… 내가 아니라 박동배가 누워 있는 것 같다. 아흔이 넘었으니 이대로 정신을 놔버려도 될 것 같았다. 만날천날 한평생을 미국놈들에게 대들었지만 달라질 건 하나도 없었다. 미국놈 편을 든다 해도 달라질 건 없을 것이었다. 대들어도 들러붙어도 달라질 게 없다면 무얼 해야 할까. 옆 침대에서 바스락거리는 소리가 났다. 돌아보니 노인이 팔을 뻗어 사물함을 뒤적거리고 있었다.

"빨리 먹어. 오기 전에."

영감이 앙상한 팔을 내밀었다. 오래된 친구를 보는 듯한 눈빛이었다. 나는 망설이지 않고 손을 내밀었다. 조그만 초콜릿이었다. 영감이 이 없는 잇몸을 드러내고 웃었다.

차장은 저번에 먹었던 추어탕 집에서 보자고 했다. 아침에 급하게 전화를 해서, 시아버님 소식도 듣고 싶고 드릴 말씀도 있어요, 했다. 어제 요양원으로 박 동무를 다시 찾아간 걸 알고 있을 수도 있었다. 박 동무를 빼돌린 것도 차장일까, 어쩐지 차장도 의심스러웠다.

여섯시에 보자고 했으니 서둘 건 없었다. 아직 십 분 전인데다 퇴근하고 오려면 더 늦을 것 같았다. 초조해 보였던 차장의 목소리가 생각나 조금 더 늦게 걸었다. 수업을 마친 학생들과 장을 보러 온 사람들과 함께 건널목을 건넜다. 와 있을 거라고는 생각도 안 했는데 출입문으로 마스크 밖으로 코를 드러낸 차장이 보였다. 나는 식당 안으로 들어가지 않고 근처를 한 바퀴 돌기로 했다. 초조한 사람을 더 기다리게 하는 건 좋은 대화 기술이었다.

식당 안으로 들어서자 차장이 기다렸다는 듯 제일 구석진 자리에서 엉덩이를 들고 인사를 했다.

"내가 늦은 건가?"

나는 식당 벽의 시계를 보는 듯 고개를 돌렸다.

"아닙니다. 제가 좀 빨리……"

차장은 추어탕이 어떻겠냐고 물었고 나는 그러자고 했다. 차장이 추어탕만 두 그릇 시키는 걸 보고 소주 한 병도 추가했다. 차장은 깜빡 잊어서 죄송하다며 물을 따랐다. 종업원이 부리나케 소주 한 병과 밑반찬을 내왔다. 얼굴에 급한 마음이 보였지만 그래도 소주 한 잔을 마실 때까지는 아무 말이 없었다.

"어제 몇 번이나 전화드렸는데 전화기가 꺼져 있더라고요."

나는 배터리가 나갔다고 사실대로 말했다. 경주 요양원에 도착했을 때부터였다.

"시아버님은 만나셨어요? 어떻게 지내시는지……"

차장은 종업원이 추어탕을 식탁에 놓을 동안 잠시 말을 멈추었다. 나는 대답 대신 앞에 놓인 국에 밥 두어 숟가락을 말았다. 차장이 초조한 듯 고개를 앞으로 내밀었다.

"그제 밤에 요양원에서 전화가 왔어요. 아버님이 갑자기 외출하시겠다고 한다면서……"

"외출?"

숟가락이 흔들리면서 국물이 식탁으로 떨어졌다. 그제 밤이라면 내가 박동배를 처음 본 날이었다.

"네."

"지금 어디에 계시오?"

국물을 닦는데 손이 떨렸다. 차장이 고개를 저었다.

"어제 아침에 전화로 퇴소 신청하셨다고⋯⋯ 짐을 좀 챙겨 가라고 하더라고요. 이번 주는 근무시간 바꾸기가 어려워서 다음 주에 가겠다고 하긴 했는데⋯⋯"

차장도 정신이 없는지 내가 술을 잔에 따르는 것을 보고만 있었다.

"혹시 아버님과⋯⋯"

차장은 내 얼굴을 살폈다.

나는 아무 일도 없었다고, 늦게 닿아 돌아오기 바빴다고 했다. 차장이 나에게 해준 말 그대로였다. 차장은 그랬겠다는 듯이 잠깐 고개를 끄덕거리다가 멈추었다.

"잠깐이었다 해도 각별하셨을 것 같은데⋯⋯ 같이 활동도 하셨으니."

차장은 대답을 기다린다는 듯이 내 얼굴에서 눈을 떼지 않고 있었다. 추어탕은 먹기 좋게 식어 있었다.

"활동 장소가 달라 얼굴 마주친 적도 없고⋯⋯ 내가 설명을 해도 알아듣지도 못해서, 그냥 기저귀만 갈아주고⋯⋯"

나는 그 말만 하고 국에 만 밥을 먹었다.

"정신도 온전하지 않은 분이 어딜 가신 건지."

차장이 긴 한숨을 내쉬었다.

"식기 전에⋯⋯"

권하기는 했지만 나도 먹고 싶지는 않았다.

"손자도 못 알아본다는 사람이 며느리 전화번호는 어떻게 알고?"

나는 무심한 척 물었다.

"그러게요. 아직도 꿈을 꾼 듯해요. 외출 신청을 해달라고 하셨어요. 아주 또렷한 목소리로. 진명이도 못 알아보던 분이 제 휴대폰 번호는 어떻게 기억하시고. 너무 놀라서. 그때 어디로 가실 거냐고 물어야 했는데…… 지금은 전화를 안 받으십니다. 몇 번이나 해도."

"시아버지는 언제 요양원에 가셨소?"

"일 년쯤 됐어요. 제가 여기로 이사 온 뒤로 갑자기 몸이 안 좋아지셔서……"

"우선 밥이나 먹읍시다."

나도 말은 그렇게 해놓고 소주잔을 들었다. 박동배에게 내 이야기를 했냐는 말을 아직은 하고 싶지 않았다.

2

열이 나고 목도 아프고, 누워 있는데도 어지러웠다. 코로나에 걸린 걸까. 숨도 가쁜 것 같았다. 눈을 떴는데도 여전히 내가 아니라 박동배가 칼을 들고 나를 죽이려고 하는 것 같았다. 별로 무섭지도 않은데 얇은 요가 땀에 젖어 축축했다. 여

섯시가 넘었는지 방 안이 훤했다. 겨우 몸을 일으켰다. 어딘
가에 타이레놀이 있었던 것 같은데. 약상자가 안 보일까 봐
겁이 났다. 안 보이면 어디서 찾아야 할까. 이마에서 끈적한
땀이 솟았다. 다행히 약상자는 작은방 서랍장 위에 있었다.
두 알을 입에 넣고 갈증이 나서 물을 두 잔이나 먹고 다시 누
웠다.

　누군가 출근을 하는지 아파트 출입문 앞 복도를 지나가는
발소리가 들렸다. 타이레놀 약효인지 목구멍의 통증이 좀 가
라앉았다. 코로나는 아니겠지? 아니지. 혼자 묻고 답하며 화
장실에 가려고 일어서는데 식탁 위의 전화가 울렸다. 누가 건
전화인지 알 것 같았다. 복지관의 자원봉사자이다. 코로나가
확산된 후 일주일에 두 번 안부를 묻는다며 전화가 왔다. 두
번 안 받으면 집으로 찾아온다나. 혼자 살던 노인들이 무슨
일을 당했을 거라고 생각한다는 것이다. 무슨 일이라는 게 뻔
한 일이었다. 그럴 수도 있다고 생각은 하지만 내가 아직 죽
지 않았다는 사실을 봉사자가 건 전화로 확인한다는 게 서글
프기도 했다. 저번에도 안 받았으니 오늘 안 받으면 집으로
찾아올 차례였다. 전화를 받자마자 저번에는 안 받아서 걱정
이 많았다고 했다. 여자의 말이 빨라 잘 들리지 않았다. 띄어
쓰기를 안 한 글자 같았다. 영감님, 어제 전화 왜 안 받으셨냐
니까요? 이번에는 또박또박 물었다. 나는 일이 좀 있었다고
했다.

영감님, 감기 들었어요? 목소리가 이상해요. 늙은 자원봉사자가 탐색하듯 물었다. 며칠 전에도 혼자 사시던 어르신이 코로나에 걸려…… 온 방에 피를 토하고. 나는 괜찮다고 했다. 자원봉사자는 나와 같이 근로사업도 했고 성당에도 다녔다. 점박에게 내 이야기를 한 사람일 수도 있었다. 전화를 받을 때마다 점박을 아냐고 묻고 싶어 목구멍이 근질근질했다. 이번에도 참고 있으니 몸에 열이 나는 것 같았다. 여자가, 오늘은 무슨 일을 할 거냐고 물었다. 전화면담 일지에 '오늘의 활동란'이 있는데 그곳에 적어야 한다는 거다. 아무것도 안 함이라고 적으면 쥐꼬리보다 작은 수당조차 받을 수 없으니 뭐라도 적게 하나라도 알려달라고 했다. 다른 사람들은 뭐라고 하냐고 물었다. 경로당이 문을 닫아서 지하철을 타고 한 바퀴 돈다는 분도 있고 공원에 가서 운동을 한다고도 했다. 팔도 돌리고 허리도 돌리고 사람들도 만나고…… 나도 자주 했던 말이었다. 오늘은 옛날 친구를 만난다고 했다.

김대중 정부 시절에 '겨레하나' 초청으로 오사카에 간 적이 있었다. 짧은 강연을 마친 뒤 제주도 출신 교포가 하는 삼겹살집에서 뒤풀이를 했는데, 그때 그를 만났다. 작은 음식점이었지만 나는 안쪽에 있는 방에 있었고 김대영은 바깥 테이블에 앉아 있었다. 이제 민단과 조련을 가릴 필요가 없다는 말을 하는 사람이 있어 내다보았다. 하얀 얼굴에 감색 양복을 입은 남자였다. 일본에서 우선 남북이 모여야 한다는 말을 듣고 한 번 더 돌아보았다. 왼손 중지와 무명지 마지막 마디가 없었다. 한 개 없는 사람은 많아도 두 개나 없는 사람은 드물었다. 목소리도 들은 듯했다. 잠긴 듯한 쉰 목소리. 눈이 마주치자 그가 나를 먼저 불렀다.

"자주단의 안? 아까부터 보고 있었어요. 하나도 안 변했네요."

그의 첫마디였다. 안 변했다니, 믿을 수 없는 말이었다. 그런데도 그런 말을 가끔 들었다. 들을 때마다 좋은 뜻으로 들으려고 하는데, 한번씩 '딱' 하고 받칠 때가 있었다. 땅속에 묻혀 있는 화석으로 느껴질 때, 그때도 그랬다. 나는 김 동지는 너무 많이 변해 알아볼 수가 없다고 했다.

"사는 물이 다르니 어쩌겠습니까?"

김대영이 약간 겸연쩍어하며 내 쪽으로 오자 옆에 앉아 있던 겨레하나 대표가 자리를 내주었다. 단정하게 자른 머리, 부드러운 피부, 깨끗한 손, 가볍고 따뜻해 보이는 양복. 옆에 앉으니 더 거리감이 느껴졌다. 김대영도 그 사실을 느낀 듯 한국인을 대상으로 하는 관광업체를 오사카와 교토에 두고 있는데 한국 관광객이 많아 먹고살 걱정은 없다며 웃었다. 그렇게 이야기를 해주니 마음이 좀 편해져서 언제 일본에 왔는지 물었다. 김대영은 단장이 체포된 이후 밀항했고, 일본에서 결혼하고 딸이 둘이라고 했다.

"그 상가에 있던 여성 동지는?"

나는 코 옆 흉터를 떠올리며 물었다. 혹시 두 사람이 부부라면 자주 오사카에 올 것 같은 기대도 들었다. 김 동지는 그날 헤어진 후 만난 적이 없다고 했다. 그러고는 일어서서 주변 사람에게 나를 소개했다. 이승만 정권 당시 비밀결사였던 자주단의 동지였다고. 사람들이 박수를 쳐서 나는 얼떨결에 일어나 인사를 했다.

"그땐…… 다음 날 죽어도 이상할 게 없었는데, 아직 안 죽었습니다."

별로 우습지도 않은 김대영의 말에 사람들이 크게 웃었다. 충분히 그의 힘을 짐작할 수 있는 웃음소리였다.

호텔은 늦여름 피서객으로 붐볐다. 수영복 위에 비치타월을 두르고 드나드는 사람들도 더러 보였다. 호텔 커피숍에서 만난 김대영은 마스크 위로 눈만 보였는데도 엄청 피곤해 보였다. 조선학교를 지원해준 울산의 노조를 방문하고 돌아온 길이라고 했다.

"부산 올 때마다 이 호텔에 묵는데 해운대도 너무 변해서 이제 좋은지도 모르겠어요."

김대영이 상체를 드러내고 들어오는 젊은 청년에게서 눈을 돌리며 차를 한 모금 마시고 숨을 내쉬었다.

"어떻게 왔어요? 요즘 외국 나다니기 어렵다는데."

나는 할 말이 없어 말머리를 슬쩍 돌렸다.

"확진자가 줄면서 좀 수월해졌어요. 여기 오려고 백신 두 번 다 맞고 피시알 검사하고……"

나는 겨레하나 대표에게 들은 이야기가 있지만 아는 체하지 않기로 했다. 잠깐 말이 없던 김 동지가 같이 온 사람 중한 명이 고향에서 바로 공항으로 가겠다는 연락이 왔다고 했다. 이번이 첫 고향 방문이라고. 나는 들었다고 했다. 아버지는 육이오전쟁 때 국군으로 참전해 전사했다는데…… 아들은 조선적이라고 고향 방문도 못하게 하고. 그 말을 한 김대영이 그늘이 지는 호텔 밖으로 눈을 돌리고는, 해가 지니 좀살 것 같다고 했다. 아버지하고 형이 먼저 귀국하고 그 친구하고 엄마는 오사카에 남았답니다. 그때 세 살이었는데 갑자기 열이 나 배를 탈 수가 없었대요. 그길로 헤어진 거죠. 전쟁이 났으니…… 모친도 몇 년 뒤 돌아가시고 거의 고아로 살았다는 한 사람의 이야기를 김대영은 숨이 가쁜 듯 띄엄띄엄했다. 오사카에서도 엄청 힘들게 살았어요. 말하지 않아도 알 것 같았다.

"조선학교 형편은 어떻소?"

내가 묻자 김대영은 점점 힘들어진다고 했다. 학생도 줄고지원금도 줄고. 일본 정부의 압박이 심하다고 했다.

"류 동지도 조선학교에서 잠시 있었다고 했죠?"

김 동지가 눈을 맞추고 정일에 대해 물었다.

"예. 그 친구는 야마구치였고 나는 후쿠오카였어요. 그 친구나 나나 귀국 전에 잠시 조선학교에서."

"생각납니다. 키도 크고 목도 길고 말은 느리고. 좀 겁먹은 얼굴이었어요. 나이가……"

"겁이야 뭐…… 그 친구가 한두 살 많아요."

김대영이 머리를 끄덕이고 계속 말을 이었다.

"그 초가집도 빌리고 여관도 잡아주고…… 돈을 어디서 받는 것 같던데 누구인지 말은 안 하더라고요. 단장님이 어디서 좀 구하는 것 같았고. 참 도망갈 곳도 알려주었어요."

김대영의 눈빛이 잠깐 흔들렸다. 나는 그 틈을 놓치지 않았다.

"팔공산 아래 농가, 나도 거기에 있었어요."

김 동지가 손을 내밀어 내 말을 막았다.

"갈 데가 없으면 부산에 가라고 합디다. 수정동에 지인이 있다고."

김 동지가 잠시 내 눈치를 보는 것 같았다. 눌러두었던 기억들이 몸을 흔들었다.

"아버지가 일본 사람이라고 했어요. 류 동지 약혼녀."

머리를 끄덕이는 것도 힘이 들었다.

"몰랐소. 언제……?"

"전쟁 직후였어요. 도움도 많이 받았는데……"

김대영이 말을 흐렸다. 도움만 받았을까. 부끄러움이 비릿

한 의심으로 순식간에 바뀌고 있었다.

"그 여자분 살아 있을까요? 죽기 전에 빚을 갚아야 할 것 같아서."

꼭 알고 싶다는 듯 김대영이 몸을 내밀었다. 나는 그만큼 몸을 뒤로 빼면서 모른다고 했다. 단숨에 그랬다. 심장이 쿵쿵거려서 몸을 조금 더 뒤로 뺐다. 마스크 안에서도 얼굴이 달아올랐다.

"안 선생도 모르면……"

김대영은 아쉬움을 표현할 수 없다는 듯 긴 한숨을 쉬다가 이마를 짚었다.

단체로 왔는지 열 명 정도의 투숙객들이 호텔 안으로 들어와 조금 소란스러웠다. 멍하니 그 사람들을 보고 있는데 김 동지가 몸을 앞으로 기울이며 국물 음식이 먹고 싶다고 했다. 국물? 대구탕 같은 거 말이오? 내가 되묻자 대구탕은 별로라고 했다. 추어탕, 곰탕, 해물탕, 매운탕, 오뎅탕. 나는 생각나는 대로 국물 음식을 늘어놓았는데, 김 동지는 내가 말하지 않은 미역국이 먹고 싶다고 했다. 호텔 뒤쪽의 미역국집도 이미 알고 있었다.

전복미역국 한 그릇과 소주 한 병을 앞에 두고 마주 앉았다. 마스크를 벗은 김 동지 얼굴은 거죽만 붙어 있었다. 자주 단 때의 그 매섭고 날카로운 눈까지는 아니더라도 오사카에서 본 여유로움도 찾아볼 수 없었다.

"한잔 드릴까요?"

그는 주먹을 쥐고 있던 왼손을 펴서 술병을 받쳤다. 희고 가느다란 손가락이 조금씩 떨었다. 술병을 테이블 위에 세운 후 김 동지는 다시 무명지와 중지가 한 마디씩 없는 왼손을 주먹 쥐듯 오므렸다. 습관이 된 것 같았다. 나는 처음 볼 때부터 궁금했던 것을 물었다.

"어쩌다 그랬소?"

"아, 이거요?"

김대영은 잘린 손가락을 잠깐 펴 보였다.

"보통 두세 번 만나면 묻는데, 보자마자 묻는 사람도 있고. 칠십 년 넘어서 묻는 사람은 처음입니다. 지금은 동상에 걸렸다고 합니다."

김대영이 왼손을 다시 오므렸다. 듣기 좋은 대답이라고 생각했다. 가쁜 숨을 고르는지 말을 천천히 했다.

"자주단 전에 조선사회주의 청년단에서 활동했는데 그때 단지동맹 했어요. 하나는……"

그가 눈을 들어 나를 바라보았다.

"체포되어서 잘린 거네."

"맞습니다. 이승만 정권이 들어서기 전에. 죽으면 죽었지, 다시 잡히고 싶지는 않았어요."

그가 마시지도 않을 술을 들었다. 겨레하나 대표는 그가 항암제를 먹고 있다고 했다. 조국에 오는 건 이게 마지막이라는 것쯤은 듣지 않아도 알 수 있었다.

"한국을 떠나지 않았다면 어땠을까요?"

만날 때마다 하는 말을 또 했다.

"나처럼 산에 올라갔겠지."

나도 늘 같은 말을 하고 먹고 싶었다는 듯이 미역국을 한 숟가락 떴다. 이영섭과 박동배가 떠오른 순간이었다. 미끈한 미역줄기를 따라 부끄러움 비슷한 감정이 목구멍 안으로 빨려 들어갔다.

"일본에도 미역국이 있는데, 한국에 와서 먹고 싶었어요."

국은 끓인 지 좀 된 듯 미역이 퍼져 있었지만 김대영은 맛있다는 듯 서너 숟가락을 떠먹었다. 나는 깍두기를 집었다. 김대영이 국물을 뜬 숟가락을 들고 씹는 소리를 듣고 있었다.

"이가 참 좋네요."

나는 틀니라고 했다.

"잘하셨네요. 나는 재작년에 임플란트한다고 고생만 하고. 그럴 필요도 없었는데."

김대영이 후회된다는 듯 인상을 찌푸렸다. 나는 별로 할 말이 없었다.

"그래도 나는 안 선생처럼 살지는 않았을 거예요. 휴전협정 체결한 뒤에 북한에서 인정도 안 했으니 북에서도 버림받고. 일본에서 그 소식 듣고."

김 동지의 말이 맞았다. 유격대들은 휴전협정에서 포로로 대접받지 못했다. 우리는 투항하거나 체포될 수만 있었다.

"이념은 권력을 위한 수단일 뿐이구나…… 안 선생은 그런 생각 해본 적 없어요?"

김대영이 답을 재촉하는 듯 미역국으로 목을 한 번 더 축이고 다시 물었다. 나는 겨우, 시간이 흘러 남북이 만나면 다시 판단할 문제일 거라고 했다. 세상이 어떻게 바뀌든 스무 살 때 밝힌 등불을 나 스스로 부정하거나 끄고 싶지 않다는 말이 생각났지만 하지는 않았다.

3

차장이 해가 지니 바람이 더 부는 것 같다고 했다. 우리는 지하철역을 나와 마을버스를 기다리는 중이었다. 진명은 휴대폰을 보면서 초속 8, 일본 쪽에서 발생한 태풍의 영향이라고 했다. 다행히 비는 오지 않았지만 바람에 밀려 마스크가 얼굴에 딱 달라붙어 숨쉬기가 어려웠다. 진명은 아예 턱까지 마스크를 내리고 있었다. 차장이 마스크 올리라고 해도 코로나 확진자 수가 많이 줄었다고 코 아래까지만 올렸다. 주사도 안 맞은 게 저러고 있다고 차장이 눈을 흘긴 후, 나를 돌아보며 뭘 사 가는 게 좋겠냐고 물었다. 차장의 말이 떨어지자마자 진명은 피자를 사 가자고 했다. 나는 진명이 먹고 싶어 하는 것 같아서 차장보다 빨리 맞장구를 쳤다. 진명은 휴대폰을 꺼내 보더니 근처에 피자집이 있는데 같이 가자고 했다. 네? 진명이 눈앞에서 손을 흔들었다. 대답은 안 하고 진명의 얼굴만 쳐다보고 있었던 모양이었다. 왜 그렇게 쳐다보세요? 진명이 물었다. 할아버지 본 적이 있냐고 묻고 싶었지만 이번에도 묻지 않았다.

"오늘 누구 제사인지 아는가 해서……"

"할아버지의 친구 제사라고 했어요."

"할아버지?"

"네."

나의 친구이기도 하다는 말을 해야 하는데, 목젖이 뜨거워졌다.

"마스크 내려왔어요."

나이 드신 분은 조심해야 한다며, 진명이 코끝에 걸려 있던 내 마스크를 올렸다. 저런 손자를 외면한 박 동무가 이해가 되지 않았다. 누구를 닮았는지 피부가 투명해 실핏줄이 비쳤다. 기다란 눈썹에 소처럼 큰 눈을 가진 아이였다. 엄마를 닮은 건 아닌 것 같고 아빠를 닮은 걸까. 전동차에 앉아서도 앞에 선 진명을 보며 나는 박 동무를 떠올렸다. 손자를 알아보지 못한다는 말도 연락을 거의 하지 않는다는 말도 사실이 아닐 수도 있었다. 나를 따돌리려고 두 사람이 짰을까. 옆에 선 차장의 머리가 사방으로 날렸다. 사거리 횡단보도를 건너 피자집으로 들어가는 진명을 지켜보던 차장이 고개를 돌렸다.

"일본서 오신 손님들은 돌아가셨어요?"

나는 어제 출국했다고 했다.

"일본에서 활동하는 분들이시라고요?"

차장이 묻고도 더 묻고 싶다는 듯 눈을 떼지 않다가 옛날부터 아는 분들이냐고 물었다. 차장이 또 물을까 봐 나는 빨치산은 아니라고 했다. 차장의 표정에 실망이 스쳐 갔다. 시아버지를 아는 사람이라면 행방을 알아보고 싶은 마음일 거였다.

앰뷸런스 한 대가 사이렌을 울리며 대학병원 방향으로 가고 있었다. 병원은 병과 죽음을 먹고 성장했는지 엄청 달라져 있었다. 근무시간이 지난 탓인지 출입문은 닫혀 있었지만 큰 빌딩의 사무실처럼 빼곡히 들어선 입원실은 불을 밝혔다. 누군가는 퇴원을 기다리고 있을 것이고 누군가는 이미 마지막 숨을 내쉬었을 것이다.

아내가 입원한 병원이었다. 그때 본 우체국도 사거리 모퉁이에 그대로였다. 그곳을 지나면 버스 정류소도 있을 것이다. 아내의 이름이 생각나지 않았다. 얼굴도 잘 생각나지 않아서 목에서 뜨거운 기온이 올라왔다. 잊은 적은 없는데 잊어버린 것 같았다. 육십 넘어 만난 여자였다. 간병으로 먹고살면서 변두리에 낡은 소형 아파트를 한 채 가지고 있었다. 평생 처음 먹고 자는 걱정을 내려놓게 한 사람이었는데 얼굴도 이름도 생각이 안 나다니. 죽음이 코앞까지 바짝 다가온 것 같았다. 옆에 있던 차장이 불편하시냐고 돌아보았다. 나는 손을 내저으며 이 동무가 피자를 좋아할지 고민이 된다고 했다. 차장이 소리 내어 웃었다. 왜 웃는지 말을 안 해도 알 것 같았다. 감옥에서 만난 수양 동무는 위가 안 좋아서 음식을 못 먹었고 조금만 먹어도 설사를 했는데 몇 번 본 그의 딸 현주는 식성이 엄청 좋았다.

광주교도소에서 수양 동무를 만났을 땐 7·4남북공동성명 이후였다. 전향 공작이 극심해서 고문도 많았다. 때리고 얼리고 굶기고. 폭행의 방법도 종류도 다양했다. 그중 가장 고약한 것이 감방 하나에 대여섯 명의 죄수를 집어넣는 것이었다. 세 명은 앉고 나머지는 서 있어야 했다. 끈적이는 살이 닿고 입과 코로 뿜어져 나오는 악취로 숨을 쉴 수가 없었다. 돌아가면서 한 명씩 용변을 보면 그 횟수와 양도 엄청났다. 생사를 같이한 동무들의 육체가 고문의 도구가 된 것이었다. 우리는 서로를 외면하고 말을 아꼈다. 배설물과 그 악취에 절어 살면서도 다시 때가 되면 입안으로 밥을 넣었다. 짐승보다 못한 인간들, 독재정권에 대한 분노가 몸안으로 스며드는 악취와 모멸감을 버티게 했다. 한 명이 나가고 한 명이 새로 들어왔다. 며칠 전에 대전교도소에서 이감한 사람이라고 했다. 눈이 꺼지고 얼굴색이 어둡고 뼈만 남은 사람이었다. 무겁고 무기력해 보였던 눈이 반짝 빛이 나는 순간 나는 눈을 돌렸다. 수양 동무였다. 내가 사형선고를 받을 때 이십 년 형을 받았던 동무, 그 이유가 용두산공원 밀고라고 나는 굳게 믿고 있었다. 꼭 한 번 만나야 할 위인을 여기에서 만나다니, 나는 일단 그의 눈을 피했다.

수양 동무가 사람들의 눈을 피해 등을 갖다 붙이며 이름을 불렀다. 오로지 산에서만 사용하던 이름, 산별. 배신감으로 뜨겁게 흔들리는 가슴을 누르며 나는 대답을 하지 않았다. 물론 우리만 알고 있던 그의 이름도 부르지 않았다. 몸안에서 끓어오르는 분노를 겨우 참고 있었다. 아무리 병색이었다 해도 주변에 아무도 없었다면 가만있지 않았을 것이다. 설사를 너무 자주 해서 서 있지도 못하고 앉아만 있던 이 동무는 이틀 만에 방을 나갔다. 그 이후 이 동무 소식은 출소 직후에 들었다. 이미 죽었다고 했다. 동지를 배신한 죄를 받은 거라고 생각했다.

길 건너편에서 진명이 손을 흔들었다. 한 손에는 피자를 들고 있었다. 차장도 손을 흔들고 나서 말했다.

"오늘 다른 분들은 일이 있어 못 오시고 수봉 씨는 참석한다고 했습니다."

목소리에 섭섭함이 묻어났다.

"다 바쁜 사람들이고 단체에서 하는 추모식도 있으니까. 그런데 이 친구는 언제 이곳으로 왔다고?"

나는 말머리를 돌렸다. 나도 처음이니 할 말이 없었다.

"일 년 넘었을걸요. 이곳이 시내에서 가장 싸더라면서. 아버님이 현주 언니 아버님 기일은 챙기셨는데."

차장이 길 건너편을 바라보며 중얼거렸다. 신호등이 초록
불로 바뀌자 피자 두 판을 든 진명이 오고 있었다. 차장이 사
거리에서 멈춰 선 마을버스를 가리키며 아들을 재촉했다. 진
명이 버스보다 조금 빨랐다. 박동배가 수양의 기일을 챙겼다
니, 심장이 물에 빠진 것처럼 무거워졌다.

"나는 다음 차로 가겠소. 진명이랑 먼저……"

차장이 황당한 표정을 감추지 못한 채 알겠다고 했다. 나는
버스가 출발한 뒤 횡단보도를 건너 피자집 옆에 있던 죽집으
로 갔다.

마을버스는 낮은 엔진음을 내며 고갯길을 달렸다. 좁고 낮
은 집들이 차도 가까이 붙어 있었다. 간간이 내리는 사람은 있
었지만 타는 사람은 없었다. 검은 비닐봉투를 든 늙은 남자와
같이 버스에서 내렸다. 차장은 파출소에서 내려 이발관 앞에
서 길을 건너라는 문자를 보냈다. 그 옆으로 초록색 계단이 나
온다고, 계단을 올라오면 서점이 있다는 것이다. 밤에 초록색
계단이 보일까 싶었는데, 선명하게 보였다. 반은 초록이고 반
은 시멘트 그대로였다. 계단을 올라가니 책 한 권 크기의 간판
이 보였다. 북카페 몽당연필. 서둘 건 없었다. 잠시 숨을 고르
며 어쩌자고 저런 이름을 지었을까, 주변을 둘러보았다. 인적
도 없고 창문이 보이지 않는 낮은 집들이 무덤처럼 보였다.

문을 열자 커피 냄새가 났다. 머리를 노랗게 물들인, 수양

동무의 딸 현주가 나를 보고 웃었다. 윗입술은 약간 비틀어지고 툭 튀어나온 광대 아래 볼은 좀 파였다.

"선생님, 어서 오세요."

들어서고 나니 커피 냄새 말고 향냄새도 났다. 늦게 온다는 수봉이 먼저 와 있었다. 나는 들고 온 죽을 현주에게 내밀었다.

"이 친구가 위가 안 좋아서 고생했는데 피자만 주면 성질낼 것 같아서."

별로 웃기지도 않는 말에 모두들 웃었다.

8인용, 4인용 테이블 한 개씩과 2인용 테이블이 두 개 있었다. 테이블은 낡고 의자는 짝이 맞지 않았다. 출입문 옆의 책꽂이에 책들이 어수선하게 꽂혀 있었다. 큰 책 사이에 작은 책이 꽂히고 책등이 안 보이는 책도 있고 노끈에 묶인 채 바닥에 있는 책도 있었다. 왜 몽당연필이라 했는지 알 것 같았다. 작은 창문 앞 테이블에 커피기계와 컵이 있었는데 컵들도 제각각이었다. 누가 책을 보고 커피를 마시러 올까 싶었다. 그 말을 들었다는 듯 현주가, 코로나라 그렇지 그전에는 만화책 보고 커피 마시러 오는 손님이 심심찮게 있었다고 했다.

벽에 테이블을 붙여 이 동무의 사진을 세워놓았다. 양복을 입고 머리를 가지런히 빗고 안경을 쓴 국민학교 교사 시절의 사진이었다. 양복은 안 입었지만 처음 만났을 때도 저 모습이었다. 평생 흙을 만져보지 않은 듯한 고운 청년이 전쟁이 나자마자 산으로 올라왔다고 했다. 일제강점기 사회주의운동을 한

경험도 없었다. 읍내에서 중학교를 마치고 대구사범을 나와 국민학교에 발령을 받았다고 했는데 식민과 분단, 전쟁으로 이어지는 민족의 현실을 외면할 수 없어 입산을 했다는 거다. 눈빛이 맑아서 거짓말은 아닌 것 같았지만 사실일지라도 경주 산내면의 지주 아들이라 모두 반신반의였다. 입당 테스트는 혹독했다. 특히 밤에 산을 넘어 바위나 나무 밑에 묻어둔 전령을 찾아오는 것은 산 생활을 오래 한 사람들도 어렵고 무서워하는 일이었는데 이 동무는 그 과정까지 깔끔하게 통과한 후 내가 맡은 소지구대로 배치되었다. 전쟁이 끝나면 앙드레 말로의 『정복자』 같은 소설을 쓰고 싶다 했던 친구. 그 친구의 영정을 세운 벽 끝의 낡은 유리문이 열리면서 현주가 술과 포가 담긴 쟁반을 들고 나왔다.

현주가 제물을 차리고 돌아서서 말했다.

"감옥 밖이 더 힘드셨을 겁니다. 몸은 아프고 친척들은 외면하고…… 엄마는 개가하고 제사도 챙기지 못했어요. 몇 년 전부터 자주연대에서 단체로 추모식도 열어주시고 오늘은 선생님까지 오시고. 아버지가 외롭지 않을 것 같아요."

목소리는 건조했다. 건조한 척하는 게 아니라 건조했다. 아버지에 대한 어떤 감정도 남아 있지 않은 듯했다.

"선생님, 자리로 오시지요."

차장이 영정 앞에 간 자리 위로 나를 불렀다. 이 동무의 사진 앞이었다. 진명이 사 들고 온 피자를 죽 옆에 올리고 내 뒤에 섰다. 나는 모자를 벗은 후 술을 따르고 천천히 절을 했다. 뒤에서 코 훌쩍이는 소리가 났다. 무릎이 아파 일어날 수 없어 앉은 자리에서 두번째 절을 했다. 아무 생각도 하지 않으려고 한 게 아닌데 아무 생각도 들지 않았다. 코 훌쩍이는 소리가 잦아졌다. 무릎을 짚고 일어나 반절을 했다. 차장이 한 말씀 하시라고 했다.

"며칠 전에 박 동무 만났소. 치매에 걸려 나를 알아보지도 못하고."

해마다 수양 동무의 기일을 챙겼다는 박동배를 떠올리자 목구멍이 뜨거워졌다. 누군가 다시 코를 훌쩍였다.

"수양 동무는 이렇게 사진 속에서 내 잔을 받고, 박 동무는……"

흐르지 않고 단단하게 뭉쳐 있었던 시간, 수십 년 동안 내 몸과 마음은 1953년 용두산공원에 있었다. 내가 그곳에 있다는 걸 누가 말했는가. 오로지 그 답을 찾으러 다닌 것이다. 이미 우리가 그 산에서 모든 걸 다 버리고 모든 걸 다 바쳤는데 그것으로 된 거라고 입으로는 말하면서도 마음으로는 마지막까지 생사를 같이한 수양과 철혁 동무를 의심했던 것이다. 그때부터 나의 적은 분단 지지 세력이 아니라 내가 의심한 동무들이었다는 생각이 거센 바람처럼 휘몰아쳤다. 차장이 내 팔을 붙들었다.

제사를 지내다 말고 뒤 테이블에 앉았다. 여전히 어지러웠지만 서 있는 것보다는 나았다. 현주에 이어 진명이 술을 올리고 있었다. 절을 한 진명이 수양 동무의 사진을 보고 있자 현주가 할아버지에게 한 말씀 드리라고 했다. 진명은 할 말이 없다는 듯 어깨를 들썩였다. 차장도 한마디 하라고 부추겼다. 나도 진명이 까마득한 저곳에 있는 사람에게 무슨 말을 할지 궁금했다.

"잘생기셨네요."

사람들이 모두 웃었다. 아버지 기분이 엄청 좋을 것 같네. 현주의 말에 또 웃었다.

"아버지, 내년에도 늙지 마이소."

현주가 마지막 인사를 하고 수양 동무 앞에 있던 음식들을 가져왔다.

"술은 한잔씩 하입시다. 같이 복 받아야지."

음복주를 받은 차장이 현주에게 물었다.

"언니 몇 살 때 돌아가셨어요?"

"기억도 안 나. 두 살인지 세 살인지, 몸도 안 좋으시고 여러 가지로 힘드셨을 거야. 예전엔 면에서 제일 부자였다는데 외딴 오두막에 살았거든."

"왜 그렇게 갑자기?"

이번에는 수봉이 물었다. 나는 두 잔째 술을 받고 있었다.

"아버지가 체포된 후 할아버지가 논밭 팔아서 돈을 뿌렸답니다. 하나뿐인 아들을 사형당하게 둘 수 없다면서. 그래서 이십 년 받았다더라고요. 그 뒤 감형도 받으셨다는데 출소 후 몇 년 못 사시고 돌아가셨어요. 선생님은 사형선고 받고 감형되어 삼십 년을 살고도 건강하신데."

나는 현주의 눈을 피해 술잔을 들었다. 거의 빈 술잔이라 마실 것도 없었다. 머리 안이 뜨거워지는 것 같더니 차갑게 식다가 다시 뜨거워졌다. 입안에 오랫동안 가두었던 의심이 독한 술처럼 몸안에서 휘몰아쳤다. 감옥에서 이 동무가 미안하다고 한 말을 나는 밀고에 대한 사과로 알아들었다. 박동배는 신불산에서 죽었다고 생각했으니, 감방 안에서 물 한 모금 먹어도 설사를 하는 이 동무를 차갑게 외면했다. 나는 그가 받는 벌이 부족하다고 생각했다. 이틀 동안 몇 번이나 이 동무의 목을 조르고 싶었는데…… 선생님, 앞에 앉은 차장이 불렀다. 나는 괜찮다며 이마를 짚었다.

"여긴 비석이 없어요?"

수봉이 주변을 돌아보며 말했다. 차장도 무슨 소리냐는 듯 돌아보았다.

"이 집이 무덤 두 개라 했는데 비석은 없어요."

현주가 안채와 가게를 손으로 가리켰다.

"아, 그러고 보니 그 정도 크기네요. 안 무서워요?"

수봉이 크기를 재듯 양팔을 벌렸다.

"죽은 사람보다 산 사람들이 더 무섭지."

"무덤이라니, 무슨 말입니까?"

진명이 참을 수 없다는 듯 물었다. 먹다 만 피자가 조금씩 굳고 있었다.

"이곳이 식민지 시대 일본인 공동묘지였는데, 탑처럼 생긴 납골묘 말이야. 육이오전쟁 때 피난 온 사람들이 묘지 안에서 살기 시작한 거지."

"아무리 그래도······"

진명이 무섭다는 듯 어깨를 오므렸다.

"유골함은 요강으로 쓰고 비석은 돌계단으로 쓰고, 저기 보이지? 저게 그 비석이다."

수봉이 바깥 계단을 가리키며 한마디 더 하자 진명이 몸을 비틀며 비명을 질렀다.

"언니, 여기다 왜 서점을······"

차장이 아들을 눈으로 나무라면서 물었다.

"헌책 북카페니까 큰돈 들 것도 없어. 손님들도 헌책이라 부담 없이 사 가고. 소일 삼아 하는데 그래도 손님이 안 오는 날보다 오는 날이 더 많아. 이래봬도 국제적이야. 세계 각지에서 온 관광객들이 들르던 곳이라니까."

현주가 넉살 좋게 웃었다.

"저녁에는 그래도 좀 무섭겠어요?"

차장이 어두운 구석으로 눈을 돌렸다.

"처음에는 좀 무서웠는데······ 그때마다 아버지 생각했지."

"아버지를?"

묻지 않을 수 없었다. 모두 그랬는지 현주의 답을 기다렸다.

"왜 이래 다들, 무섭게 쳐다보고. 뻔하잖아. 권력자에게 대드는 게 무섭지 여기 사는 게 뭐…… 그런 점에서 나는 아버지를 존경합니다."

"맞아요."

진명이 박수를 쳤다.

"선생님, 산에 있을 때 무서웠어요?"

차장이 물었다. 이번에는 모두들 나만 쳐다보았다.

"무섭긴……"

무서웠던 적은 없었다고 생각했는데 늘 무서웠던 것 같았다.

다시 청주를 한 잔 마시고 안주로 사과를 먹었다. 수봉은 내가 사 온 죽을 먹고 있었다.

"수봉 씨, 한 가지 물어봐도 돼?"

현주의 말에 수봉이 고개를 끄덕였다.

"그때 말이야…… 국장이 무슨 말을 했다고?"

네? 수봉이 되물어놓고 차장을 쳐다보았다. 차장이 고개를 끄덕이는 것 같았다.

"미국발 금융위기로 주식이 거의 손도 못 쓸 만큼 폭락을 했어요. 그때야 형이 말했어요. 내게 맡긴 돈이 시민단체 회원들이 낸 회비라고. 한 달 뒤에 새 집행부가 들어올 텐데 그때까지 원상복구를 해야 한다는 거죠. 손실은 이십 프로 정도였습니다. 정부에서 주식안정기금을 준비하고 있었고 낙폭이 과

대한 기술주가 있었고. 이삼일 안으로 십 프로만 뛰면 손실을 줄일 수 있었죠. 신용으로 최대한 사면 수익도 날 것 같았고…… 모든 상황을 봐도 더 이상 내려가지 않을 것 같았거든요. 설령 하루 내리고 하루 오르면 본전일 수 있으니 최대한으로 신용을 당겼어요."

수봉이 말을 멈추고 계속해도 되냐고 차장에게 물었는데 현주가 먼저 고개를 끄덕였다.

"예상외로 나흘 연속 하락해서 반대매매를 일부 당했는데 그날 형에게 전화가 왔어요. 내가 먼저 해야 하는데…… 저도 멘탈이 다 나가서."

"국장님이 뭐라고 했냐고?"

현주가 독촉을 했다. 수봉은 받아두고만 있던 음복주를 비웠다.

"니 잘못은 아니고 자본주의를 너무 만만하게 본 내 잘못이라고. 하루에 항의 전화를 수십 통씩 받았어요. 밥도 못 먹고 잠도 못 자고. 형처럼 이야기한 사람은 처음이었어요."

수봉의 목소리가 가늘게 떨렸다.

"그 뒤에 주가가 반등을 했어요. 그때 차장님께 돈을 드렸는데, 안 받겠다고 하시더라고요."

"안 받기는. 시아버지가 도와주셔서 다 갚았으니까 시아버지 드리라고 했지."

"왜 차장이 안 드리고?"

현주가 나섰다.

"내가 드려도 안 받으실 것 같으니까. 아버님이나 나나 너무 충격을 받아서……"

"다 아는 이야기만 계속하네. 그래서 그 돈을 어떻게 했는데?"

현주가 답답하다는 듯이 차장에게 물었다.

"언니는 뭘 끝까지 알려고 해요?"

차장이 현주의 등을 소리 나게 때리다가 돌아섰다. 엄마 받아봐, 할아버지야. 진명이 차장의 전화기를 흔들고 있었다.

4

옹벽 아래의 그늘을 따라 아파트를 빠져나왔다. 직원은 가족관계증명서를 준비하라고 했다. 주민등록등본이나 초본은 많이 뗐는데 그 서류는 처음이었다. 주민센터는 내리막길 끝에 있었다. 일 년에 몇 번씩 오는 곳이니 낯선 곳은 아니었다. 수급자에게 나눠주는 쌀표를 받으러 올 때도 있고 노인 일자리 사업 신청 서류를 내려고도 왔다. 안은 넓었지만 입구 쪽에 담당 직원이 앉아 있어 늘 그곳에서만 일을 보고 돌아온 곳이었다. 그중에는 얼굴이 익은 사람도 있는데 마스크를 하고 있으니 알아볼 수도 없었다.

번호표를 뽑고 대기실 의자에 앉았다. 은행처럼 알림 소리와 함께 번호가 바뀌었다. 남자 한 명이 인감증명서를 들고 나가자 손에 든 번호표의 번호가 떴다. 마스크의 입 부분을 살짝 들고 가족증명서를 두 통 떼달라고 하자, 직원이 마스크 들지 말라고 큰소리를 했다. 향자는 마스크를 내리고 주민등록등본하고 뭐가 다르냐고 물었다. 직원은 듣지 못한 듯 대답이 없었다. 자리가 비좁게 느껴질 만큼 덩치가 큰 사람이었다. 향자는 몸을 앞으로 내밀고 한 번 더 물었다. 가족증명서 두 통요? 직원은 대답 대신 되물었다. 그렇다고 하자, 컴퓨터를 몇 번 두드린 후 주민등록은 등록지를 중심으로 하는 거고 가족관계증명서는…… 그다음 말은 잘 들리지 않았다. 직원은 프린트에서 뽑은 서류 두 장을 주면서 할머니의 가족이 다 나오는 게 가족증명서라고 했다. 나올 것도 없는 가족이라고 생각했는데 몇 명이나 적혀 있었다. 이상구, 김월분, 낯선 이름들 아래 동준의 이름이 보였다. 조향자 그리고 이병호. 사망, 사망, 사망, 사망. 살아 있는 사람은 자신뿐이었다. 왜 이 서류를 떼오라고 하는지 알 것 같았다.

향자는 식탁 위에 걸린 달력을 보고 한숨을 내쉬었다. 이십육 년을 이곳에서 살았다. 열일곱 평. 버스 정류장도 가깝고 물도 잘 나오고 화장실에 욕조도 있고, 전기요금도 지원해줘서 지낼 만했는데. 여기서 다른 곳으로 옮길 거라고 생각도 안 했는데, 이제 한 달만 자면 이곳을 떠나야 했다. 주민센터 직원 말로는 결정한 뒤에 한 달까지 사는 사람을 본 적이 없다고 했으니 그전에 떠날 수도 있었다.

　냉장고와 텔레비전만 아까운 게 아니었다. 낡은 장롱과 물이 끓으면 요란한 소리를 내는 주전자와 밥이 다 되었다고 알려주는 밥솥, 밥그릇과 수저까지, 죽을 때까지 같이하자고 몇 번이나 맹세한 것들이었다. 언젠가 어버이날에 아들이 사 온 벤자민 화분도 마찬가지였다. 몇 년간 드리고 싶었던 카네이션을 다 모아 산 화분이라고 했다. 수십 년간 파를 자르고 김치를 썰고 마늘을 다졌던 도마와 칼, 그 옆에 걸린 감자 칼. 얼마나 시원하게 감자와 무의 껍질을 벗기는지, 향자의 속이 후련할 때도 있었다. 그 모든 게 자신의 일부였다. 저것들을 두고 갈 수 있을까.

　떠날 때가 되니 알 것 같았다. 혼자 살았지만 혼자는 아니었다고. 그 사실을 집 정리를 하면서 깨달았다. 오늘은 낡은 속옷과 목 늘어진 양말, 있는지도 몰랐던 여름 셔츠와 치마, 때 묻은 플라스틱 반찬통들을 버렸다. 베란다 구석에 있던 빈 화분과 작은방에 있던 오래된 파스들도. 그 외는 버릴 게 없었다.

　저녁을 먹고 낡은 여행 가방을 열고 장수원에 가져갈 물건을 챙겼다. 동준과 아들의 사진. 그때는 몰랐는데 젊었을 때의 동준은 잘생겼다. 입술과 코가 선명했다. 아들의 어깨에 손을 얹고 큰 나무 앞에 서 있는 이곳은 성지곡 수원지일 것이다. 분홍색 소시지와 계란을 넣은 김밥을 싼 가방을 들고 있었다. 기분이 좋았는지 가족 모두 웃고 있었다. 아들이 생일 때 보낸 카드도 챙겼다. 엄마 생일 축하해. 더 멋진 아들이 될게요. 기다려주세요. 대학에 들어간 뒤에 보낸 거였다. 쑥스러웠는지 직접 주지는 못하고 식탁 위에 놓아둔 카드였다. 그때는 선물 하나 없이 카드만 달랑 놓아둔 아들에게 섭섭하기도 했는데, 그 생각을 했다는 사실이 지금은 가슴에 퍼런 멍으로 남아 있었다.

누군가 문을 두드렸다. 그 직원이 다시 왔나? 향자는 물끄러미 문을 보고 있었다. 한 일도 없이 짐을 정리한 것뿐인데 몸살기도 있었다. 몇 달 전에 받아온 약을 먹었더니 견딜 만했지만 여전히 다리는 무겁고 잇몸이 내려앉을 듯했다. 다시 문을 두드렸다. 누구시오? 라고 묻는데 목소리가 갈라지고 말이 샜다. 한 번 더 물어도 대답이 없었다.

문을 여니 문밖에 있던 강바람이 먼저 집 안으로 들이닥쳤다. 바람에 문이 더 열리고 누군가 들어왔다. 영감이었다. 영감은 자기 집에 들어오는 것처럼 말도 없이 들어와 식탁 의자에 앉았다. 이 시간에 무슨 일로, 열시가 넘었을 낀데. 향자는 급히 방으로 들어가 독서모임에 입고 갔던 파란색 원피스를 자리옷 위에 입고 나왔다. 피곤한 듯 어깨를 늘어뜨리고 있던 영감의 눈이 조금 커졌다. 무슨 말을 하려고 하는 것 같은데,

틀니가 먼저 덜그럭거렸다.

"모자 찾으러 왔어예?"

영감이 웬 모자냐고 묻는 것 같았다. 저번 것과 별로 다를 것 없는 모자를 쓰고 있긴 했다.

"무슨 가방입니까?"

영감이 목을 빼고 작은방에 놓인 여행 가방을 보면서 물었다.

"영감님은 어디 갔다 이 밤에……"

"누굴 만나고 왔습니다. 그 친구 제사였어요."

영감의 목소리가 침울했다. 저번에는 치매 걸린 친구가 자기를 알아보지 못한다고 우울해하던 일이 생각났다.

"나이가 들면 우짜겠어요. 영감님이 늦은 거지. 언제 돌아가셨는지 모르지만 코로나 때 안 돌아가신 것만 해도 다행이에요. 요즘은 입은 옷에 화장부터 한답디다. 인사도 못하고 불 속으로 먼저."

영감은 그렇다는 듯 고개를 끄덕였다. 향자는 어지러운 식탁을 치운 후 냉장고에서 물을 꺼내 한 잔 따라주었다. 컵은 오래되어 테두리의 은박이 거의 지워진 것이었다. 영감은 목이 마른 듯 물을 마시고는 냉장고 옆에 세워둔 소주병을 가리켰다.

"저건 언제 마실 겁니까."

향자는 먹던 거라고 했다. 축축 늘어질 때면 소주 한잔이 보약이라고 하자, 영감이 그렇다며, 지금 먹자고 했다.

향자는 소주잔과 멸치, 고추장을 내왔다. 다시용 멸치라서 갈라서 뼈와 내장을 추려야 했다. 그것밖에 안주할 만한 게 없었다. 영감은 그거면 충분하다고 했다.

"내가 구십이 넘었는데, 이때까지 한 일 중 제일 두려웠던 일이…… 저 방에서 하룻밤을 잤을 때였소. 쫓겨날까 봐 어찌나 겁나던지……"

영감이 소리 내어 웃었다.

"영감님도 참…… 코를 골면서 잘만 주무시더니."

향자의 말에 영감의 웃음소리가 더 커졌다.

"그래도 그 일이 제일 잘한 일이라고 생각합니다. 조 여사 코 고는 소리도 듣고."

"내가 언제 코를 골았다고?"

향자가 눈을 살짝 흘기자 영감이 웃기만 했다.

"조선학교 가볼랍니까. 내년에 폐교가 될지 모르겠다고 한번 오라고 하네요."

조선학교? 눈으로 되물었는데 영감은 들었다는 듯 고개를 끄덕였다. 같이 가자고 한 동준이 생각이 났다.

"건강해 보이는데…… 영감님도 원폭 피해자세요?"

영감이 고개를 움직였다. 흔드는 것 같기도 했고 끄덕이는 것 같기도 했다.

"제 남편은 히로시마에 있다가……"

"힘들었겠습니다."

영감이 소주잔을 비웠다.

"조금 더 살았으면 보상도 받았을 텐데……"

향자는 마음에도 없는 소리를 했다. 늘 죽음을 기다렸지 삶을 기다린 적이 없으니 더 할 말도 없었다.

"죽은 사람이 더 힘이 있을지도 모르죠. 류 동지도……"

향자는 류씨가 아니라 이씨라고 했다. 영감이 술이 오르는지 홍시처럼 붉어진 얼굴로 말없이 잠깐 쳐다보았다. 가는귀가 먹었나, 향자는 목소리를 조금 높였다.

"그 학교가 아직도 남아 있습니까?"

"버티다가 이제 이웃 학교와 통합을 하는 모양입니다. 학생도 없고 예산도 없고. 차별도 심하고."

"그럼 영감님도 조선학교에서……?"

"맞습니다. 내가 그때 잠시…… 후쿠오카에서. 너무 옛날이야기네요."

영감이 잔을 비우고 눈을 감았다. 향자도 잔을 비웠다. 화장장이 있던 마을. 세상을 떠나면서 마지막으로 피워 올리던 검은 연기. 조선학교에 가서 한글을 몇 자 배우고 오뎅공장에서 잔심부름을 하던 시간이었다. 한글을 배우고 싶었던 게 아니라 그 공장에서 잠시라도 벗어나고 싶었다. 오르막 끝에 있던 학교에 닿으면 바람이 불고 햇빛이 좋았다. 일본인도 조선인도 아니었지만 조선 글을 배우는 게 싫지는 않았다. 조선 이름을 지어준 정일 선생님만 아니었으면 조선으로 오지도 않았을 텐데…… 향자는 일어나 냉장고 문을 열었다. 겨우 오이 하나를 찾아 썰어 접시에 담아냈다.

"시원한 맛으로."

영감이 모자를 벗고 눈을 감고 있다 향자의 말에 머리를 쓰다듬었다. 왼쪽 이마에 희미한 뭔가가 보였다.

"해방 후에 만났어요. 전쟁 나기 전에……"

영감이 시간을 거슬러 올라가기가 힘들다는 듯 말을 멈추고 눈도 감았다. 해방 후 전쟁 나기 전…… 몸에 흙이 묻고 멍이 들고 냄새가 나도 그 시절 자신은 정일 선생님과 동준 때문에 꽃처럼 예뻤다고 생각했다. 정일 선생님과는 짧은 인연이었고 동준과는 힘든 인연이었지만 꽃에 대한 기억이 사라지지 않았다. 두 사람은 지금도 먼 곳에서 햇빛처럼 바람처럼 찾아왔다. 수정동 셋집 문 앞에 두었던 구두도 떠올랐다. 향자 모르게 먼 길을 갔다 왔는지 먼지를 둘러쓰고 있을 때도 있고 흙이 묻어 있을 때도 있었다. 뒤축이 한쪽으로만 닳아 있던 그 구두를 코를 박을 듯이 내려다보던 사람도 생각났다. 밑창이 벌어지고 가죽이 허옇게 갈라질 때까지 버리지 못했던 기억까지. 향자는 잔을 비웠다. 영감이 천천히 눈을 떴다.

"그래도…… 이제 오지 마이소. 곧 이사갈끼라예."

영감은 그 말을 듣고도 아무 반응이 없었다. 알고 있는 건지, 못 들은 건지 알 수 없었다. 영감이 숙이고 있던 고개를 들었다.

"오늘도 자고 갈랍니다."

영감의 코 고는 소리가 들렸다. 어쩌면 자는 척하는 건지
도 모른다. 예전에도 그런 사람들이 있었다. 선생님이 데리고
오거나 선생님을 찾아오는 사람들. 키가 큰 사람도 있고 어
깨가 좁은 사람도 있고 눈이 작은 사람도 있고 큰 사람도 있
었다. 그중에 손가락 마디가 없는 사람도 있었고 이마에 상
처가 난 사람도 있었다. 선생님은 그들을 벽 쪽에 자게 했다.
선생님이 가운데, 그 옆이 향자의 자리였다. 선생님도 손님
도 자는 척 코를 골았다. 향자는 자는 척 선생님의 목을 감았
다. 선생님은 생판 남인 듯 팔을 걷어냈다. 다리를 뻗으면 선
생님을 지나 손님의 몸에 닿았다. 놀라서 벽 쪽으로 몸을 피
하는 사람도 있고 손으로 다리를 만지는 사람도 있었다. 단단
하고 뜨거운 허벅지를 가진 사람은 죽은 듯이 가만히 있다 더
요란하게 코를 골았다. 이마에 흉터가 있던 사람이었다. 선생
님이 없다 해도 몸을 돌리지 않고 선생님의 구두만 내려다보
던 사람. 손가락 마디가 없던 사람도 기억했다. 기억하지 않
을 수 없었다. 한 사람은 일본으로 밀항을 할 거라고 했고 구
두를 내려다보던 사람은 포기하지 않으면 곧 좋은 세상이 올
거라고 했다. 전쟁이 끝난 뒤 경찰이 찾아와 사진을 보여주며
아는 사람이냐고 물었다. 이마에 흉터가 있던 사람이었다. 향
자는 잠시 망설이다 아직 혼인신고를 하지 않았다고 했다. 빨

갱이도 협조를 하면 풀려날 수도 있다는 말에 갖고 있던 돈도 주었다. 왜 그랬는지는 지금도 알 수 없었다. 혼자라는 게 무서웠을 수도 있고 모르는 사람이라고 하면 진짜 혼자가 될 것 같기도 하고, 큰 나무처럼 그늘도 만들어주고 이정표도 되어주기를 바랐던 것 같기도 했다. 아무것도 아니지만 오래전에 간직한 희미한 빛이었다.

영감의 코 고는 소리가 들린다. 그때도, 꼭 심장 뛰는 소리처럼 들렸다.

사랑과 믿음의 엘레지

구모룡(문학평론가)

이 소설의 무대는 도시 주변부이고 주된 등장인물도 노년이다. 보다 구체적으로 말하면 부산의 외곽 끝자락인 낙동강 유역 '은곡'의 서민아파트 단지에 사는 사람들의 이야기를 담고 있으며 90세를 전후한 연치의 남녀 노인을 중심에 두고 이들과 연관한 여러 인물을 주위에 배치하고 있다. 시간도 팬데믹에 처한 최근 몇 년 동안이다. 노년의 삶이 그렇듯이 단조로운 일상의 사건들이 펼쳐진다. 하지만 이는 빙산의 일각일 뿐이며 그 아래 각기 복잡다단한 개인사가 내장되어 있다. 그러니까 이 소설은 우연하지 않게 같은 아파트 단지에 모여 살게 된 오랜 인연을 지닌 사람들의 관계를 추적한다. 이들은 예외적일 만큼 사회적 약자 혹은 소수자에 해당하는 사람들로서 주변부 서민아파트로 모여들었기에 그 만남이 자연스럽다.

작가는 텍스트의 입구에서 "신불산 유격대 활동과 사상범의 수감 생활은 『신불산—빨치산 구연철 생애사』"를 참조했음을 밝히고 있다. 이는 창작의 계기가 실존 인물과 연관된다는 것을 의미하며 줄곧 '구연철'에서 비롯한 '안재석'을 일인칭 주인공으로 극화하여 서술하는 데서 잘 드러난다. 물론 실재와 허구, 현실과 상상을 넘나드는 일은 소설의 특권이므로 텍스트 해석에서 '구연철의 생애사'는 하나의 참조 사항에 지나지 않는다. 무엇보다 먼저 텍스트를 진행하는 동력인 플롯을 찾으면 이 소설을 구성하는 큰 뼈대가 남녀 두 노인의 '특이한 사랑' 이야기임을 알게 된다. 빨치산으로 신불산에서 활동하다 휴전 이후에 체포되어 삼십 년 감옥살이를 하고 나온 안재석과 일본인 아버지와 한국인 어머니 사이에서 태어난 '조향자'는 서로 친밀한 관계가 아니다. 전쟁이 나기 전의 도피 과정에서 수정동에서 안재석이 조향자를 두 번 만나지만 안재석이 기억하는 만큼 조향자는 그를 인지하지 못한다. 소설의 결말에서 보듯이 다수의 도피자가 수정동의 조향자 집을 은신처로 삼았으니 숨겨주는 이보다 숨는 이의 절박한 마음이 더 오래 남았고, 안재석이 감옥에서 고문에 못 이겨 조향자를 아내라고 둘러댄 부채감과 죄의식도 기억을 고착한다. 따라서 '사랑 이야기'는 플롯의 유형을 규정하는 측면에 불과할 수도 있다. 오히려 둘의 다른 기억과 마음에 기반한 성격의 차이를 먼저 주목하지 않을 수 없다. 이는 은곡에서의 만남에서 잘 드러난다. 안재석이 육십 년도 더 된 과거를 생각하며 조향자가 사는 이곳으로 이주한 행위와 달리 조향자는 그를 제대로 분별하지 못한다. 그러니까 소설은 두 사람이 만드는 사건의 치열함이 아니라 두 사람을 나란히 병치하는 방법을 선택하면서 성격화하고 이들과 연관한 인물들을 들고 나게 만든다.

전체 5부로 구성된 이 소설은 각 부와 장에 따라서 시점이 변환한다. 앞서 말했듯이 안재석을 일인칭 서술자로 극화하였다면, 조향자는 삼인칭 서술로 일관한다. 인칭과 무관하게 전지라는 점에서 일치하는데 서술과 성격을 어울리게 하려는 의도의 반영이라 할 수 있다. 안재석이 능동적 능력을 지닌 인물이라면 조향자는 수동적 능력을 지닌 인물이다. 전자는 벌써 1부 '누가 말했는가'에서 잘 나타난다. 여기에서 '나'는 여전히 '자주연대'에 나가 '반외세 통일운동'을 하며 '독서모임'에도 나간다. 담당 경찰관이 소개하여 오 년 전에 이사 온 아파트에는 그와 동지였던 '류정일'의 약혼녀인 조향자가 살고 있다. 그 탓에 이곳으로 왔지만 신불산에서 헤어진 '박동배'가 함께 활동하는 차장의 시아버지임이 확인되면서, 오래도록 마음속에 품고 있던 배반의 기억이 되살아나면서 의심과 분노의 정동이 타오른다. 안재석이 행위자가 되는 서사의 벡터는 세 방향이다. 첫째 일상생활이고 둘째 배신자의 추적이며 셋째 조향자와의 만남이다. 그의 일상은 장기수에 대한

당국의 감시와 관리 속에서 자주연대와 독서모임 활동이 기본이다. 휴전 후 백범 기일 날 세시에 만나기로 한 용두산공원에서 체포되어 삼십여 년을 복역하였으니 배신의 트라우마를 안고서 끊임없이 의심과 분노의 정동에 사로잡힐 수밖에 없다. 십오 년 복역하고 퇴소한 '수양'을 향했던 의혹이 그의 죽음으로 사그라졌다면 죽었다고 생각한 박동배의 출현으로 분노가 되살아나게 된다. '산별(안재석)', '철혁(박동배)', '수양(이영섭)'은 마지막까지 함께 투쟁하며 살아남아 만나기로 한 빨치산 동지들이다. 이들 가운데 그 누군가 만남의 약속을 발설하였기에 안재석의 전도가 차단되었다. 소설에서 치매를 가장하며 안재석을 회피하는 박동배와 그를 확인하고 처단하려는 안재석의 행위가 하나의 주요 모티프가 되고 있다. '나(안재석)'와 조향자의 만남은 공공근로와 마을식당이 매개한다. '나'는 산으로 가기 전에 조향자를 두 번 만났다. 한 번은 그녀의 약혼자 '류정일'과 함께 만났고, 또 한 번은 혼자서 그녀가 사는 수정동 집에 피신하였다. 그런데 '나'와 조향자의 관계는 감옥에 가 있는 동안에도 끊이지 않는다. '점박'의 고문에 못 이겨 '나'는 조향자를 아내라고 거짓 자백한 일이 있다. 이러한 행위에 따라 조향자가 입은 고통에 대한 마음의 빚을 '나'는 지닐 수밖에 없다. 하지만 조향자는 어떤 상황이든 타자의 입장에서 상황을 수용하는 성품의 소유자여서 '나'는 물론 '나'에게 베푼 일을 기억하지 않는다.

어떤 의미에서 이 소설에서 굳이 인물의 경중을 따진다면 조향자에 더 무게가 실리고 있는 게 아닌가 한다. 안재석이 한 시대의 행위자였다면 조향자는 어두운 고난의 시대를 고스란히 품고 산 인물이다. 2부 '여든 살의 독서모임'은 조향자를 주 인물로 내세워 서술하는데 이 지점에서 전체 서술에서 시점의 교차를 확인할 필요를 느낀다. 이미 말한 대로 1부 '누가 말했는가' 1~4장은 일인칭 전지의 안재석 시점이고 2부 '여든 살의 독서모임' 1~4장은 삼인칭 전지의 조향자 시점이다. 1부와 2부를 보면 확실히 안재석과 조향자를 병립하려는 서술 의도가 분명하다. 그런데 3부 '지금, 여기'는 1장을 일인칭 전지의 류정일 시점으로, 2장을 일인칭 전지의 안재석 시점으로 서술하여 류정일과 안재석이 각기 자기를 말하게 한다. 다시 4부 '죽기 전에 해야 할 일' 1~3장은 삼인칭 전지의 조향자 시점으로 돌아오고, 마지막 5부 '기억의 주름'은 1~3장을 일인칭 전지의 안재석 시점으로, 4장을 삼인칭 전지의 조향자 시점으로 마감한다. 우선 외적 형식으로 보더라도 이 소설에서 안재석과 조향자가 주요하고 이들의 사이에 류정일이 존재함을 알 수 있다. 또한 남성 인물을 일인칭 주인공 서술자로 극화한 반면 여성 인물은 서술 대상으로 삼았다. 이는 안재석의 정동을 따라서 서술하려는 작가의 의도와 연관한다. 그 마음의 중력이 조향자를 향하고 있기 때문이다. 두 사람의 길고 긴 생애의 우여곡절이 품고 있는 많은 수

수께끼에 대한 답은 5부 '기억의 주름'에서 제시되며 특히 마지막 3장을 통하여 조향자의 시점으로 설명된다. 이러한 점에서도 이 텍스트가 지닌 기억과 욕망의 역학은 능동적 인물인 안재석을 수동적 인물인 조향자가 감싸 안는 형국이다.

비전향장기수인 안재석이 빨갱이라는 낙인을 지니고 산다면 조향자는 왜년이라는 낙인을 완전히 떨어내지 못한다. 해방 이후 조향자의 귀환을 말하기 위하여 반드시 류정일이 필요하고 류정일을 통하여 안재석은 조향자를 알게 된다. 3부 '지금, 여기'가 보충되어야 하는 까닭이다. 하지만 조향자에게 가장 큰 상처와 깊은 상실은 남편과 아들의 부재이다. 이는 2부 '여든 살의 독서모임'에서 서술하고 있듯이 그녀의 일상에 늘 그늘을 드리운다. 안재석이나 조향자는 둘 다 혼자 사는 노인으로 관리되는 신체이다. "아직 근로 의욕이 있는 노인들에게 간단한 노동을 제공하고 노인연금보다 수당을 쪼끔 더 주는 프로그램"(62쪽)인 공공근로를 제공받기도 한다. 안재석이 그를 감시하고 관리하는 장치를 대표하는 '점박(한상무)'의 지원으로 공공근로에서 놓여난다면 조향자는 더위에 주저앉은 일로 퇴출을 당하고 급기야 '장수원'으로 이주하기를 권유받는다. 관리되는 신체는 난민에 다를 바 없다. 이러한 상황에서 히로시마 원폭 피해자인 남편 '이동준'과 아들 '이병호'의 기억이 고통스럽게 환기된다. 또한 자신의 태생과 한국으로의 귀환, 동준과의 결혼과 사별 그리고 아들의 자살에 대한 상념에 이끌린다. 그녀에게는 늘 '나는 무엇인가'라는 의문이 꼬리처럼 따라다닌다. "의지와 상관없이 다가오는 어떤 것을 느낄 때마다 강바닥에 내린 다리의 기둥을 보는 것 같았다. 어딘지 모르지만 깊숙이 뿌리를 박은 뭔가가 강 아래로 떠내려가지 않게 하는 것처럼, 자신이 멀리 가지 않도록 밥을 먹이고 잠을 재우는 것 같았다. 고맙거나 반갑지는 않았지만 거부할 수도 없었다. 그런데 지금은 기둥이 뽑힌 채 어디로 떠내려가는 느낌이었다."(72쪽) 이처럼 조향자는 "늘 숨이 끝에 달린 듯 불안한 삶"(82쪽), 삶이 모독과 분리되지 않고 신체의 생존이 관리되는 난민 의식에서 벗어나지 못한다. 이러한 가운데 독서모임에 가는 일이 '죽기 전에 꼭 해야 할 일'을 찾는 하나의 출구로 여겨진다. "우리가 이 사회를 바꾸기 위해 할 일은 없을까 하는"(89쪽) 진보적 윤리를 주제로 삼고 토론하는 독서모임이지만 "묵은 때가 벽면에 그을린 듯 남아 있고 낡은 책으로도 서가를 다 못 채운 서점에서 뇌성마비 청소년과 뚱뚱한 젊은이, 기가 세 보이는 중년의 여자와 내일모레면 집을 내놓고 어디론가 가야 할 자신이 모여 이런 이야기"(90쪽)를 나누고 있는 모습이다.

2부 '여든 살의 독서모임'의 1, 2, 3장이 조향자의 고단한 생활 세계의 구체적 세목을 서술하고 있다면 4장은 독서모임에서 받아온 『정음』이라는 책을 매개로 그녀의 생애에 얽힌 내력을 소급한다. 사실 이 한 장으로도 서사의 충동이 차고 넘친다. 자신의 태생부터 일본에서 한국으로 이끌어준 류정일, 그리고 부모와 같이 원폭 피해자로 원자병으로 고생하고 치매를 앓다 죽은 남편 동준과 파혼과 실패를 거듭하며 자살한 아들의 이야기를 숨 가쁘게 회상하기 때문이다. 또한 서사의 공간적 시야도 영도 대풍포, 히로시마 단바라, 야마구치 등으로 중첩한다. 어머니 '조덕심'이 조선소에서 일하다 일본인 관리자를 만나 향자를 임신했던 영도다리 아래 그곳에서 피란민이 서로 해후하듯이 자갈치에서 일하는 향자가 야마구치 조선학교에서 같이 지냈던 동준과 만난다. 이 대목에서 "운명이라는 말을 들은 것 같기도 했다"(103쪽)라고 쓰고 있지만, 조향자라는 인물의 삶의 부피와 깊이를 더하려는 작가의 개입을 만나게 한다. 피할 수 없이 파란만장한 동준의 삶은 구체적인 세목을 줄이면서 설명될 수밖에 없다. 무엇보다 내러티브의 중요한 수행 주체가 조향자이기 때문이다. 따라서 구성의 벡터는 "전쟁 전에 선생님 친구분을 만났어. 같이 일을 한다고 했는데. 여기에 흉터 있는 사람"(104쪽)이라는 대화 속의 동준의 말에 초점이 놓이며 그를 통하여 류정일과 안재석의 연결 고리가 제시된다. 하지만 대화의 장면으로 서술하고 있는 동준의 "같이 하숙하던 형이 그러던데 잡히면 죽는다고 도망 다닌대. 붙들리지 않았으면 산에 갔을 거야"라거나 "쥐도 새도 모르게 죽여서 구덩이에 묻고 바다에도 버리고"(104쪽)라는 진술에서 보도연맹 사건과 빨치산 투쟁을 말하려는 작가의 의도가 비등한다. 이로써 류정일의 행방을 말하기엔 플롯의 연결성이 충분하지 않다. 3부 '지금, 여기'가 보충될 수밖에 없는 대목이다. 여하튼 운명처럼 다가온 동준과 향자는 전쟁통에 "세상에 둘만 남은 것"(104쪽) 같은 상황에서 서로 결합한다.

플롯의 상호 연결성은 에피소드, 행위, 장면, 설명 등 여러 독립 요소들을 결합하는 소설의 원칙이다. 이를 위해 작가는 부를 나누고 장을 구분하며 시점과 초점을 이동한다. 일인칭과 삼인칭을 교차하는 이 소설은 어떤 의미에서 올가 토카르추크가 말한 '사인칭'(『다정한 서술자』, 최성은 옮김, 민음사, 2022)을 지향한다고도 할 수 있다. 식민과 전쟁의 질곡에서 고난과 불행을 산 민중에 대한 다정한 연민과 공감의 시선이 작동하고 있기 때문이다. 어느 한 인물도 가볍게 놓치지 않으려는 리얼리즘의 욕망이 작동하고 있다. 이렇게 하여 3부 '지금, 여기'가 서술된다. 3부의 1장은 일인칭 주인공 서술자가 류정일이다. 다른 빨치산 동지인 박동배, 이영섭이 안재석의 서사 속에 포함되고 원폭 피해자인 이동준이 조향자의 서사 안에서 서술되는 양상과 다르게 독립되어 있다. 그만큼 류정일이 여러 내러티브를 연결하는 결절점의 위치에 있음을 의미한다. 패전과 더불어 류정일은 오사카 츠루하시를 떠나 시모노세키에서 도항이 여의치 않자 야마구치 조선학교 주변에서 머물다 해가 바뀌면서 향자와 함께 부산으로 귀환한다.『정음』은 조선학교의 한국어 교재이며 향자와 동준도 이 책을 통하여 정일의 지도하에 한국어 교습을 받는다. 야마구 치는 정일과 향자와 동준을 연결하는 처음의 장소이다. 그리 고 향자가 정일의 죽은 누이동생의 이름을 받은 탓도 있지만, 그들은 남매 역을 하거나 부부 역을 하며 귀환에 성공하여 수 정동에 정착하게 된다. 물론 이들이 야마구치에서 만나는 과 정이나 귀환의 행로는 단순할 수가 없다. 알려진 수기나 경험 적 창작을 접하기 어려운 정황이고 보면 이 소설의 3부 '지금, 여기' 1장의 내용조차 획기적인 서술이라 생각한다. 류정일 의 오사카, 조향자의 후쿠오카, 이동준의 히로시마만 하더라 도 차고 넘칠 이야기를 내포한다. 하지만 이러한 방향은 플롯 의 특정이 아니다. 무엇보다 작가는 이들을 연결하고 다시 한 데 모으는 과정을 고려한다. 또한 향자의 처지는 일본에서도 난민에 다를 바 없다. 어머니의 고향인 영도로 돌아오고자 하 는 그녀의 의지는 가능한 일이다. 이렇게 하여 류정일과 조향 자는 귀환하며 "동포촌을 나와 영도가 보이는 부산 수정동 산 비탈에 방 한 칸을 얻은 후 부부처럼"(127쪽) 산다. 그러다 류 정일은 상경하여 사촌 형이 소개해준 종로의 인쇄소에서 후쿠 오카 조선학교 일을 한 적이 있는 안재석을 만나고 함께 사회 주의자가 된다. 해방공간에서 가장 우세한 노동결사는 철도 노조와 인쇄노조이다. 특히 활자를 다루는 인쇄 노동자가 사 회주의 지식에 빠르게 다가간 일은 일제강점기부터 있던 내력이다. 이즈음에서 눈여겨볼 대목은 조향자라는 인물의 심성이다. 그녀는 자갈치에서 노동을 통하여 얻는 수입을 전신환으로 바꾸어 꾸준하게 류정일에게 송금한다. 이러한 행위를 통해 그녀가 사람을 깊은 마음으로 사랑하고 헌신하는 존재임을 알 수 있다.

사실 3부는 일본의 패전과 한국의 해방, 재일 조선인의 귀환, 해방 정국의 급격한 변화, 단독정부 수립과 분단, 좌우 대립과 투쟁 등 격변 속에 인물들이 놓여 있음을 말한다. 작가로서도 쉽게 서술할 수 있는 대상이 아니다. 그러나 이와 같은 격동을 텍스트 내부에 담으려는 충동을 제어하긴 쉽지 않다. 작가로서 놓칠 수 없는 가장 핵심적인 역사적 시기이기 때문이다. 류정일과 안재석은 단독정부 수립에 반대하는 투쟁에 참여하다 체포되어 두 달 넘게 유치장에 갇히면서 중대한 전환의 계기를 맞고 '자주단'에 가입하며 출소 후에 친일 경찰서장을 처단하려는 모의에 가담한다. 이 과정은 안재석의 시점으로 서술되는데 여기서 만난 '김대영'은 전쟁이 나기 직전에 일본으로 밀항한다. 안재석과 조향자의 만남도 검거를 피하고 도피처를 찾는 데서 이루어진다. 이렇게 류정일이 매개되면서 맺어진 안재석과 조향자의 인연은 안재석의 류정일에 관한 동일시의 심리로 지속한다. 이는 조향자의 돈을 훔치면서 "어차피 정일에게 줄 돈이라는 생각을 하니 죄책감도 들지 않았다"(140쪽)라는 진술로 나타나고 휴전 이듬해 체포되어 고문을 받으면서 그녀를 아내라고 거짓 자백하는 일로 이어진다. 그리고 4부와 5부에서 마침내 조향자의 집에서 잠을 청하는 사건으로 나타난다. 이 소설이 지닌 서사 정보의 과잉에도 불구하고 이처럼 안재석과 조향자의 일관된 특별한 관계가 작가가 의도한 '특정 방식의 구문'(피터 브룩스, 『플롯 찾아 읽기』, 박혜란 옮김, 강, 2011)인 플롯으로 작동한다. 안재석의 입장에서 교무 형의 집에서 만난 동준이 "그럼 향자 누나도 알아요?"라는 물음에 "큰 몽둥이에 등짝을 맞은 기분"(143쪽)이라고 진술하거나 자주단의 비밀 아지트에서 정일을 만났을 때 "죄책감과 안도감이 뒤엉킨 감정"(144쪽)을 가지는 데서 그가 향자를 향하여 분명한 사랑의 정동을 품고 있음을 알 수 있다. 이러한 점에서 이 소설의 기저에 흐르는 플롯은 사랑의 서사이다.

4부 '죽기 전에 해야 할 일' 1~3장은 2부에 이어서 다시 삼인칭 전지의 조향자 시점으로 돌아온다. 1장에서 '장수원'으로 가야 한다는 어지러운 심경에서 들른 국밥집에서 안재석을 만나고 그가 조향자의 집에서 잠을 청하는 사건이 생긴다. 하지만 아직도 그녀는 그의 정체를 제대로 알지 못한다. 어쩌면 그녀는 남편과 아들의 죽음이라는 엄청난 트라우마를 지녔고 열일곱 평 아파트를 나와서 장수원으로 가기를 권유당하는 말년의 처지에서 다른 누구를 진지하게 알려고 하는 의지를 갖지 않은 듯하다. 또한 세상의 풍파를 겪으면서 터득

한 '수동적 능력'이 그녀로 하여 분간하고 구분하는 일을 거부하게 하는 것처럼 보인다. 여하튼 이렇게 안재석은 조향자의 죽은 남편이 기거하던 방에서 잠을 자고 모자를 둔 채 나오게 되며, 이러한 사건은 조향자가 다시 원자폭탄 투하로 폐허가 된 히로시마에서 겨우 벗어나 시모노세키를 거쳐 야마구치에 이르러 그녀를 만난 남편의 신산한 삶을 떠올리는 계기가 된다. 그렇지만 조향자는 안재석이 잊고 간 "녹두색 모자"에 깃든 냄새를 맡으면서 "미지근한 소망"(162쪽)을 느끼기도 한다. 2장에서 보이는 조향자의 일상은 매우 세심하게 그려진다. 동대표에 이끌려 수당을 받고 반정부 시위에 나가기도 하지만 원폭을 투하한 미국을 생각하고 또 남편의 죽음을 떠올린다. 구체적인 삶 주변 여기저기에서 망자의 흔적과 기억이 묻어난다. 마트에서 일하는 '진명 엄마'를 만나 강변을 걷거나 쉼터에 앉을 때도 그렇다. 그런데 조향자는 진명 엄마를 통하여 그녀를 독서모임에 들도록 권한 이가 안재석이라는 이야기를 흘려듣기도 한다. 베란다 앞산을 보면서 아들의 삶과 죽음을 떠올리면서 '죽기 전에 해야 할 일'을 이행하기로 한다. 아들이 자살한 그 장소에 가기로 하였고, 그때 "오 년 전 방세와 횟값"(187쪽)을 두고서 아들의 유골함을 찾아 하룻밤을 지내고 남편을 보낸 강에 아들의 유골을 흘려보내는 의례를 치른다. 이 지점에서 조향자의 노년은 무위의 강물에 다다른 듯하다. 이러한 점에서 이 소설은 또한 노년의 텍스트로 읽힌다.

소설만큼 열린 장르는 없다. 스스로 소설이라고 부과하는 의무 외에 아무런 규칙이나 질서를 가지지 않는다. 이 소설 또한 작가가 도달하고자 하는 의미의 지평을 따라서 인물의 행위와 관계가 교차하는 시점을 통하여 서술된다. 마침내 5부 '기억의 주름'은 대칭적인 서사의 역장(field of force)이 수렴되는 지점으로 나아간다. 우선 1, 2, 3장은 일인칭으로 극화한 서술자인 안재석의 시점으로 서술된다. 먼저 1장의 첫머리에서 '나'의 마음에 조향자가 사랑의 감정으로 자리하고 있음을 확인하며 믿음을 배신한 박동배를 처단하려 경주의 요양원에 가지만 박동배가 다른 데로 도피하여 목적을 달성하지 못한다. 결국 그의 치매가 일 년 전 그의 며느리인 자주연대 차장이 이곳으로 온 뒤에 위장된 연극임을 짐작하게 된다. 2장에서 '나'는 전쟁 전에 단장이 체포된 후에 밀항한 김대영이 귀국하게 되어 만난다. 그 역시 밀항 전에 조향자의 도움을 받았음을 알게 되고 "이념은 권력을 위한 수단일 뿐"이라는 그의 말을 듣고 "세상이 어떻게 바뀌든 스무 살 때 밝힌 등불을 나 스스로 부정하거나 끄고 싶지 않다"(215쪽)라고 생각한다. 그리고 3장은 수양(이영섭)의 기일에 참가하면서 여러 오해가 해소된다. 수양이 배신한 일이 없다는 사실, 수양의 기일을 박동배가 챙겼다는 일, 시민단체 기금이 미국발 금융 위기로 폭락한 때에도 박동배가 그 손실을 갚았다는 이야기, 나중 주식이 살아나 그 돈을 요양원 경비로 쓰고 있다는 차장의 진술 등이다. 4장은 다시 삼인칭 조향자의 시점으로 전환한다. 그녀가 장수원으로 갈 준비를 하면서 여러 물건을 챙기는 와중에 안재석의 방문을 받는다. 함께 소주를 마시면서 지난 이야기를 꺼내지만 조향자가 그를 안다는 기미를 보이지 않는다. 하지만 그녀에게 묵은 기억이 살아날 즈음 그녀는 "그래도…… 이제 오지 마이소. 곧 이사갈끼라예"라고 말한다. 하지만 안재석은 "오늘도 자고 갈랍니다"(237쪽)라고 말하며 잠을 청한다.

영감의 코 고는 소리가 들렸다. 어쩌면 자는 척하는 건지도 모른다. 예전에도 그런 사람들이 있었다. 선생님이 데리고 오거나 선생님을 찾아오는 사람들. 키가 큰 사람도 있고 어깨가 좁은 사람도 있고 눈이 작은 사람도 있고 큰 사람도 있었다. 그중에 손가락 마디가 없는 사람도 있었고 이마에 상처가 난 사람도 있었다. 선생님은 그들을 벽 쪽에 자게 했다. 선생님이 가운데, 그 옆이 향자의 자리였다. 선생님도 손님도 자는 척 코를 골았다. 향자는 자는 척 선생님의 목을 감았다. 선생님은 생판 남인 듯 팔을 걷어냈다. 다리를 뻗으면 선생님을 지나 손님의 몸에 닿았다. 놀라서 벽쪽으로 몸을 피하는 사람도 있고 손으로 다리를 만지는 사람도 있었다. 단단하고 뜨거운 허벅지를 가진 사람은 죽은 듯이 가만히 있다 더 요란하게 코를 골았다. 이마에 흉터가 있던 사람이었다.

선생님이 없다 해도 몸을 돌리지 않고 선생님의 구두만 내려다보던 사람. 손가락 마디가 없던 사람도 기억했다. 기억하지 않을 수 없었다. 한 사람은 일본으로 밀항을 할 거라고 했고 구두를 내려다보던 사람은 포기하지 않으면 곧 좋은 세상이 올 거라고 했다. 전쟁이 끝난 뒤 경찰이 찾아와 사진을 보여주며 아는 사람이냐고 물었다. 이마에 흉터가 있던 사람이었다. 향자는 잠시 망설이다 아직 혼인신고를 하지 않았다고 했다. 빨갱이도 협조를 하면 풀려날 수도 있다는 말에 갖고 있던 돈도 주었다. 왜 그랬는지는 지금도 알 수 없었다. 혼자라는 게 무서웠을 수도 있고 모르는 사람이라고 하면 진짜 혼자가 될 것 같기도 하고, 큰 나무처럼 그늘도 만들어주고 이정표도 되어주기를 바랐던 것 같기도 했다. 아무것도 아니지만 오래전에 간직한 희미한 빛이었다.(237~238쪽)

이와 같은 서술에 이어 이 소설의 마지막은 "영감의 코 고는 소리가 들린다. 그때도, 꼭 심장 뛰는 소리처럼 들렸다"라는 구절로 끝난다. 정일과 "짧은 인연"이라면 동준은 "힘든 인연"(236쪽)이었다. 그렇다면 "아무것도 아니지만 오래전에 간직한 희미한 빛"은 어떠한 의미를 지니는 것일까? 조향자에게 아들은 "크고 밝은 별"인 "금성"(83쪽)과 같은 존재이다. 그러나 남편과 아들의 부재는 그들의 유골을 흘려보낸 그림자의 강과 같은 세월을 남긴다. 이러한 가운데 그녀의 내면에 "오래전에 간직한 희미한 빛"(238쪽)은 결코 아무것도 아닌 빛이 아니다. "창공의 별들이 선명했고 그 별들이 있는 한 길을 잃지 않을 것 같았는데, 지금은 다들 불나방들처럼 불을 찾아 달려들 뿐. 그렇게 살지 않으면 고립되고 소외되는 세상이었다."(44쪽) 신불산 유격대 출신인 안재석이 요양병원에 입원해 있는 동지 박동배를 만나면서 든 생각이다. "산 중턱 인민군 학교에서 사회주의 수업을 받을 때마다 새로운 세상에 대한 기대와 설렘으로 가슴이"(44쪽) 뜨겁던 시절에 창공의 별들은 미래를 향하는 길을 인도하였으나 온통 자본주의 세상이 된 현실에서 별빛은 사라지고 없으며 불나방이 불을 찾아 달려들 듯이 욕망과 소비의 시스템에 포박되어 한치도 그 밖을 나아갈 수 없는 지경에 처했음을 말한다. 안재석의 이러한 생각은 조향자의 "아무것도 아니지만 오래전에 간직한 희미한 빛"(238쪽)과 겹쳐 읽힌다. 또한 작가가 표제를 '아무것도 아닌 빛'으로 정한 의도를 생각하게 한다. 해방과 한국전쟁 시기를 훌쩍 뛰어넘어 팬데믹으로 어두운 지구적 자본주의 시대에 빛은 어디에서 오는 것일까? 안재석과 조향자가 여러 인물과 어울려 만든 사랑과 믿음은 비가(elegy)로 그치는가, 아니면 새로운 희망의 가능성인가? 이 소설은 이와 같은 마음의 문제를 탐구한다. 그래서 시적인 아름다움을 품는다.

　지난 삼사 년 동안 계절에 관계없이 나는 소설 속 여름을 살고 싶었다. 간혹 그랬던 것 같다. 출판사에 최종 원고를 보낸 날도 서늘한 기온과 바람이 부는 늦가을 거리가 처음 본 듯 낯설었다.

　부산작가회의에서 오사카와 교토로 디아스포라 기행을 간 적이 있다. 오사카 조선인 마을을 보고 와서 재일조선인의 소설 몇 편을 읽었다. 그다음 해 부산소설가협회에서 부관연락선을 타고 시모노세키를 갔다 왔고, 몇 년 뒤 어느 단체를 따라 조선학교를 방문한 적이 있었다(이 글을 쓸 때쯤 '동포-넷'이란 걸 알았다). 3박 4일인지 4박 5일인지 짧은 일정이었는데, 조선학교를 지켜온 분들을 여럿 만났다. 어린 시절 해방을 맞았던 분들이셨다. 분단 상황이 이런 모습으로, 이렇게 오래갈 줄 정말 몰랐다. 일본 사람들이 통일도 못하는 나라라고 무시하는 것 같다며 나이 많은 분이 눈물을 보였다. 그 눈물을 잊을 수 없었다. 하나 더 있다. 지하철역에 붙은 원폭 피해자 구술 관련 포스터를 보고 한 단체에 전화를 했다. 떨어질까 봐 가슴 졸이며 면접을 봤고 한여름에 구청 근처 사무실로 원폭 피해를 입은 분들의 구술을 받으러 다녔다. 소설의 시작은 이 네 가지 사건이었다.

스무 살에 빨치산이 된 재석과 원폭 피해로 남편을 잃은 향자는 내가 만난 그 누구도 아니지만 누군가의 모습을 조금씩은 닮아 있을 것이다. 소설은 결국 누군가, 누군가의 마음이 문장 속으로 들어오는 일이라는 걸 말해도 될까. 이제 나는 소설을 시작하는 문장 몇 개와 끝 문장 몇 개를 외울 수 있을 뿐이다.

원고를 받아준 강출판사, 해설을 맡아주신 구모룡 선생님, 소설을 먼저 읽어주신 분에게 큰 감사를 드린다.

2023년 2월
정영선

아무것도 아닌 빛

ⓒ 정영선

| 1판 1쇄 발행 | \| | 2023년 2월 28일 |
| 1판 4쇄 발행 | \| | 2024년 1월 15일 |

지은이	|	정영선
펴낸이	|	정홍수
편집	|	김현숙 이명주
펴낸곳	|	(주)도서출판 강
출판등록	|	2000년 8월 9일(제2000-185호)

주소	|	서울시 마포구 동교로17안길 21 (우 04002)
전화	|	02-325-9566
팩시밀리	|	02-325-8486
전자우편	|	gangpub@hanmail.net

값 14,000원
ISBN 978-89-8218-315-7　　03810

* 이 도서는 2021년도 한국문화예술위원회 아르코문학창작기금지원사업에 선정되어 발간되었습니다.